From Interest to Taste

以文藝入魂

⑥

黃崇凱 新寶島

THE FORMOSA EXCHANGE

SEIS | HUANG CHONG KAI

慢車，每站必停的慢車
慢車，開往過去的慢車
大站過了，小站；
小站過了，稻田；
稻田過了，蝴蝶；
蝴蝶過了，是海！

——楊澤，〈新寶島曼波〉

目次

閃回

二〇二四年五月二十日，哈瓦那

杜維耶・德爾・達戈・費南德茲（Duvier del Dago Fernández）受邀到臺灣駐村一個月。行前他打開成龍溼地國際環境藝術節寄來的電子郵件，看看注意事項（氣溫、溼度看起來跟哈瓦那差不多），檢視航班轉機資訊（先到墨西哥城轉溫哥華再到臺北），怎麼算都得花上二、三十個小時才到得了。杜維耶看著資料上附的幾張照片，大片夕陽染紅的波光，點綴畫面的水草、電線桿和低矮房屋，這些光影線條構成的景物，讓他聯想到自己成長的小漁村。他唯一認識的臺灣朋友來信說，期待見面。他們已經十一年沒見。偶爾他出國駐村或參展才有機會上臉書更新近況、接收訊息。儘管現在上網方便多了，還是稍嫌昂貴，他得把網路流量省下來給剛上大學的女兒使用。

十一年前，杜維耶獲得美國洛克斐勒基金會獎助金，到美國鄰近加拿大邊界的佛蒙特駐村中心（Vermont Studio Center）待了一整個十月。那之後，他去了紐約、邁阿密跟幾個親友、策展人、藝廊經紀人碰面，談妥隔年在邁阿密的藝廊個展檔期。杜維耶在佛蒙特駐村期間認識了幾個來自亞洲、非洲和南邊的新朋友。餐廳放飯時間，他們常常坐在一桌，彼此以生硬乾澀的英語交談。有時他也到附近幾間工作室串門子，參訪其他人的工作狀況。他們這一期的駐村人數大概五十來個，主要是視覺或裝置藝術家，寫作的則有十幾個。大多數藝術家都很年輕，像他這樣三十六、七歲的可能沒幾個。他發現，幾乎所有藝術家都正在某個美國大學讀藝術碩士或者剛拿到藝術碩士，然後在美國、歐洲各地找補助駐村。在此之前，他受邀到過法國、西班牙的藝術機構駐村交流，通常駐村結束時得完成一個作品交差。

一天午餐，同桌的臺灣作家提出到他工作室參觀的請求。他說沒問題，結果對方居然以西班牙語回了謝謝。飯後他到附近散步，經過駐村中心旁的橋，穿越路口，往右手邊的主街走。兩旁分別是美術用品店、披薩店、書店、咖啡店、運動酒吧、剛開幕的大超市、美髮沙龍、自助洗衣店。一條街就可以滿足生活基本需求。路上沒什麼人，自然不用排隊。他越過這些店家，轉進鐵路街，經過汽車維修廠、葬儀社、公共圖書館，往河邊靠近。路旁到處有楓樹、蘋果樹，掉落的爛果肉不管有沒有被輾碎都招來蒼蠅。飛舞在甜膩蘋果泥氣味中的油亮蒼蠅，在他眼中有點違和，他沒想過緯度這麼高的地方，還會出現家鄉隨處可見的討厭東西。此時氣溫舒適，乾燥，杜維耶打算走到河邊再慢慢折返工作室。在這清涼的高緯度，所有一切，就像眼前景色，大色塊的藍，大色塊的綠，大色塊的褐黃，並不在時光中斑駁褪色。鋪滿落葉的小道隨著他腳步，碎得更細微，靜得可以聽見每一片清脆的枯葉折斷聲。

初來幾天，中心的員工開車載藝術家們到二十分鐘車程外的大賣場採購創作材料和用具。他買了幾卷粗細不一的彩色尼龍線、幾盒金屬掛勾、幾大張紅色、深藍、紫色和墨綠玻璃紙，幾支黑色燈管。接著打草圖，慢慢決定要做哪一幅。同一棟屋舍裡大概有八、九間工作室，除了一樓擺滿各式切割機具、烤漆噴槍、鋸檯、焊接設備等等的共用空間，每個人都在空白狀態下，在周圍白牆與工作桌之間產出一點顏色、線條，應用不同媒材，把腦中的概念投射到實體物件。杜維耶隔壁的喀麥隆藝術家奧利佛收集一大籃中心周邊的毬果，打算在工作室內、戶外的開放空間各做一件裝置展品。他把毬果排成一隊隊出巡覓食的老鼠，在各種路線上遭遇不同情節。對門的日本藝術家山本小姐則手染許多布料，以深淺有致的紅色大片裁切的染布，沿著牆邊、天花板夾角拼貼成大面積方塊，像是正在溢出的膿汁。杜維耶啜了口咖啡，在素描簿上隨手畫幾張女人臉孔、男子軀幹的肌肉，忽然響起敲門聲。來的是臺灣作家。

杜維耶帶他繞繞工作室架起來的木板，試著用零碎的英語，說明自己準備進行的前置作業，翻出幾張草圖，打開筆電讓他看看先前展覽的作品。作家露出讚嘆的表情，直說他是天才。杜維耶有些不好意思，嘗試解釋製作原理。他們的英語像患了小兒痲痺，歪歪扭扭，在斷續爬進彼此岔開的語意。他不曉得對方能不能懂，所以他實際操作示範換上黑色燈管，在全暗的室內，原本呈紫色的尼龍線發出均勻的螢光綠。光線穿過各色的玻璃紙映照在不同材質、顏色的尼龍線上，呈現迥異的色澤，如同從光譜擷取了一段波長，固著在線條上。

杜維耶一開始只是喜歡畫畫，偶然贏了幾個美術競賽，才有機會從中部聖塔克拉拉城近郊的小村子一路向西，進到哈瓦那高等藝術學院。後來嘗試複合媒材創作，偶然發現停電夜裡，那堆撿來的破魚網、釣魚線，會在手電筒的微弱光源下幽幽變色。光線穿透不同色彩的包裝塑膠紙，濾鏡般篩出差異色調。他腦中浮現一幅發光的「線框稿」（wireframe），做出來的第一個成品是漫畫風簡易３Ｄ照相機。無數個夜晚，哈瓦那某區無預警停電，沒人知道何時有電，得隨時備好火柴、蠟燭和手電筒在手邊。但那個晚上，在四方漆黑的樓頂工作室，溼熱無風，手電筒光線穿過紅色玻璃紙，一架類似３Ｄ電腦繪圖的螢光藍照相機輪廓，懸浮在無邊無際的黑暗中。這實在很好笑，在這個缺電、無法隨意上網也沒有繪圖軟體可用的城市，他像個漁夫編織出一架霓虹照相機，百分百手工打造。他女友說的沒錯，光是活在哈瓦那，自然而然就會成為發明大師。

他在藝術學院的老師勒內曾帶幾個學生到畫家佩卓・帕布羅・奧立瓦（Pedro Pablo Oliva）的工作室，親眼見識那幅巨作〈大停電〉（El Gran Apagón）。他老師開玩笑說，這是我們古巴的停電版〈格爾尼卡〉，這位先生呢就是常常停電的畢卡索。才說完，頂上的燈就一閃一滅，像是突然掉入巨獸肚子裡，被黑暗握出許多笑聲。一道細小火光點起一支蠟燭，燭光接連散開，帕布羅・奧立瓦遞了燭臺給勒內，說這樣正好，我就是在這種一天只有一、兩個小時有電的狀態下，就著燭光畫畫。杜維耶一邊舉起燭臺，眼睛貼近畫布觀察細部筆觸，一邊想著帕布羅．奧立瓦在畫這幅畫時，他還在千里達的藝術學校鬼混呢。他老師喊了一聲，別太靠近啊，燒到國寶就麻煩了。他同學亞歷山卓說，真是傑作。誰想得到日常生活的停電，居然也可以畫出跟戰爭殺戮相提並論的史詩格局。杜維耶首先注意到的是整體畫面的綠色調。像在朦朧夢境裡不斷轉動的蒙太奇畫面，橫陳在畫面中間，簇擁滿溢的扭曲面孔如大小石頭鋪排，像條流動的河，有隻野狼的頭頂著微光試著伸出水面。他想起蘇聯解體以來的時光，想起在聖塔克拉拉、千里達、哈瓦那每一個住過的房間。大部分時候，他跟周圍的朋友一樣，靠著配給的食物過活，每餐都是不知什麼配方的大豆粉混馬鈴薯泥做成的糕餅，少量蔬菜，難得有顆雞蛋，外加一杯糖水（古巴最不缺的就是糖）。路上常有人傻站著不動，有時聽到誰突然昏倒在地的悶聲。一具具撞擊地面的身軀，提醒人們多久沒聽到肉甩上砧板的厚重沉響。那幾年不管走到哪裡，四周都像在夢遊，每個人的夢境交互紡織，摩擦，錯身而過，困惑著何時夢醒，持續遊蕩在無邊無際的迴圈。整座城市，整個國度，像是被帕布羅．奧立瓦收攝到畫布平面攤平，在綠松色水底輕輕款擺、微微晃盪。畫面上有很多介於食物、慾望之間的扭曲物體，灑出液體曲線的咖啡杯，奶子與交融在畫布上的奶子，鬍子有臉，蝸牛，雨傘，腳踏車輪圈，大批懸浮的血絲眼球，彷彿那些日日經受的饑餓、無所事事自動變形，大把大把虛擲在這條廢棄之河。

他想起大家都讀過的卡彭鐵爾（Alejo Carpentier）短篇小說〈溯源之旅〉。有誰能想到，這個國家的命運早就被寫下來封存在那十幾頁的故事裡。我們只不過是一次次循環重複那個關於拆除與建造的過程：「屋瓦卸下來了，黏土做成的馬賽克蓋住了荒蕪的花圃。頭頂上，丁字鎬正在敲開石牆，石塊沿著木槽滾滾而下，揚起大團石灰和石膏粉塵。撬開一個接一個垛口的牆，暴露出內部橢圓或方形的天花板，飛簷、花環狀、鋸齒狀和柱環狀的裝飾，以及牆上垂掛著像蛻落蛇皮的壁紙。」所以那幅畫也像撕開了一道觀景窗，讓我們直視表象底下的真實。或者那也是避難所？畢竟畫家先前還有兩幅大尺寸畫作同樣歸在這個避難所系列。那正是「特殊時期」最初幾年的寫照。例如〈大避難所〉（El Gran Refugio）的構圖光線明暗極不均勻，即使在大白天的充足光照下，看起來都像以燭光就近觀看，彷彿在述說我們的生活處在一種時時斷電的狀態（不過排泄、性交照常舉行）。至於系列最初那幅〈國王在避難所〉（El Rey en su Refugio），宛如隱喻著特殊時期岌岌可危的政治局勢，美國的巨手隨時要伸進來大肆攪弄，全體人民躲進地下避難所，戴著王冠的臉斜眼看向一旁閉著眼的大鬍子，那些人的眼睛都閉上了，陷入恍惚的瞌睡神情。三幅畫中的通道從左右兩側延伸，跨入現實世界。三個浸泡在福馬林的夢。三個浮凸的超現實腫瘤。他老師勒內說，帕布羅．奧立瓦在畫完這三幅畫後，得到的是奴隸編織工一般的眼睛。同學們，你們看他現在得隨時戴兩付眼鏡在臉上，一付看遠，一付看近，這就是藝術的代價。杜維耶的手指被滴落的燭淚燙了一下。

他老師常帶著學生到外面參訪，從鬧街上、破落社區裡採掘靈光。他老師的工作室是個隨時開放的藝術空間，即使不搞藝術創作的人都想來待一會，似乎那樣可以沾染靈感，馬上就能寫出曠世詩篇。他們常結伴在藝術學院不遠的羅梅里洛（El Romerillo）社區，跟那些住在廢紙箱、破浪板或爛木棚的住民們攀談，帶著半是社工、半是做藝術計畫的心態，學習從垃圾般的廢棄堆，清整出一個個作品。回想起來，當年他初到藝術學院，根本分不清學校建築和周邊社區的界線。高等藝術學院建築群緣自革命領袖的突發奇想：他們決定把象徵資產階級的高爾夫鄉村俱樂部大草地，全面改造成世上最瑰麗的夢想地景，匹配這場最激越的革命勝利。三個建築師投入規劃，兩個月內提出設計圖，五個系所草圖看來就像子宮、乳房和迷宮的有機生命體，準備哺育一代代的藝術新血。然而美國禁運制裁，建築材料稀缺匱乏，工程走走停停，到了一九六五年全面停工（停工日還正好是七二六這個意味深長的革命紀念日）。杜維耶在停工三十年後踏入藝術學院時，感覺走進了樂園廢墟，或某個古文明遺留下來的，分不清是未完成還是頹圮多年的建築群（有同學跟他說，廢棄的芭蕾舞學院真的曾以外星文明的寺院布景出現在電視影集裡）。他早習慣在古巴，所有事物、器具都會存在很久很久，久到你以為世上沒有什麼東西是新的。橄欖綠兄弟[1]應該也是永遠不死的。新是奢侈。

新是幻想。新是很久以前。新是很久以後。新跟此時此刻沒有關係。那些在古巴會發亮的事物，只有刺眼的熱天烈陽、圍困島嶼的海面波光。就連排了兩個多小時隊伍吃到的可佩莉亞冰淇淋，嚐起來都充滿觀光客舔過的陳舊滋味。

偉大卓越的光榮年代過去以後，剩下無限延長的平庸日常。這是他日日穿梭在學院建築群廊道的感受。那些不可思議的天際線弧度，有時像鳥，有時像棕櫚葉。頭上一張張高聳帳篷般的加泰隆尼亞拱頂，棕色陶片、紅色磚塊和白色水泥在其中無盡拼組，有如即將膨脹起飛的熱氣球。蜿蜒的蛇形長廊。錯綜交織的迷宮通道。整座校園是一個龐然的常設裝置展品，而那未完成的空間，正因為無法封閉，才能通往各種可能性。雜草蔓生，苔蘚似墨，暫時棲居廢樓的人們，被拆卸到別處再利用的建築材料，共同長成呼應這群有機建築的生態系。當他在芭蕾學院屋頂上層連綿的拱頂漫步，底下常有淹水未退的窪池或細流，有時不免想，老師勒內那些充滿節制、精準的圓點式筆觸油畫作品，其實並不來自諸如秀拉的點描或李奇登斯坦的漫畫網點，而是因為長期生活在這群半廢棄有機建築，自然長出類似像素圖的技法，描繪我們被分裝或阻隔在各種曲折通道、抽屜、房間的處境。

所以他也只是從哈瓦那的簡陋火柴盒，跨越海洋和陸地，進到駐村中心分配的另一個火柴盒。他的作品是火柴棒搭起來的，燃燒過後，回歸空白，塗抹灰燼寫成履歷。那幾年跟著老師做作品的過程，他覺得自己跟拾荒者沒什麼兩樣。撿到什麼用什麼一向是古巴人的美德。但這城市有兩百萬個發明大師、維修大師和回收大師在篩選物資，連他們也不要的東西，到底能做什麼？他思索良久。他跟幾個同學混在老師的工作室時，不用檢查冰箱也知道沒什麼東西可吃。冰箱電源線擱在一旁像捆冬眠的蛇。大家抽著僅有的配給大眾菸，輪流喝一瓶不知哪個窮人智慧王發明的奇斯帕特楞（chispaetren）、阿茱昆（azuquín）、卡拉姆布科（carambuco）、馬富科（mafuco）或其他什麼無聊名字的爛酒，取笑彼此明明吃不飽卻還是浮腫的身材。聽說誰患了腳氣病，誰身上出現多發性神經症狀，誰從腳踏車上斷電似的跌倒在地。不過大家都還活著，活著做愛，活著空想，哪天要揮霍很多顏料，抽很多大麻，喝很多酒，吃很多肉。他們唯一得到這些物資的辦法是畫畫。把這些渴望畫在紙上，或拿手邊找得到的廢品材料剪剪貼貼。他們以虛構滿足形而上的想望，再試試看有沒有機會換來真品。

杜維耶綁出第一臺立體繪圖相機後，接著是坦克、鯨魚以及一個個或走或臥的男人女人。他畢業前參與哈瓦那雙年展，畢業後留校任教，跟老師成了同事。他開始循著老師的腳步，辦展參展，賣作品，每幾年到外國藝術機構駐村交流。他每到一個地方待一段時間，就像個漁夫，從虛空之海打撈出一個個在黑暗中懸空發著螢光的3D模型。那些資歷真的幫他換來另外幾個女友，組隊又拆夥的搭檔，一間獨立工作室，一臺Sony Cyber-shot數位相機，一部十三吋MacBook Pro，一臺iPad，一支iPhone以及一個女兒。

杜維耶籌備第一檔個展時，拼組了自己成長過程的老照片、舊書刊和影片，他剪輯成幾個循環播放的錄像作品，跟尼龍線編織成的立體展品並置，展覽動線沿途擺放一列列大型牛羊石膏仿製頭骨、人類骷髏，搭配美式漫畫風格的人物肖像。他想營造類似記憶回閃的效果，同時解剖生理和心理種種變動不居的影像。他出生那一年，是古巴航空四五五班機爆炸，也是公投通過社會主義共和國憲法之年。他像猴子在學校、空地跑來跑去踢足球是相對平淡的八〇年代，聽蘇聯製電唱機或收音機，路上常見的汽車不再是鋪張的道奇、普利茅斯這類美國車，而是強調實用的蘇聯拉達、伏爾加，身穿國產牛仔褲，吃黑豆飯，喝土可樂（tuKola）。渾然不知遠方的牆即將倒塌，匱乏的幽靈隨後要張口吞噬這座鱷魚島。杜維耶十五歲進千里達藝術學校時，發生古巴投手雷內．阿羅查（René Arocha）叛逃到邁阿密的事件。在他整個成長過程，身邊總有誰離開，有誰離不開，沒人確定那些說要離開的人是否抵達了彼岸，大家都習慣了不辭而別。但像這樣趁出國比賽跳機的運動員卻是第一次。那像是不祥預兆。當阿羅查在大聯盟的聖路易紅雀隊登板先發時，給了所有老是吃不飽的棒球員一個啟示：你可以像我一樣。多年來總有人跳上綁著輪胎、塑膠油桶的破舢舨，前往彼岸的應許之地，只要上得了岸，就可以重啟另一個人生。這是全民運動，真正的運動員接二連三下海了。

事後回想所謂的特殊時期那幾年，杜維耶只有恍惚、模糊的感受。也許從那之後，整個國家就像患了糖尿病的老人，搖搖晃晃，昏昏沉沉，我們有免費、優質的醫療照護，卻沒有藥，我們可以這樣一直活著拖下去。時間鬆軟得像不停融化的冰淇淋，黏稠，甜膩，化成舌頭來不及舔舐的糖水。每個人就眼睜睜看著糖水流過指間，什麼都握不住，只有一手汗漬和甜味。所以當他在佛蒙特駐村中心的餐廳吃到大豆粉混玉米糊煎成的鬆糕，喉頭自動乾嘔，只得改拿一缽生菜沙拉淋上厚厚的凱薩醬來消除噁心感。他試著跟同桌的臺灣作家說，九〇年代吃這玩意實在吃夠了。他這一生對大豆粉做成的任何食物的配額全部耗用完畢。他想這大約就像在他鄉偶遇失聯多年的舊情人，在親切打過招呼後，才猛然想起當年分手的嫌惡。他慶幸自己撐過來了。臺灣作家在桌上談起美國職棒大聯盟的古巴球員，亞希爾．普伊格（Yasiel Puig）、荷賽．費南德茲（José Fernández）、約尼斯．塞斯佩達斯（Yoenis Céspedes），其實杜維耶都沒聽過。他還遲疑了一下英文的 Baseball 是否就是古巴說的 Pelota。他知道有朋友會固定到某個地方偷偷聚會，接上日本製的衛星碟形天線，收看大聯盟比賽，但他從沒去過。他滿訝異臺灣朋友對這些球員的瞭解，也跟著在交誼廳一起看了場洛杉磯道奇對聖路易紅雀的季後賽。對照記憶中他進場看球或轉播的棒球賽，電視畫面裡的球場、草皮、球員、頭盔、球棒等無一不乾淨明亮，彷彿他記得的球賽是畫質黯淡、顆粒粗大的拷貝品。最終道奇輸掉比賽。臺灣朋友說，真奇怪，道奇隊這個王牌投手一向厲害，老是到了季後賽就被打敗。對方熱心拿來筆電，打開幾個球員比賽精華影片給他看，解說這個叫做荷賽的年輕投手才二十歲，很有機會成為主宰接下來十年的大投手。據說這傢伙十五歲前三次嘗試搭筏闖美國，進過三次監獄，到了第四次才成功。臺灣朋友開玩笑說，這個投手的姓氏跟你的一樣，該不會有親戚關係吧。杜維耶說可能喔，我得去問問我爸。不過我已經十五年沒見到他了（事實上臺灣朋友不懂他們拉美人的全名包含父姓和母姓，他也懶得解釋）。他們大笑。他問臺灣朋友為什麼喜歡看棒球賽。對方說，我們在臺灣有個說法叫做「美國時間」，意思就是你時間超級多、多到隨便浪費都沒關係。棒球賽就像這種美國時間的體現，節奏慢，沒有計時器在一旁滴答作響，一場比賽要打上三、四個小時。球員和球迷花最多時間在等待，等一次投球、一次揮棒、一個高飛球或一支全壘打這些幾秒間就完成的動作。杜維耶回，我現在知道我們古巴人為什麼那麼會打棒球了。

那一個月，臺灣朋友常常找杜維耶一起混，結伴到超市採買或在工作室戶外打桌球。他們兩個都不怎麼會打，只是拿著啤酒，裝模作樣捏著球拍，打過來打過去，撿球時間遠多過球桌上的往來。臺灣朋友時不時要問他拉丁美洲文學，什麼賈西亞・馬奎斯啦、巴爾加斯・

尤薩啦、卡洛斯・富恩特斯啦、胡立歐・科塔薩爾啦、波赫士啦，其實他讀過的不多（沒錯，這又是另一個玩笑：我們古巴人識字率非常高，但沒多少書可讀）。所以當對方請他推薦古巴小說時，他就說了佩卓・胡安・古鐵雷茲（Pedro Juan Gutiérrez）的《骯髒哈瓦那三部曲》（*Trilogía sucia de La Habana*）。他說要瞭解哈瓦那、瞭解古巴人的實況，讀這本就對了。同桌另一個古巴來的藝術家瑞秋笑得花枝亂顫，大大贊同杜維耶的建議，她轉頭跟臺灣朋友說，這裡面就是Sex、Sex、Sex，當然還有很多別的，但你應該會覺得有趣。瑞秋跟杜維耶交換眼神，露出共謀惡作劇般的詭笑。

說到瑞秋。杜維耶聽過一些朋友提起她去年在哈瓦那雙年展的作品。或許她的美貌比起作品更引人注目。他知道瑞秋是美國攝影師麥可・德魏克（Michael Dweck）那本攝影集《自由哈瓦那》（*Habana Libre*）的封面模特兒，也有畫作收錄在攝影集裡。他也知道那本攝影集試圖捕捉藝術工作者、政府高層子弟的群像動態，好些朋友都受邀入鏡，甚至有菲德爾的兒子、切的兒子。去年在哈瓦那的美術館也舉行攝影展，讓德魏克成了美國封鎖古巴五十年來第一個辦展的美國藝術家。據說菲德爾的兒子對德魏克打趣說「感謝讓我成名」。他也知道瑞秋是他任教的高等藝術學院附近那所更古老的聖亞歷杭卓藝術學院畢業的，整整小他十四歲，就跟他的學生們差不多大。瑞秋到什麼地方總會引起騷動。有幾個駐村的年輕藝術家來向他打探，試著獲得一些瑞秋的訊息。他有些同情這些傢伙。他們應該想想，一個年輕的古巴女孩怎麼會出現在這裡駐村。這可不是這些在美國大學裡不用擔心筆刷、顏料庫存，整天舒舒服服搞創作、抽大麻的學生有辦法理解的。你們只是來畫畫，我們卻得冒著生命危險才能摸到畫筆。所以他有時也覺得，無論真實或虛構的牢籠，只要你試圖想打破越界，最好得下定決心。他的很多學生也想效法一些出走的藝術家前輩，在美國或歐洲揚名立萬，但最關鍵的可能不是藝術天賦，而是克服考驗的意志力。瑞秋當然有這種毅力和實力。不然她就不會跑到巴塞隆納，而且能出現在佛蒙特駐村了。他老師勒內說的沒錯：只要你認為自己是個藝術家，雖然看起來什麼都沒有，但其實什麼都有。

他算喜歡瑞秋那個雙年展作品的概念：在馬雷孔海堤大道豎立一段約一百公尺長、兩百公分高的巨型雙面鏡，同時映照堤防、海天景色和來往遊覽人車。簡潔、有力，令人印象深刻。像是把雷內．馬格利特的畫作投放在實境風景，鏡面邊緣有如隱匿的畫框，與周圍環境看似交融又不完全。天光雲影在鏡面上作畫，隨著不同角度的陽光、波光折射，那就是一幅隨時修訂加筆的動態畫。觀看的凝視只有一瞬間。每個瞬間都呈現不同的版本。逗留的遊客、發呆的小孩喜歡在巨幅鏡面前觀看自己的倒影，做些滑稽動作，像在觀察圍欄裡的動物。裝置展品營造互動體驗，鏡像加倍人潮，也使那些鏡前動作看來加倍可笑。不免令他想起哪個朋友的評論引用了波赫士一段話：「鏡子和交媾一樣可惡，因為都使人口倍增。」他會趁著出國期間查看其他古巴藝術同行的近況，稍微瞭解別人的作品在哪些地方展出、獲得怎樣的反應。在哈瓦那反而有些困難，畢竟網際網路不方便，也不太想浪費錢上內聯網在古巴版臉書「紅色社會」（Red Social）發文。

杜維耶決定此趟駐村最終交差的作品是兩顆對視的骷髏頭和頭顱、一座大房子模型。雙頭組放在個人工作室內，大房子則利用戶外一張木製大野餐桌和上方爬滿藤葛的涼亭架拉線編織。事先在草圖上標好全部落釘、繩結的位置，實際動手編織起來就只需幾天工夫。在戶外做大房子模型時，拉出幾卷線軸，灑開鑰匙般的掛勾，白天氣溫逐日遞減，套著連帽夾克的杜維耶打開筆電，連接中心的無線網路，線上播放哈瓦那俱樂部拍攝的一系列藝術家、音樂家訪談影片（也包括他自己的），邊聽邊做，有時哼哼歌。駐村最後一天的開放工作室日（Open Studio），大家各自穿梭五十多個工作間與展品地點參觀，觀賞其他人這一個月來的成品。作家們那棟兩層樓小屋沒什麼可看，只能提供一丁點沉靜的書寫氣息，杜維耶看了兩三個房間都是一組桌椅、一張單人沙發的單調布置，轉身往其他展間觀覽。他看了肯亞畫家的閱兵慶典細筆水彩畫、美國黑人畫家的幾張油畫靜物和自畫像，在印度藝術家工作室看到如螞蟻大軍爬行在整片牆面、白色工作桌和畫布上密密麻麻的阿拉伯數字，全是她以鉛筆一個一個數字寫上。瑞秋則在戶外草坪的幾棵楓樹上，吊掛數十片方形玻璃和鏡面，延續她嘗試鏡像媒材的裝置作品。這是一場籌備一個月，展期一天的集體作品展。對他來說，製作作品最重要的是時間。更精準的說，是作品存在的短暫時間。他使用的線材、燈光、螢光3D線條，全都不是諸如鋼鐵、鑄銅、石材這類本質上具有時間耐受度的材料。相反地，他追求的正是一種不確定感，甚或潦草，始終只有線條構圖的尼龍線模型。好像這些虛擬物永遠無法填充血肉轉為實存物。隔天，他拆除絲線，撬起掛勾，收起線卷，清理完畢。

那之後幾年，他陸續到邁阿密、巴黎、墨西哥城、貝魯特駐村，在更多地方參展交流，多賣了些作品，世界似乎擴大了一些。但哈瓦那依然是哈瓦那，像一瓶特級陳年蘭姆酒，封藏著其他城市沒有的風味。每次歷經曲折、疲憊的航程回到荷塞・馬蒂（José Martí）國際機場，熟悉的溫度、溼度撲面迎來，海關人員的西語腔調讓通關的低效率都顯得無比親切。不論在外是怎樣的步調，回到哈瓦那就只能按照這裡的節奏慢慢來。出第一航廈，搭上公車拖拖拉拉前往市區的車程中，他的心緒也跟著緩緩平穩，準備回歸日常。杜維耶有些意外臺灣朋友的熱情，時常主動傳來問候，每當他出國上臉書，總有幾個來自臺灣的未讀訊息。他有時上網隨意瀏覽臺灣相關資訊：十五世紀時是海盜出沒的天堂，與古巴同樣是位在北回歸線上的島國，皆被西班牙殖民過，兩地相距一萬四千五百多公里，臺灣人口約是古巴人口的兩倍，但古巴的領土大概是臺灣的三倍。臺灣跟中國的關係似乎很複雜，令人聯想到古巴跟美國。他記得臺灣朋友有次開玩笑說，我們的國家可能都有個卑微的願望：希望被當成正常國家看待。

來來去去間，杜維耶發現女兒愈來愈成熟了。女兒大部分時候跟她母親、外祖父母住在老城區的公寓，只要他有時間，總會跟她聚聚。古巴女孩大概在十一、二歲就會散發女人味，也開始會有些男孩或男人主動示好。他希望這幾年可以多陪陪女兒，有機會就帶她一起出國看看。畢竟再過幾年，她需要的男人可就不是父親了。也是那幾年，歐巴馬當政的美國逐漸改善與古巴的關係，「古巴五人」終於被釋放歸國，兩國政府陸續宣告關係正常化、恢復邦交關係互設大使館、美國放鬆古巴裔美國人匯款到古巴的限制等等。他在哈瓦那的生活也似乎跟著政治局勢在變化。他四十歲這一年談了認真的新戀情，改制為藝術大學的高等藝術學院再次邀他隔年回鍋任教，接著聽說滾石合唱團要來古巴開演唱會，而歐巴馬也預定在卸任前訪問哈瓦那。

與這些改變相伴的是一連串社會、經濟的變革。政府裁遣大量雇員，開放多種獨立職工業別，意思就是要人民自個想辦法。街頭出現的糕餅小販、路邊攤商不再只是要削攸馬（yuma）[2]觀光客，也對一般市民做小生意了。有資金、有辦法整理出房間的人就做民宿、做帕拉達（Paladar）[3]，專收可兌換披索（CUC）。[4]公營計程車、私營計程車、人力三輪車、馬車在市區滿街跑。他知道有些在學校教書的朋友或醫生，趁著沒課沒班的時候開私車載客賺外快。畢竟一個月五百多披索（CUP）薪水實在不夠養家餬口。不過這得取決怎麼看待生活需求。以他在國外駐村的經驗，生活確實便利，隨便哪間路上的商場貨架，永遠滿滿數不盡的品項。但相對的基本花費也高，每次付帳時在心裡轉換一下古巴披索，總有小小的驚嚇。況且國外什麼都要花錢，花費最高的醫療、教育，在古巴都給政府全包了。要是條列種種生活優缺點，搞不好也是互相抵銷。這樣還是生活在哈瓦那稍微輕鬆一點吧。處在變動中，特別容易對歷史產生複雜感受。杜維耶想到這國家被美國封鎖超過五十年，靠著複雜的國際戰略、物資交換撐持下來，到頭來在路邊攤擺滿的還是好萊塢盜版影碟，想要成名、賺大錢就非得到美國不可。他幾次在邁阿密的小哈瓦那區晃盪，四周是幾十年來陸續搬遷、偷渡到美國的古巴人或者這些人的子女（如今尼加拉瓜、宏都拉斯人愈來愈多了），走到多米諾公園，一桌桌老人圍著玩多米諾骨牌，接著晃到附近的星光大道，地板鑲著古巴裔名人的姓名，抬頭是路邊一排古巴雪茄店、紀念品商店、餐廳。當他站在古巴人紀念廣場的豬玀灣事件碑前，湧起的是對歷史記憶的歧異感受。在那小小的、容易錯過的豬玀灣紀念館裡，他看著牆上掛滿參與戰役的二五〇六旅的士官兵照片，彷彿看見兩種版本的古巴。一種是眼前的小哈瓦那街區，乾淨、整齊，建築物看上去並不破敗，即使老舊，不愁材料零件更換。另一種是他熟悉的長期過度耗用、邊角磨損的泛黃哈瓦那市容。兩個城市有著千絲萬縷的連結。在每個古巴人似乎都有親戚的邁阿密，反卡斯楚的流亡古巴人組織，長年詛咒島國崩潰瓦解，始終不成。而海峽那邊的島國，總是偷偷收看美國贊助的馬蒂電視臺節目，偷偷羨慕著另一邊的親友，忍受不變的日常。歷史該算在誰帳上？一條是資本主義的無聊，另一條是社會主義的無奈。當今的哈瓦那似乎正在兩種道路裡艱難游移，像他這樣的普通人只能隨波逐流，想辦法存活下來。

杜維耶在四十歲這年開的個展取名為「誰的歷史」。他把整個藝廊展覽空間視為一間房屋，透過十多幅身穿古巴國旗裝的女子為主的水彩漫畫，搭配木製長凳、工作桌、木窗框、嬰兒床，複合鋪設他拿手的３D電腦繪圖風格的尼龍線材模型裝置。核心畫作是一個四肢蹲伏、背對觀看者的女性身體，她背負著整座島國形狀的重量，卻又被重重束縛的絲線固著，無法變換姿勢或站立。他當然知道有人會把這個作品解釋為國族寓言。他故意在嬰兒床裡架設兩層霓虹細管般的古巴島國地圖、狗爬式女人模型，旁邊父母一般照看的是紐約自由女神像、古巴男神像的巨幅漫畫站在名為「大房子」的基座。工作桌上擺放戶外大型尼龍絲線裝置的分色草稿、微縮木造模型、畫具、筆刷。牆面是擬人化的古巴女神在港邊擎著自拍棒跟入港郵輪自拍，古巴女神雙腿岔開蹲踞，古巴女神在美國老爺車上給三個男人環抱，古巴女神慵懶斜躺在星條旗背景的山丘，古巴女神在運動場上幫另一個古巴女神覆蓋國旗，古巴女神在餵食美國獵鷹……。藝廊屋頂的大型裝置在夜裡散發紫色、藍色、綠色、紅色霓虹線條，顯現出一個大天使張開的偉岸雙翼，各自懸吊著天平。時代似乎正在往不同的方向邁進。

當年九月下旬，杜維耶看到邁阿密馬林魚隊投手費南德茲船難過世的消息。報導說他跟兩個朋友從邁阿密海灘開船夜遊，不知什麼原因高速撞上礁石，三人全數罹難。報導也說，他剛完成一個出色賽季，極有機會成為史上在大聯盟成績最好的古巴球員。他才二十四歲。杜維耶想到這是臺灣朋友曾跟他提到的古巴投手，想起這個年輕人闖渡美國三次失敗，第四次因為母親落海還跳水救人，驚險抵達墨西哥，才輾轉到邁阿密。他在大聯盟的成就，好像一個絢爛、短暫的夢。也許他的故事是另一個溺水者在死前孵出的一顆幻想泡泡。他從那片海的吞噬逃生，最終又歸還給了海。

十一月上旬，川普當選美國總統。同一個月下旬，菲德爾過世。

過了幾年，杜維耶慢慢覺得先前幾年的古美局勢轉變，或許也是個短暫的夢。委內瑞拉的局勢劇烈動盪，上百萬人遷往鄰國，連帶影響到緊密伙伴古巴，而美國似乎又回復到那個惡霸模樣。古巴繼續回到古巴的老樣子。有些外國朋友不時談起他們在國外看到的報導，物資、能源匱缺，談論著「新特殊時期」襲來。事實上，從特殊時期以來，特殊時期就像盤旋在古巴島國上空的幽靈，從來沒有真正離開，也就談不上再次降臨。古巴人民總有辦法活下去的。杜維耶打算繼續先前十幾年的循環，教書、創作、出外駐村或交流，好好跟未婚妻一起生活。未來就之後再說。

就這樣，直到去年底，他收到臺灣朋友傳來的駐村資訊。他想姑且試試，反正還沒去過亞洲，有機會待上一段時間也不錯。經過一些必要的申請程序，終於敲定今年的五月二十一日早上從哈瓦那出發，預計在臺灣時間二十二日晚間抵達。他收拾行李，檢查該帶的筆電、相機、手機，確認邀請函說臺灣的電源插頭形式和電壓都跟古巴一樣。近午時分，他跟妻子在床上聊了一會，疲倦感襲來，隨即陷入深深的睡眠。

小睡片刻，他惡夢驚醒般睜開眼，發現上方是陌生的天花板。身旁妻子仍在熟睡。他起身摸索這個陌生的房間，打開電燈開關。妻子醒了，他們走到客廳，落地窗外是陌異的街景夜色。杜維耶在屋裡穿梭，試著找方法確認這是哪裡。這個屋裡滿是書報雜誌，看起來像是日文又像中文，兩個像是工作室的房間各擺著桌上型電腦。他在其中一間的雙人沙發上找到平板電腦，幸好沒有鎖定密碼，順利打開後自動連上無線網路。妻子打開落地窗，外面傳來潮水般吐出大量嘈雜的西語交談聲。

他發現他們此時身在叫做臺北的城市。

注釋

1 此處指卡斯楚兄弟，他們的橄欖綠軍服已成為招牌標誌。
2 yuma在古巴當地是指外國人。
3 指民間私營餐廳。
4 可兌換披索（CUC）是古巴針對外國人發行的貨幣，古巴披索（CUP）則是當地人使用。這種雙重貨幣已於二〇二一年元月取消。

過度開發的回憶

二〇二四年五月至十月，哈瓦那

客廳傳來總統的聲音。她在哈瓦那自由飯店二十樓的陽臺往外看，整座城市縮成小小的等比例模型，迎風獵獵，總統的說話聲斷斷續續。她舉起簡易單筒望遠鏡，在圓形視野中，浮現在附近樓頂抽菸的建築工人、在陽臺晾衣服的中年女子、遠處海面的粼粼波光。或許總統說些什麼不重要，她只是想要他的聲音陪伴在身邊的感覺。她小時候有個YouTuber專門剪輯好萊塢熱門電影精華，配上字正腔圓、低沉帶磁性的旁白男聲，說的儘是些黜臭白爛話，她記得她爸老是邊看影片邊笑到抽搐得像舊疾復發。她媽這時會從屋內另一側遠遠喊，太誇張了你。她知道爸爸在笑什麼，但她爸總忍不住要解釋：「妹妹，妳知道這個為什麼好笑嗎？因為那個正經八百的配音就是高反差。」她爸還繼續笑，連她心裡都疑惑哪有這麼好笑。她放下望遠鏡，喝了口看臺小桌上的瑪黛茶，略略含著，茶湯混著些許澀味，汩汩散開在嘴裡。她之所以那麼愛聽總統的Podcast可能跟她爸一樣，只是想聽聽那個正經的聲音跟任何什麼人喇賽。

她爸問，妹妹啊，為什麼要留在這裡，跟我們回去不好嗎？電影這麼非拍不可？

她媽說，妹妹……（抱著她）記得每天打電話報平安，別讓我們擔心。

她拍拍媽媽的後背，要她放心，都那麼大了會好好照顧自己，請他們專心照顧澎湖的阿媽。她在荷塞·馬蒂國際機場跟父母道別，目送他們跟著通關隊伍移動，掏出護照、機票準備讓機場勤務人員查驗，隱沒在門後。

開車回哈瓦那市區路上，降下的車窗沿路吹著午後熱風，有種空了的感覺，反倒像獨自遠行。坑坑巴巴的馬路刮掉舊柏油，露出底下滿是碎石子的灰土路，塵土四散，不遠處的鋪路工人隊伍隨著壓路機，節奏有致地推平滾燙柏油、熱壓路面的交通指示標誌。她稍等會車暫停，看到一身穿黃色雨衣的假人偶戴著安全頭盔，標著安全第一，旁邊掛著哈瓦那路平專案計畫標記。刮痕、汙漬的人偶眼神堅定凝視來往人車。說是要留下來拍片，其實拍攝團隊沒set好，導演還在弄不知改了幾百遍的劇本。這段時間，她打算靠開Uber、外送餐點這類共享零工活，加減賺些生活費。因為一些她不懂也懶得弄清楚的國際政治、外交協商什麼的，現在政府開放來古巴旅行的遊客更多，大家都好奇這裡的變化，紛紛想一探究竟。但其實哪有什麼不同，就是兩座島上的居民莫名其妙互換，哈瓦那大教堂還是哈瓦那大教堂，艋舺龍山寺還是艋舺龍山寺，臺北一〇一的高度仍然是五〇八公尺，荷塞．馬蒂紀念塔同樣在一〇九公尺，觀光客要看要訪的景點依舊，只是住在周圍的人跟以前不一樣而已。

她記得那個奇怪的夜晚，睡著時在臺北，醒來時在哈瓦那。她起身出房間，看到兩個同住的室友聚在客廳，滿臉困惑。她突然想到口袋裡的手機，掏出看，螢幕顯示Etecsa電信商訊號，但前夜掛著耳機聽Podcast入睡，手機快沒電了，充電線不知在哪。兩個室友的手機都不在手邊，她們在這個陌生的屋子裡探索，尋找自己身在何方的證據。客廳的液晶電視打開，一臺一臺切換過去，沒節目可看，最後停在畫質模糊的Marti頻道，播報員說著她們聽不懂的外語，報導一些看似在邁阿密的地方新聞。她們巡視一圈，元元說，肚子餓了，來弄點吃的吧，等等再出門看看。三個女生訝異著冰箱塞著許多食物，簡單煎了蛋、培根，烤幾片麵包，備好起司，倒橙汁，泡咖啡，吃她們醒來後的第一餐。

「這樣好像一起出來玩喔。」

「住在不知哪裡的民宿。」

「希望等等不要有人突然從廁所跑出來說我們亂闖民宅。」

「安啦。我巡過廁所了，沒人。」

她們用完餐，巡視這幢樓板面積寬闊的三層樓建築，米白牆面斑駁，滿是陳年汙漬，每層應有兩到三戶，她們所在的是二樓靠內那戶，採光相對陰暗。走到外面門廊的拱型對開百頁大窗往外看，三面挑高拱廊夾出一方天井，中央有座乾涸的酒杯型噴水池。下到一樓天井抬頭看，二樓雕花柱頭上面的陽臺邊掛著隨風搖曳的衣物。街上滿是被房屋吐出的湧動人潮，像是徹夜不眠尋找走失的親人或貓狗那般惶惶不安。她們聽到路旁圍成小圈抽菸的幾名男女談論，湊過去聽，說這裡十之八九是哈瓦那。她們見到一些人舉著手機或平板電腦，試圖找到無線網路連結訊號，神情恍惚，有如夢遊。

「這不是夢吧？」室友輕巧隔擋元元要捏她臉的手，「如果是，那就太棒了。」

「有什麼好開心的，妳連胸罩都沒穿耶。」另一個室友說。

「我們都在哈瓦那了，哈瓦那耶，什麼胸罩沒穿啦。」

她們在附近幾個街區轉，走走停停，發現到處是臺灣人，沒見到任何一個疑似的當地人。晃到海堤大道，堤防上或坐或站塞得好滿，許多人不畏豔陽，徒手遮陽，瞇眼遠眺，嘰呱呱伴著海濤拍岸。路上有人開老爺車、騎腳踏車、拉人力車、駕馬車呼嘯穿梭，也有人靠在貌似拋錨的車旁，打開引擎蓋檢視。似乎沒人在乎這到底是怎麼回事，所有人看起來都順其自然接受了自己身在哈瓦那的事實。她們三個晃啊晃的，見海堤大道路邊面海的老樓咖啡店近乎滿座。她們穿過高聳的拱廊門柱，喧鬧盤旋在室內半空出不去層層疊加，好不容易併桌入座，幾個小孩或跑或爬竄遊桌椅間，幾個在懷抱中的嬰孩哭出尖銳的嘶喊，揉進鬧哄哄的交談聲。有些會操作義式咖啡機的人，就地取材，自動自發打起奶泡，拉出一杯杯拿鐵或卡布奇諾，有些圍觀的人則央求那些吧檯手好心賞杯咖啡。也有人從冰櫃、廚房和倉庫找出一箱箱飲料和蘭姆酒，要在場大家憑良心取用。接著是有人自願烹調食物發放，飲食隊伍隨之成形。一時間，咖啡店變成某種居民安置中心，也出現了維持秩序的糾察隊。於是有自稱是臺北市某某里長、臺北市某某議員陸續發言，安撫眾人冷靜，他們會儘快聯繫政府單位，查明目前狀況，再以最快速度傳達給民眾知悉。他們說，當下只能說我們可能身在哈瓦那，但無法完全確定。

（這時有人大聲喊：我來過這裡——這裡是哈瓦那沒錯——）

謝謝這位先生。總之我們儘快確定後再回報給各位。現在我們暫且約定明天上午九點鐘在這裡集合，相信我們那時會有更多資訊給各位。

（這時有人大聲問：我們要睡哪裡？吃飯怎麼辦？還有工作、小孩子要上學——）

現在最好的辦法，就是請各位回到你們今天醒來的地方，把那裡當成你們的暫時住處。在住處找得到的食物請自行判斷能否食用。至於工作和上學，建議各位就當成是放颱風假，暫時先不要著急，明天再來討論。等等請在場通西班牙文的民眾留步。另外，也請有醫療背景的民眾到左手邊集合。各位如果還有其他問題，請隨時到這裡找我們商量。

天色從飽滿藍色一個像素一個像素慢速抽換，在人們沒注意時，已是滿天金黃的漲潮時分。波浪猛烈拍打海堤，激出無數條弧線，炸開水花，濺灑一地。大部分人不曾見識向晚時刻的海堤大道，許多人跑出咖啡店，迎向在空中爆裂的碎濤，伴隨尖叫和嘶吼，大笑聲不絕，海堤旁再次擠滿跟浪潮互潑的人潮。她們三個離開座位，打算回剛才醒來的公寓。途中，有人叫住她。她說是老朋友，讓兩個室友先回去。

「在臺北整年都碰不到一次，結果在哈瓦那碰到了。最近怎麼樣？」

「最近喔，跟你說一件很扯的事。」

「什麼？」

「就是我一整年都避開前男友可能出沒的地方，結果剛才在哈瓦那的不知怎麼發音的街頭被他遇到了。」

「幹麼用第三人稱啦。而且我什麼時候變成前男友？」他乾笑兩聲。

「不覺得這樣比較戲劇？」

「他也這麼覺得。」

元元認識他的時候，他還在讀研究所最後一年，同時寫些散文、小說參加文學獎比賽，後來則是跟人合作寫電影故事、劇本，但沒一個真正拍出來過。他以前常說，難過的時候，只要換個敘事人稱，馬上會感覺不一樣。只要把「我」變成「他」，那就像是旁白在敘述別人發生的事。這樣你就會有安全距離，隔開那些痛苦難過的事。元元從交友軟體認識這個男子，想到兩人差了八歲很興奮，有種不倫的偷情快感。一開始他們只是在網路打屁亂聊，偶爾見面也約在麥當勞、星巴克之類的場所，並沒有發生一起到賓館開房間這種刺激的事。有次，他看元元在讀數學參考書，居然順手教起她來，像是會請喝咖啡的免費家教。元元總是刻意穿高中制服跟他見面，直到他問「奇怪妳們臺北女生為什麼老愛穿著制服」。接著說起他大學時代年年都有的制服日活動，略帶嘲諷：「我們鄉下來的，才不想被認出來。但臺北的同學都很熱中穿他們的建中、北一女、附中、中山、景美、成功這些制服。」從那次之後，元元就不穿制服跟他見面了。最初兩三年，他們有時像感情不錯的家教和學生，有時像年紀差八歲的兄妹，有時也像可以說點心事的朋友。元元跟著他讀了些文學作品、看了些藝術電影，後來則常常充當他的作品的讀者。他們之間什麼都沒發生，卻又像除了戀愛什麼都發生了。元元有次開玩笑問，你是不是把我當成什麼文藝少女養成計畫之類的。他卻認真想了一會，答說搞不好我有那個想法但自己沒察覺。

「都是你啦。我現在知道什麼馮內果和布勞提根影響了村上春樹寫《聽風的歌》的風格是要幹麼。都你害的。」

「不要忘了一九七八年四月養樂多燕子隊的戴夫．希爾頓打的那支二壘安打。」

她記得當時的對話是這樣。而那次對話是從她的名字開始的。

「突然想到，妳爸媽喜不喜歡村上春樹？」

「家裡好像有幾本。」

「妳的名字感覺很像《國境之南．太陽之西》的主角。妳問問看。」

「什麼嘛。」

後來問了，他們說是翻字典算筆劃來的，跟村上春樹一點關係都沒有。她反而有點失望。她本來以為名字裡的「元」是因為她出生於二〇〇〇年一月一日，或者「一元復始，萬象更新」之類的意思都好。她讀完圖書館借來的《國境之南．太陽之西》後，跟他撒謊「雖然很討厭，被你矇對了，他們真的是因為那本小說的緣故取名。我爸還很得意終於有人看出來了」。

元元在大學時期談過一些戀愛，總是維持不久。反而跟他的關係一直不錯，偶爾看電影、漫談，聊聊彼此最近看的書。他勉強交出畢業作品後，繼續參加一些文學獎比賽，申請創作補助，大多沒中獎。後來他跟朋友一起到那兩年爆紅得像搖滾巨星的原住民立委辦公室工作，漸漸不容易約時間碰面了。元元照常過她的生活，渾渾噩噩讀完大學，不明所以考了個臺灣文學研究所。她對學術、創作都沒很大熱情，認識了其他同學更是覺得自己從來不像他們那樣，對文學充滿期待和想像。她只是到處幫忙，同學要拍短片、搞小劇場，她就出個人力換便當吃。她從來不說自己在小學五年級的時候主演過一部小成本電影。以前談戀愛不懂有些事藏在心底就好，結果每次說了，每任男友都想要一邊看著她主演的電影，一邊做愛。她每每詫異於這種要求的一致性。她有回忍不住問他到底為何男人總是要這樣。

「妳就是那部電影的小女孩?!」

「怎樣。」

「是我的話，我也……」

「你很賤欸！」

「我是說，我也會不爽。聽我說完再罵嘛。」

「最好是。」

「我覺得啦，妳當年那個角色，明顯在跟《終極追殺令》裡的小女孩娜塔莉．波曼致敬。其實後來的韓國電影《大叔》，元斌演的那部，也有類似的設定，都是孤獨寂寞的強者配一個可愛、可憐又成熟的小女孩博取同情。這樣說起來，丹佐．華盛頓的《火線救援》也算。至於連恩．尼遜的《即刻救援》系列則是同樣主題的變奏，畢竟女孩都長很大了。」

「夠了。我不想知道那麼多。」

「我以前看那片就覺得小女孩演得滿好的。是妳第一次演戲？」

「謝謝你啊。也是唯一一次。」

「可惜妳沒繼續演戲。」

「由一個寫電影故事從沒拍出來過的編劇口中聽到這話，還真是鼓舞人心。」

「做人別那麼雞歪。」

「那完全是偶然。我當時就只當是參加一個月的電影夏令營，拍出來以後片子劃入輔十五級，我要過好幾年才能看呢。幸好各大影音串流平臺都沒上，知道的人也就不多了。算了不說這個。你最近很難約耶。」

「這個嘛，你應該有注意到超人氣高姓立委的動態吧。」

「我爸媽說他看起來就是要選總統。」

「噓——此事萬不可說出去。就妳知、我知。」

「可是我爸說不用是獨眼龍也知道他想幹麼。」

「妳爸居然也懂獨眼龍的哏？」

「我是不知道。不過你們用的周星馳哏都差不多。」

「那妳知道我最近在忙什麼了。」

大約那次碰面後，元元開始收聽高立委的Podcast節目。她常常一邊聽，一邊想，這些內容也是他幫忙規劃、撰寫腳本的嗎？她愈來愈習慣聽高立委談各式各樣話題的沉穩聲調，好像可以逐一撫平日常的雜亂思緒毛球。每集二十分鐘，大多是時事議題，夾雜立委個人愛好的文學、電影、音樂和運動等等內容，也時常邀來賓對談。她的臺文所老師還在課堂上推薦同學聽這個節目，宣稱是我們臺文所出產的學生，文學是可以廣泛應用到各個領域的，這就是最好的例子之一。那幾年，所上致力發展藝文影音跨領域課程，放寬到可以拿舞臺劇、短片、系列節目當成畢業作品。沒想到那Podcast有一集邀到當年找她拍電影的導演。元元幾乎是一臉燥熱聽完節目。她回想那一個月的拍片過程，跟飾演鄰居大叔的演員對戲，跟飾演母親的演員對戲，跟表演老師、導演討論表演方法，試著以自己少少的人生經驗想像另一個女孩面臨的艱難處境。雖然她早就拿到電影數位檔案，但直到滿十五歲才第一次單獨看自己主演的電影。觀眾看到母親跟同居人激烈做愛的畫面，與門縫中窺視的小女孩眼神剪輯在一起，她回想當時的拍攝現場只有她，導演要她從門縫中偷看、凝視，請她想像一個既期待又恐怖的東西在門的後面，壓抑自己不能發出聲音。她那時想像的是什麼，才過五年就模糊不清了。她看著螢幕中的陌生女孩，像是從自我剝離出來的一塊鏡像。那時她的第二性徵尚未冒出，整個人瘦巴巴，五年後已經得把乳房箍在胸罩裡，每個月要抱著肚子難受一星期。導演在節目中說，當年為了拍這部電影拿房子抵押貸款，結果電影不賣座，加上種種因素導致片子無法上影音平臺，這些年都在幫人拍片、做後製還債，仍然在努力籌備第二部劇情長片，希望到時候可以邀當年演出的演員回來軋一角。高立委笑說，導演該不會是打算拍一部「想拍第二部電影的導演到處尋找第一部電影的演員回來拍戲」的偽紀錄片電影？我們拭目以待。元元記得導演最後呼請之前合作的演員們主動聯繫。節目首播結束，元元傳訊息給他：「那麼巧，我跟你抱怨完，接著就有那個導演上你們家老闆的節目。」

「我也好奇導演後來怎麼了嘛。生氣了？」

元元已讀不回。冷戰到前一刻在哈瓦那街頭巧遇。

「他不是應該在開會嗎？我聽說現在算是『緊急狀態』。」

「他開了整天會啦，出來透透氣。明天政府會有重大宣布。我們不要用第三人稱說話了好嗎？」

「這是他教我的。」

「元元。」

她記得上次他這麼輕聲喚她小名，是他們睡在一起的那晚。她不曉得他發生了什麼事，深夜約在咖啡店碰面，他已經一副喝太多的迷茫樣子，趁著他還沒路倒，叫了計程車回到他住處。她才知道這傢伙還住在公寓大樓的學生套房，裡面除了氾濫的書冊雜誌，所有東西都維持在最低限度。他一躺上床就打起呼來，酒氣發散。元元無事，隨手翻看書桌上的雜物、文件。在這間只開著檯燈的房裡，她瞇著眼看眼前男人，猜想那顆腦袋正在做怎樣的夢。她走近床頭，蹲下，左手托著臉頰，平視著男人睡臉。她伸手輕輕抓住他的手，搔搔掌心，好像第一次發現這隻手掌的細緻軟嫩。她挪近身軀，讓那隻手掌輕撫自己的胸部，雙手握著男人的手，有如拿刀自戕往胸口慢慢刺入。她站起身，褪去衣褲，赤裸對視男人。她裸身躺在床的另一邊，感受男人的乙醚味體溫。她沒有睡著，閉眼淺淺隨思緒亂飄，直到她似乎快睡著了。她起身著裝，在廁所撒了泡長長的尿，熄掉檯燈，準備離開時，黑暗中聽到男人喚：「元元。」她回：「我走了，睡吧。」

「所以現在到底怎麼回事？」

「我也不確定。大概就是，我們住在臺灣的人跟住在古巴的人，交換了。政府還在瞭解具體狀況。」他兩手比畫了個不同方向的手勢。

「這跟我在街上聽路人講的差不多嘛。虧你還是個總統幕僚。」

「沒手機、沒電腦、沒網路也不知道這邊電話怎麼打，找不到各個單位的人，幕僚就跟普通人一樣。我們可是費了好大工夫才找到總統跟部分官員。」他指了指西邊，「喏，那邊是美國駐古巴大使館，很長的時間都叫做美國利益代表處。歐巴馬時代才升格為大使館。今天開會，有人說大使館前面那塊叫做『反帝廣場』或『尊嚴廣場』，古巴人以前刻意用一百三十八面黑旗遮擋大使館外面的電子螢幕跑馬燈。滿有創意的。」

他輕描淡寫說給元元聽時，腦中閃過一覺醒來的恐慌。他以為自己被綁架還怎麼了，但身邊沒有其他人，在一間爬滿壁癌剝落碎屑的潮溼小房間，櫃子上是八百年沒見過的映像管電視機，床鋪上有股陳年霉味、溼氣，廁所地板淌著水漬，馬桶尿氣薰人。他轉了轉電視、收音機，沒什麼結論，就從簡易衣櫥找到還算合身的衣褲套上，開始探索周邊環境。外頭人很多，看上去都是臺灣人，全部一臉慌張。他回想著昨天才忙完總統宣誓就職典禮，在府內忙到近午夜才回住處，草草沖澡就睡。怎麼睜開眼，卻發現自己身在不知名的異地。手邊什麼通訊工具都沒有，先確定了此時是二〇二四年五月二十日，接著要確定這裡是什麼地方。路上招牌、路標指示牌看似西班牙文拼音，他瞥見遠遠有個貌似美國華盛頓特區的國會大廈的巨大建築，先否決了那是臺南奇美博物館的可能性。他小跑到現場，街道周圍站滿民眾，有人在大廈階梯上放聲呼告，說以前來過這裡，很確定這是哈瓦那的國會大廈。這裡在古巴大革命後，曾經是古巴科學院和國家科技圖書館，好多年後才又回復為國會大廈。各位從大廳走進去，會看到一座高達近十五公尺的古巴共和國女神雕像。我們真的在哈瓦那！

他在一旁聽著群眾歡呼，心思混亂。在新任總統就職隔天，那麼多臺灣人突然跑到西半球的另一座島上，絕對不是好事。接著他得確認，總統本人在不在哈瓦那。如果不在，他又該怎麼聯繫其他幕僚、總統隨扈、行政院各部會等其他單位的人？第一個跳出的念頭是，先到美國大使館一探究竟，也許他們知道發生什麼事。他在國會大廈入口處找到哈瓦那觀光地圖，辨識方位後，朝北快步跑向海堤大道，再沿大道往西，看到一處廣場豎立著上百支旗杆，遮掩了一幢七層樓方正建築，看到門口那面美國國旗，他知道抵達了。當他靠近建築四周的柵欄，守門的三個美國陸戰隊員全副武裝，持槍戒備，他舉高雙手，以英語大喊自己是臺灣政府人員，求見大使。經過一番安檢程序，他進到建築內，發現來見的是以前打過照面的美國在臺協會人員。

「傑西，你怎麼在這裡？」

「我剛剛才知道我在這裡。我們處長正在跟高總統開會，我們先到樓上。」胖胖的文化新聞組組長傑西引導他到四樓的會議室外稍歇。不久，總統與處長一同走出會議室。他從沒見過總統穿著T恤、牛仔短褲和拖鞋的休閒模樣，一時有點愣住，才想到其實總統也不過四十四歲，放眼全世界都算得上是年輕的國家領袖。接著他們開啟一連串不間斷的會議，透過美國居中協助，總算取得臺灣那邊的消息。簡單說，由於不知名原因，推測目前兩座島上的居民互換，具體交換的各方面需儘速調查影響範圍（例如澎湖、金門、馬祖、小琉球、綠島、蘭嶼等地居民是否有到古巴，仍需確認）、人數（臺灣全國人口兩千三百多萬，古巴全國人口是一千一百多萬，以及外國遊客、移工，是否全數交換，也待確認）、如何通訊（需以最快速度組織政府行政部門的聯繫，以便各項事務可依層級交辦）以及掌握媒體（政府需儘快取得當地公共媒體使用，而所有對外公告事項均交由單一窗口過濾發言）。

在緊急應變國安會議上，總統將此時定調為「緊急狀態」，請各部門盤點現有的通訊、傳播工具，以便儘快安撫民眾不安的情緒，傳達各項政府措施以利民眾配合。之後總統帶著翻譯在大使辦公室內跟駐美代表、美國國務卿視訊，開了非常漫長的會議。他們這些來到美國大使館內的幕僚、官員們，則繼續在會議室討論各部會的後續工作、施行細節，以及如何建立縱向跟橫向的組織連結等等。同時有好幾個會議在進行，太多待辦事項條列在清單，他覺得有點頭痛。有個外交部官員提醒，古巴在全國各地的社區都有「保衛革命委員會」（Comités de Defensa de la Revolución, CDR），或許可以利用那些辦公室和廣播設備協助民眾，也可以藉此瞭解民眾的需求。有人問，該怎麼建立傳遞、回報的機制？我們現在沒網路、沒手機、沒電話，沒有電視、廣播等傳播媒體，光是要找政府部門的人開會討論都有困難，簡直像被打回一百年前。萬一發生什麼公共災難或犯罪事件，政府無法指揮也找不到軍隊、警消、醫護人員前往處理。有人提議，不如在各觀光景點設置便利貼留言板，呼籲民眾跟親友取得聯繫，也請國軍、警察、消防隊、醫療機構依原本的層級各自組織集結，建立聯繫網絡。行政院長認為這個辦法不錯，隨即指示交辦，首先在美國大使館外的反帝廣場開始做起，接著再到革命廣場、武器廣場、大教堂廣場、國會大廈、革命博物館、總督府等地設立留言板。不過這得先到哈瓦那各個商店搜刮足夠的文具用品，又是另一個待辦事項。

總統跟美國國務卿開完會，接續開國安會議，大致說明目前美國方面的態度、中國官方可能的應對，以及跟臺灣島上的古巴政府當局建立熱線，隨時確保討論暢通。其中最重要的是，總統預計在一週內返臺與古巴國家主席會面，兩週到四週內可能要讓至少一半軍隊人員回臺防禦。經濟部次長則提到可能很多企業主也會想派部分員工回臺確保生產線、機臺、廠房等。能源局官員提到台電也應指派足夠人員返臺維護發電設施正常運作……

他的腦子閃過紛亂內容，對元元說：「住哪？我陪妳走回去。」

或許是運氣好，官方透過各地CDR廣播宣布現況後，第一個星期沒出什麼亂子，大部分民眾都能彼此協助，自行依照原本的行政區域劃分，從鄰、村里、鄉鎮市區、縣市等層層組織，配合政府，就連資源回收的垃圾分類都一如往常。各個廣場隨著留言板出現自發組成的醫護站、物資調配站、服務臺，許多NGO組織、民間基金會、宗教團體陸續設置服務攤位，甚至某些地方出現小型演唱會、戶外公民論壇。雙方政府各自派遣要員，協助兩邊的政府人員熟悉公共交通、能源、通訊、傳媒等設施。美國方面承諾提供通訊行動基地臺，便利一般民眾連上網際網路。距離變近的拉丁美洲各邦交國，紛紛表達關切，派送人員、物資輸入。「大交換」後一個月，政府推出重大措施，兩國的貨幣統一使用新臺幣，並推廣以比特幣為主的虛擬貨幣。臺灣央行總裁和古巴財政部長在聯合記者會宣布，臺灣人民可維持本來的貨幣使用習慣，古巴人民則全面改用新臺幣，以利兩國人民估價、計價與從事商務交易。這是繼古巴二〇二一年取消古巴披索（CUP）和可兌換披索（CUC）並行制度之後的大變動。本來元元對這消息沒太大感受，她的存款不會因此變多，但他告訴元元這其實事關後續的政策。

「你知道，我們名義上是多黨並立的民主國家，雖然實際上是兩大黨競爭，但古巴是一黨專政的共和國，跟我們從國家、社會的組成邏輯就不同。他們這裡是龐大官僚體制，依照等級由上而下劃分，完全由古巴共產黨一手掌控。所以他們政府運作邏輯是上面的人要做什麼，一層層交代下去，底下的人只要對上級負責。也就是說，他們不太需要顧慮公民社會的不同利益，戰略上也不用考量那些聲音。但我們的政府無法這麼做。各黨各派、各種團體或組織，都是這個社會一部分聲音和利益的縮影。執政者的權力受到體制和法律的限制，更何況執政團隊內也會有分歧，所以要做任何決策就不可能忽視內部、外部各種聲音的交互影響。」

「什麼聲音什麼政府體制，關我什麼事。」

他們在二十三街的Yara電影院看活屍電影聯播，一部是英國的《活人甡吃》（*Shaun of the Dead*），一部是古巴的《死不了的阿璊》（*Juan of the Dead*）。接到邀約時，元元說：「啊不是很忙，還有空看電影而且一次兩部？」結果元元從頭到尾看完，他卻瞌睡連連。

「睡飽沒？」他們散場後在附近找了戶外咖啡座。

「其實這兩片我以前都看過了。古巴那片有在金馬影展放過，當年很熱門。」他轉轉頸子，動動肩膀，「最近太操了，一不小心就打瞌睡。不過妳不覺得，看到現在生活的地方出現在電影裡很有趣嗎？」

「嗯哼。」

「當然是誇張太多，很B啦。不過我覺得從韓片《屍速列車》大賣以後，臺灣人對這種類型片的接受度也算開了，不少臺灣導演也想嘗試。我有個同事說，其實活屍片細看的話，滿值得分析裡面的政治意涵。妳別翻白眼嘛。」

「很想說就說吧。」

「妳這樣我怎麼敢。不說了。最近怎樣？」

「最近喔，我爸媽說想要一起住，找我兩個室友談，結果他們撨好交換房子，也都搬好了。我又回到家裡當乖女兒。」

「這樣也好，畢竟現在聯繫不方便，這樣長輩也放心。」

元元大部分時候都聽著他說話，偶爾回幾句黜臭。她問過他我們以後會怎樣。他說，還不明朗，大概會留在這裡一段時間，搞不好要四年，在這種奇怪的形勢下生活。他說，認真想就覺得好笑。我們從那麼多電影知道遇到異形、邪惡外星人怎麼應付，也約略知道靈異世界的妖怪、精靈、陰魂想要什麼，虛擬世界裡自我覺醒的人工智慧可能會做什麼，更別說在活屍肆虐的世界裡，我們都知道要打爆活屍的頭，最好別讓任何一隻咬到。在那些世界，我們或許有辦法倖存。可是我們完全不知道，很多人一起轉移到地球另一個地方，該怎麼繼續生活。尤其在現在這種特殊狀況，我們依然得事事看大國臉色。妳說以前的人怎麼知道國民黨的戒嚴會整整持續三十八年？我真的不知道。

當然元元心裡一部分想聽的是最小範圍的「我們」以後會怎樣。她算算彼此認識七年多，淡淡的往來，不過度深入追問對方。這陣子以來，她領悟到地理是決定人生可能性的最大根源。雖然網路表面上能消除人與人的距離，現實世界的物理距離依然牢牢隔開大家。交友軟體可以讓一個高中女生認識一個研究生，但如果沒有見面，不過是虛擬幻想。據說「大交換」

後，人們普遍產生尋找熟悉人事物，重建舒適圈的集體傾向。小至炸雞排、珍珠奶茶這類臺味飲食復刻，還有些人號稱夢見關公、王爺或媽祖之類的神明指示，設立古巴開基神壇。從生理渴求到精神慰藉全面爆發，也出現某些人發瘋似的回頭找交往過的情人。元元是從兩個前室友身上見識到這些的。

「元元，以前會叫妳阿丸的那個，就高高的那個，有來找妳嗎？」

「他喔，後來住高雄，『大交換』應該是換到聖地牙哥去了，很遠應該不會突然出現。」

「我那老鬼，居然從關塔那摩一路搭巴士跑來哈瓦那，我看到他上門真是五味雜陳。」

「那你們？」

「趁四下無人，那個那個了。」室友掩嘴嘻嘻。

「妳男友呢？」

「大概也跑到哪裡找前女友了吧。彼此彼此。」

「奇怪，到底是妳本來就這麼開放，還是到古巴變開放了。」

另一個前室友插口：「搞不好這就是生物本能。本來性交不就為了繁殖，這種生活環境的劇烈改變可能引發人的生存危機感，不知不覺就爬到所有可以爬的床上那個那個去了。」

「哼，這女的天天有男人上門呢。詢問度不是普通的高。」

「妳還說！」兩個前室友搔對方癢，笑得像小孩圍著元元追逐。

「元元，還有誰找妳？」

「有對中年夫妻在革命廣場整天舉牌找人，後來有兩個八婆湊上去看，心想那不朋友的名字嘛，就好心告訴他們到哪找人。」

「妳這不知感激的傢伙！」兩個前室友聯手搔她癢。

「好啦好啦，」她撥走那四隻手，「最近真的有很莫名的人出現。就是啊，妳們記不記得我小時候拍過的電影，那個導演不知怎麼的找到我，說邀到以前電影的團隊原班人馬要拍電影，現在就差我一個了。」

「很感人欸。」

「後來我加入幫忙才發現，他跟每一個演員、工作人員都這麼說。我不知道是他前幾個找到的。他根本前年就拿到輔導金八百萬，現在最後一年火燒屁股，得趕緊拍出來交片。我還得到處找人入團，我爸說這根本《超級任務》。啊這是很久以前我爸媽他們那個年代的綜藝節目，有一 part 是專門尋人的，我也只看過 YouTube 上面的片段。」

「妳這樣算是復出演藝圈吧？哇我們要有明星朋友了好棒喔。」

「我看以後我們就只是圈外友人 A 女和 B 女，偷拍照片還會有一沱馬賽克在臉上。」

「可惡我明明有C罩杯，為什麼只能當B女。」

「元元才A罩杯啊，我還不是得當A女。」

「妳們兩個。」

「好啦，這電影到底要拍什麼？」

「就是要拍『導演要尋找他第一部電影的演員回來拍第二部電影』的偽紀錄片電影。」

「什麼什麼？」

「就是，這個導演要拍一部找他第一部電影的演員回來拍第二部電影，混合真實與虛構，打破戲裡戲外界線的，跨越劇情片與紀錄片區隔的電影。」

「妳根本只是加幾個句子進去而已，跟上一句不是一樣嘛。」

「這不就表示妳們懂了。」

元元想到跟他提及拍電影這事，他的反應：「導演的輔導金應該分我一百萬。這根本來自我隨手寫的訪談腳本。伊講原創？原創一箍芋仔蕃薯，鬼才信。免錢送伊啦。」他激動的時候會摻臺語。

導演決定因應「大交換」的特殊時刻，全面翻修劇本，把故事背景挪到當下的哈瓦那。為了節省經費，盡可能實景拍攝，用自然光，元元住的那棟西班牙殖民時期樓房成了主要場景。勘景的時候，美術叼根大眾牌香菸說，這樣好，妳就穿原本有的衣服，只要注意連戲就好。導演說，以前臺灣新電影那些人也是這麼拍戲的。據說會先發給演員戲中穿的服裝、汗衫，等他們穿三個月以後才拍，這樣人跟服裝合為一體，畫面上就自然有說服力。他們裡裡外外、上上下下巡視，導演拿著筆記本和手機隨手記下可能用到的取景、架攝影機的位置、滑軌鋪設的空間等等。他給了元元一份紙本故事大綱和劇本初稿，請她先翻翻。

電影主線梗概是繼上一部片的十五年後，當年被善心殺手拯救的小女孩長大了，母親在勒戒治療後總算擺脫毒癮，母女過著普通生活。在自助餐店工作的母親，某天偶遇以前同居過的藥頭男友，他們就如久別重逢的朋友彼此問候。過去的幽靈回來糾纏，在他們重新約會的時候，男人被爆頭幹掉，母親被迫逃亡。就在此時，「大交換」發生。母女兩人住在陌生的大屋子，擔心隨時有黑道惡狠狠破門而入，抓她們去賣淫。

第二條故事線則是扮演母女的演員，在每場戲前後的對話，各自回想在上次合作拍電影以後的人生。飾演母親的女演員抽著七星菸，吐露日子難過。在那之後，三一八啦、香港雨傘革命啦，她因為常常在臉書聲援，去不了中國拍戲，只能在臺灣接預算不高的連續劇。飾演女兒的女演員則是回到學校，繼續上學，沒再接其他演藝工作，談了些不痛不癢的戀愛。「大交換」後，她在住處附近的城市農場種菜，學習古巴人留下的生態農法，在同一塊田裡種驅蟲植物，或利用不同植物特性防蟲，自製堆肥。收成除了自用，還可賣給盤商。某天，導演意外出現在田裡，他原本只是來借個廁所。

元元跳頁翻看，或許這部電影的製作過程，也可以寫成分場格式。

場次：	人物：導演、副導
場景：反帝廣場	時間：午

△副導在廣場一角的布告欄貼電影劇組啟事。

△導演站在副導身旁不斷碎碎念說著關於這個電影的想法。

△有些路人靠過來探看，有過路人竊竊私語說「這種時候還拍電影？」、「反正閒著也是閒著，他們在徵求拍攝團隊耶你要不要去試試」

△導演對路人說，我們這部電影也有群眾募資計畫，有手機的人請掃這邊的 QR Code 瞭解募資細節，請大家多多支持國片。

△副導帶著疑惑對導演怯怯提問。

副導：導演，這樣真的找得到人嗎？這種時候要找原班人馬演出會不會太難？

導演：你沒聽過「六度分離」理論？六人小世界有沒有聽過？不是美劇《六人行》，是人跟人之間的聯繫，最多只需要透過六個人就可以產生直接連結。舉例好了，一個臺灣阿里山上的鄒族原住民，跟一個駐紮在關塔那摩的美國阿兵哥，中間可能只隔六個人。我聽說臉書把這個距離縮短到只需要隔不到四個人。搞不好過兩天全部的人都自動報到了。

△副導半信半疑聽著導演唬爛。

場次：	人物：副導、攝影、美術、女兒、母親
場景：家裡	時間：傍晚

△副導、攝影、美術在確認公寓房間裡的鏡位角度和背景。

△女兒和母親在餐桌各據一角對視。

△兩個演員討論等等怎麼對戲。

母親：等等妳就一直瞪我，有點凶但不要太凶，是那種妳知道這個爛媽媽老是搞砸事情但妳懶得回應那種。

△女兒點點頭。

△劇組人員討論得差不多，退出鏡頭畫框。鏡位固定在母女隔著餐桌對視的畫面。

△女兒默默扒著盤中的黑豆米飯，母親吃了一口，想起什麼似的說話。

母親：好吃嗎？我想說我們都在哈瓦那了，做點這裡的家常菜嚐嚐。

△女兒抬頭看了母親一眼，大約維持五秒鐘，低頭繼續吃飯。

△母親看著低首吃飯的女兒，猛然拿起桌上的餐盤往牆壁用力扔。餐盤碎片、醬汁、黑豆和米飯在牆面留下潑灑痕跡，汁液慢慢流下。

△女兒一湯匙一湯匙細細咀嚼。畫外音響起里長宣布收垃圾時間的廣播通知。

場次：	人物：導演、女兒
場景：海堤大道	時間：清晨

△導演跟女兒討論接下來的表演。

△女兒有些不耐煩聽著。

導演：我們這個戲很複雜，時常要切換現實與虛構之間，也就是說妳同時要演兩個角色，一個是戲裡延續上一部片那個悲慘的小女孩，妳要想想如果是她長到妳這個年紀，一覺醒來發現自己在哈瓦那，可能有什麼感覺、什麼反應。妳要深入想像，才有可能表演出那種自然，好像這個角色真的存在一樣。但另一方面，妳也是在這個戲之外的另一層戲，飾演妳自己如何扮演這個女生。打個比方來說，飾演她的演員是一樓，劇中的悲慘女生角色是地下室，而現實中的妳自己是二樓。妳要有高於這些角色的自覺，同時又不能搞混。就像妳明明在地下室，不會以為那是在一樓或二樓對吧？

△海堤大道沿路皆有遊客行人，有玩水的嬉鬧，也有拿著釣竿的沉靜，天空一片湛藍，海浪陣陣拍岸。他們眺望著遠方的海面。（淡出）

攝製團隊照劇本寫的，在反帝廣場上的布告欄貼公告，口耳相傳外加電話，一星期大致湊齊演員和工作劇組。人找好後，導演神隱，號稱躲起來改劇本，大家陷入停工狀態。製片安撫眾人，就先各自忙，等搞定導演再來聯繫。那時他已來回往返古巴臺灣好幾趟，才有機會跟元元見面，一開口，不免要嘲諷導演尚未正式開拍的電影。

「這就是夢中夢中夢，後設概念嘛，一層一層無限延伸，然後哩？然後就沒有了。我跟妳說，這種膚淺的後設剝開外皮就知道裡面是空的，什麼都沒有。拍一部什麼都沒有的空殼電影，就等於沒拍。」

「反正還在等。臺灣那邊怎樣？」

「我是建議不要浪費時間。臺灣喔，差不多。只是路上的人都變成快樂的古巴人。他們看到我都熱情叫著Taiwanito、Tainito，他們現在知道要區隔中國跟臺灣，不會隨便叫臺灣人

Chinito了。不過他們以前拿太多中國的好處了，需要花點時間處理。總之，慢慢有兩邊的人民在搬遷移動，這是需要時間的大工程，不急。倒是你們那電影，不是說已經延過一次，再不拍輔導金就吹了，結果導演還神隱？」

「每個人都有自己的人生難題吧。我只希望以後的男朋友不要再對我提出奇怪的要求。」

「那妳幹麼答應。」

「懶得寫東西，就當畢業作品囉。」

「演戲跟臺灣文學有什麼關係。」

「你老闆可是臺灣文學碩士喔。」

「不就謝謝提醒。你們要是有空，看點古巴電影比較實在，搞不好可以給你們導演一點靈感。」

「活屍片就免了。」

「古巴有很多好電影的。聽過《低度開發的回憶》嗎？那《草莓與巧克力》？還有《我是古巴》？都沒有？找來看看。」

就這樣，劇組借了哈瓦那自由飯店的二十樓套房拍片。鏡頭對著一個單身女子，待在房間裡放空，不做什麼事，這裡走走，那裡晃晃，躺在床上聽聽廣播，看看電視，刷刷手機，起身泡瑪黛茶，抓著單筒望遠鏡到外面陽臺，窺看或遠或近的景物，配著慵懶的獨白。回想方才送走的父母親（插入機場送機畫面），分手幾個月的前男友（穿插上一部電影的畫面flashback）。模擬望遠鏡所見的圓形畫面呈現一幀幀城市景觀：遠處臨海的緬因號遇難者紀念碑，頂端鋼筋外露，據說原本站著美國老鷹雕像；鄰近樓臺上冒出幾縷炊煙，一群男女在生火烤肉；底下周圍道路上跑著微縮模型般的老爺車、馬車和從臺灣運來的gogoro電動機車；莫羅城堡一帶有兩三艘大船；北方海天一線的盡頭後面，是看不見的佛羅里達。這城市就像一個巨大的布景，到處都是整修、縫補的聲音，三百萬人被剪下貼上在這城裡，演出臺北哈瓦那的拼貼浮世繪。

導演喊了卡。

關塔那摩的麥當勞

二〇二五年十二月二十七日至
二〇二六年一月五日，哈瓦那—關塔那摩

至於我，我知道堅固無比的牢房將為我而設，牢獄內充滿威脅，以及卑鄙無恥的改造訓練，但我不怕，那屠殺了七十位同胞的流氓暴君，他的怒火再大，絲毫無法令我恐懼。判我有罪吧！無所謂，歷史將宣判我無罪。

——菲德爾・卡斯楚，〈歷史將宣判我無罪〉

一束束光射向黑暗，劃破夜空，炸出一隻隻螢光水母般的煙火，倒數完二〇二五年，緊接著二〇二六年元旦，現場所有人互相擁抱、恭喜新的一年。強勁的鼓點、沙鈴節奏共舞，伴隨繚繞婉轉，時而拔高的女伶歌聲，人群中，摟著妻女的薩拉希沒想過他會再回到這裡。有一瞬間整個世界靜音，他可以仔細觀察每一張臉孔的表情。將近十年前，薩拉希回到茅利塔尼亞的諾克少家裡時，他終於可以把一部分的自己留在關塔那摩，邁向新人生。他是這麼以為的。返鄉後頭幾年，因為那本《我在關塔那摩的日子》（*Guantánamo Diary*）讓他成了國際名人，不斷有各國電視臺、紀錄片或媒體採訪邀約，薩拉希大多婉拒了。他一向展現著寬容、大方的公眾形象，不卑不亢，試圖像個普通人那樣生活，就像他本來可以擁有的生活：在某家企業或外商公司做資訊工程師，工作養家，陪著兒女長大，與妻子一同老去，有空就帶家人到他留學多年的德國走走，或到德國鄰近的法國、奧地利或瑞士遊覽一番。但中間被奪走的十多年，仍以各種方式持續折磨他。他時常夢魘驚醒，懵然不知身在何方，渾身盜汗，以為自己被釋放只是個漫長的夢，實際上他還在那座無法安睡的牢籠。待在牢房的每一個小時，他會被守衛持棍敲打金屬門板聲吵醒，或者被強迫灌水，被命令整理內務，檢查他的廁所是否保持乾燥。不在牢房的時間，他可能被這個那個偵訊官「預約」，待在那些面無表情的偵訊室，手腳鎖在地板上的沉重鏈條，被迫彎腰站著，回答無盡重複的問題。有些人給他椅子坐當施捨，卻連他的名字都搞不清楚。

薩拉希記得那些年在拘留營，偶爾被丟到鐵絲網圍起來的小空地，跟其他囚犯排排跪著，雙手戴著鐐銬，套著眼罩、耳機，重複聽著把人逼瘋的白噪音或重金屬搖滾。但那也是唯一讓他感覺自己身在古巴的機會。他的肌膚可以感受古巴陽光溫熱熨貼，溼度高得悶不出汗，有時甚至可以嗅到加勒比海風的鹹味。說起來，他對古巴的印象只有關塔那摩灣海軍基地的監獄。他認識一些美國人，卻沒認識任何一個古巴人。所以當他接到來自關塔那摩灣海軍基地的開放日（Friendship Day）跨年特別活動邀請時，他倒是想去看看，趁機見證一年半以來的世界焦點所在。儘管他在那裡感受過的friendship總是找不到詞彙形容。

當薩拉希的班機降落在哈瓦那的荷塞·馬蒂國際機場，感受到溼熱氣溫的歡迎，他跟兩個女兒說，這裡跟我們老家一樣都在北回歸線上，不過氣候很不一樣喔。兩個女孩惺忪恍惚，點了點頭。他們一家四口在出關處很快找到舉著迎賓海報的接待人員，上了廂型車，驅車前往哈瓦那市區。他們以英語簡單交談，逐一確認接下來的十天行程。薩拉希一家入住新城區的哈瓦那自由飯店。接待人員說，這裡在革命前是希爾頓大飯店，革命後有段時間是臨時政府，卡斯楚就住在頂樓的二三二四號房，錄製電視節目、開記者會或接見外賓。

難得一夜無夢，他神清氣爽地醒來，牽著兩個女兒往外走，盡量不吵醒熟睡中的妻子。他們下樓在飯店四周散步，薩拉希點開手機的周邊地圖，往可佩莉亞冰淇淋店方向走，發現已有排隊人龍。折返回飯店的人行道旁，在荷塞・馬蒂的標語看板「Este es tiempo virtuoso y hay que fundirse en él」底下有些早點攤販，其中一攤以英中雙語寫著大大的「古巴三明治」字樣。一對綁著頭巾的年輕華人男女正忙著做三明治、招呼等待的顧客。他靠過去，以英語詢問三明治是否含有豬肉或豬油。男生很有朝氣答覆，我們有兩種古巴三明治，一種是法國麵包夾烤豬肉片、起司、醃黃瓜等等餡料；另一種是素食版，熱壓土司夾炸香蕉片、起司、花生醬。薩拉希買了兩個素食古巴三明治、兩杯冰豆漿，女生特地把其中一個切成兩半分裝，方便他的兩個女兒邊走邊吃。本來想留半個給妻子，他卻在走回飯店的路上不小心吃掉整個三明治，兩個女兒不僅吃完，連手上兩杯豆漿都喝掉了。他後來查看板那句西班牙文，才知道意思是「這是良善的年代，你必須融入其中」。

他妻子報名了飯店配套的城市導覽團，他們備好帽子、墨鏡，拎著一袋隨身用品，跟著其他十多個旅客搭上觀光巴士。整天下來，他們走馬看花，參觀首都廣場，內政部大樓牆面上的切．格瓦拉鍛鐵頭像（旁邊寫著切的名句「迎向勝利，直到永遠！」），在革命廣場與哈瓦那最高建築的荷塞．馬蒂紀念塔合照，經過緬因號遇難者紀念碑、美國大使館及館前廣場原本懸掛著一百三十八面黑旗的旗杆，繞行海堤大道，看見熙熙攘攘的遊人，到臨海的莫羅城堡走踏殘存的老城牆。他們跟許多觀光客一樣，去了主教街，沿路到海明威佇留過的柏迪奇達酒吧（La Bodeguita del Medio）喝無酒精版的Mojito、佛羅里迪達酒吧（El Floridita）喝無酒精版的Daiquiri，摸摸酒吧裡的海明威銅像、在塗滿簽名的牆壁簽上一家人的名字留念，登上粉紅色外牆的兩個世界旅館（Hotel Ambos Mundos）參訪海明威寫《戰地鐘聲》的五一一號房，在路邊書攤買了本英文版《老人與海》做紀念。一整天下來，薩拉希全家人累壞了，他說我們不是要待個十天嗎，怎麼好像弄得明天就要離開似的。他太太說，我可能誤會網路評價說這個tour的C／P值超高的意思了，是真的花得值得，只是太緊湊了。他們決定接下來在哈瓦那的步調要放緩，輕鬆一點，畢竟難得來一趟。

隔天下午，薩拉希拖著陷在時差的身體，抵達約好專訪的咖啡店。一個是前夜見過的接待人員，另一個是華人記者。記者伸手，以德語自我介紹，接著他們就直接以德語交談。記者小薩拉希幾歲，在柏林駐點多年，德語流利，雖然聽得出來不是母語人士，但相當自然。他們聊到近十年，薩拉希的人生境況，他如何在獲釋返鄉後幾年才拿到茅國政府的護照出國，前往德國醫治在拘留期間造成的身體損傷，又如何在近幾年成了廣受歡迎的人生導師、勵志能手。關於這些轉變，始終無法迴避的是，薩拉希與美國政府纏訟多年，仍舊未能得到美國官方的正式道歉。

「你知道，這個故事我說過很多次了……」

「關於茅利塔尼亞的公雞那個？」

他們都笑了。薩拉希可能講這個故事超過一百萬次了：一個遇到公雞就失去理智的人找醫生抱怨。男人說，我覺得公雞老是把我當成一根玉米。醫生說，你是個男人，沒人會把你誤認為玉米。於是男人要求醫生去跟公雞解釋清楚。但除非那個醫生是杜立德，不然沒人可以跟公雞溝通。

「現在的問題是，美國政府跟我，不知誰是公雞，誰又是那個討厭公雞的人。」

「我想這是美國政府的問題，他們總是把全世界當成他們的玉米。」

「而且是拿來做工業原料的基改玉米。」

「他們已經忘記本來的玉米吃起來是什麼滋味了。」

他們大笑。薩拉希非常幽默，特別是只要人們知道他曾經被長期刑求、羞辱，坐了那麼多年的黑牢，無不由衷佩服他的氣度和人格。對薩拉希來說，如果不試著以另一種眼光審視那時的狀態，他一定會跟大多數囚犯一樣自怨自艾、崩潰或發瘋。

「您一開始對於受邀回到關塔那摩灣海軍基地的反應是什麼？」

「我第一時間不自覺以英語吶喊出WTF。很奇怪，英語是我的第四語言，可是我卻覺得只有英語說起髒話不那麼彆扭，英語好像可以容納很多髒話。阿拉伯語、德語或法語，我知道的髒話詞彙可能遠低於英語。而我的英語會話幾乎都是在關塔那摩的回聲營（Echo Camp）學會的。」

「之後呢？」

「首先湧上腦海的畫面、感受都是痛苦的。非常奇怪，我彷彿是以監視器或是攝影機的旁觀角度，看著自己當年被百般折磨的淒慘模樣。我甚至覺得肋骨一帶隱隱作痛。但隨即卻是一些零星片段，有些守衛對我相當體貼，有人還在夜裡拿著床墊靠在我門前，隔著房門跟我徹夜長談。如果你知道這些軍人都是多麼年輕的孩子，大部分只有二十出頭，根本不瞭解自己成長的鄉間小鎮以外的世界，沒出過國，不知道美國文化以外的文明。他們跟我接觸之後，才慢慢疑惑起來，慢慢相信我並不是他們政府、長官宣稱的那麼罪大惡極。我只是個普通人，不巧我是穆斯林，不巧我看起來似乎還算聰明。」

「這一切真的很難完全拋開吧。」

「只憑我自己是做不到的。我慶幸我有足夠堅強的信仰，幫助我熬過來。我寧願把這些視為阿拉的試煉，而阿拉的計畫時常是我們凡人料想不到的。你看，At least, I also can talk in English with you，這些沒有十四年的偵訊練習很難做到。」

「我想我們還是說德語比較自在一些。」記者笑著回答。

「接到邀請後兩三天吧，我發覺自己的內心其實是想回來看看的。而且這是關塔那摩拘留營關閉後的第一次基地開放活動，也許曾經做為編號760的長期居民我，可以透過這次機會，稍微覆寫掉我以前在那裡的記憶。像是重複使用的錄音帶，把以前那些聲音都蓋掉。」

「這個比喻可能年輕人都不能理解了。」

「我想你應該能夠理解。我還記得，一九八八年我離開茅利塔尼亞到德國留學時，第一個想存錢買的就是正版的Sony隨身聽。我到關塔那摩之前，對手機的印象是諾基亞三三一〇，回家後，發現只要有一部智慧型手機，上網、聽音樂、看影片都可以做到。我覺得自己好像《古蘭經》第十八章〈凱海府〉裡那些避居山洞的青年。我祈求阿拉引導我走出困境。阿拉使我沉睡了三百零九年。阿拉對天地間的一切都能看清楚、聽明白，除了祂之外，我沒有任何保護者，而祂也決不讓任何人參與祂的判決。類似的故事有很多通俗版本，或許簡單說，我就像美國小說〈李伯大夢〉的李伯，一覺醒來，發現世界完全不同了。」

「對於臺灣人和古巴人來說，一覺醒來，真的世界完全不同了。」

「這也是促使我想親自來一趟的重要原因。畢竟這樣的事情實在太罕見了對吧。我打算在哈瓦那待幾天，四處看看，再到關塔那摩一帶走走。我希望關塔那摩對我的意義除了監禁，還能有更正面的意涵。我聽說那裡的自然景觀很特別，像是洪堡國家公園就是以那個探索美洲殖民地的自然哲學家洪堡為名。雖然他兩百年前寫的關於古巴的論文可能讓很多茅利塔尼亞人不容易理解。」

「你是說關於奴隸的批判？」

「這應該算是茅利塔尼亞公開的祕密了。」

「你自己怎麼看？」

「對我這樣受過歐洲教育的人來說，我無法接受奴隸制度。不過對我的許多同胞來說，這是天經地義。雖然我們國家明文規定蓄奴不合法，但實際生活、習俗往往比法條複雜。就這方面來說，我們還有努力空間。但洪堡當年在古巴觀察到的殖民狀態，如今已經有了很大改變。至少就我個人經歷來說，其實就是他預言的全球交流、知識擴散流通後的結果。某程度來說，我就跟當年那些被抓到美洲當奴隸的黑人差不多。」

「確實。我一直喜歡洪堡說的：『世間所有的事物都是交互影響的結果。』」

「我倒是好奇你們怎麼看待這些變化。」

「『大交換』發生當時，我人在柏林。等了幾天情況明朗一點，我才趕回臺灣做報導，再到古巴來。」

「那時網路上的傳言很多，沒人能確定到底是怎麼一回事。就你實際看到的，真的是兩個島上的全部人交換地方？」

「我們至今也不明白『大交換』的機制是什麼。大致上確實就是古巴島和臺灣島上的人彼此交換了。自然界的動植物依然在原本的環境裡，就只有活著的人類互換，人們養的寵物貓狗之類的都留在原地。而且所有人似乎以相對的地理位置調換，例如哈瓦那居民就跟臺北居民對調，古巴島最東邊的關塔那摩居民就跟臺灣島最南邊的屏東居民對調等等。」記者在速記簿上畫了古巴島、臺灣島形狀，再順時針移動紙面，畫線連結提到的地方。「另外，兩邊的外島居民也沒有交換跡象，都各自留在原居住地。」

「關塔那摩那些美國人呢？」

「他們轉移到高雄的美國在臺協會分處，哈瓦那的美國大使館人員則是轉移到臺北的美國在臺協會。所以『大交換』後第一時間，分別從臺北和關塔那摩直接跟華盛頓聯繫，美國軍方緊急加派部隊到關塔那摩基地駐守。」

「這就是為什麼我們那時會看到妄想再選總統的川普發推特說Something very, very big has just happened!」

「他上次這麼說是宣布擊斃伊斯蘭國的巴格達迪（Abu Bakr al-Baghdadi）。雖然他的形象粗魯自大，不得不承認他能當完一任總統任期實在是個成就。」

「我很高興當年在歐巴馬任期的最後幾個月回家了。儘管歐巴馬政府上訴拖了我六年。說真的，當我看到川普競選的口號是Make America Great Again又說America First，我的內心就害怕起來，我可是非常完整領教過How America Great，要Again真的非常恐怖。更別說我的國家大概是川普口中的Shit hole。America First, Mauritania Last!」

「看得出你對美國的理解很深。」記者邊做筆記邊說，「你應該瞭解，世界上真正獨立自主的國家沒幾個。對臺灣來說就是如此。」

「我親身驗證過這點。但我寧可正面一點來思考這個問題：正因為如此，在整個國際形勢中是會彼此牽動的。在我看來，你們跟古巴人共同應對目前的特殊處境應該還不錯。至少我在哈瓦那感受到的是這樣。」

「就我所知，兩國政府在拜登總統直播宣布消息時也取得聯繫。雙方的共識就是先穩定民心，查明狀況，建立緊急熱線以便政府機構能夠在當地運作。我回到臺北那時，已經有一批政府部門人員先返國協助古巴政府。我在臺北街頭看到的都是拉丁美洲人的臉孔，感覺很怪異，好像你回去看許久沒見的老家，發現街頭巷尾的鄰居全部不認識了，而且說著跟你完全不同的語言。我試著找到一些受訪者，他們看起來倒是滿開心的。幾乎每個人都跟我提到這是他們第一次出國，可惜臺灣人都不在。」

「那你後來到古巴的感覺？」

「另一種怪異。在這個充滿歷史氣息的城市，擠滿像是來觀光的臺灣人。大部分我遇到的人都憂心著在臺灣那邊的財產、工作、生活等等，以及抱怨很難上網。我採訪政府、企業相關人士，得到的答案多半模稜兩可，口中說著會回去，但實際上卻得觀望美國、中國的態度。我也有朋友相當高興，他們早就想到古巴旅遊，正好省下旅費，連時差都免了。」

「這我可就羨慕了。雖然我上次到關塔那摩也是免費的。」

「免費的最貴。」記者微笑，「我後來瞭解到，對古巴人來說，特別是住在城市的居民，他們在政府還沒開放私人房屋買賣前就已經以『換屋』的方式應對居住問題。據說以前街上到處貼著『換屋』紙條，大家自己談好條件，說起來也是某種『居住正義』的民間實踐？他們似乎都很容易就在臺灣找到落腳處。這讓我聯想到，當初柏林圍牆倒下後，德國一些占屋者的行動。臺灣人因為長年處在資本社會裡，不動產買賣市場一直是重點議題，所以對臺灣人來說，難免有自己的資產被外人侵占的感覺。」

「這真的就是兩種社會體系的差異了。我也記得圍牆倒下的那幾天。我的室友們每天都盯著電視看最新發展。還有人提議要搭車到柏林見證歷史。」

「您那時在杜伊斯堡（Duisburg）讀大學的確離柏林有點距離。後來有去柏林嗎？」

「兩年後我們到柏林的時候，大部分圍牆都拆了，連『圍牆啄木鳥』（Mauerspechte）的盛況都沒見到。現在那些圍牆碎石都被拿來當紀念品販售，早知道那時多撿一些。不好意思，打斷你了，請繼續。」

「坦白說，兩國政府共同宣布進入『緊急狀態』，擬定『和平年代的新特殊時期』國是方案，就是希望在大的架構上兩邊不致有過度傾斜的問題，但又可以保有各自解決實際問題的空間。其實，兩方都想趁著這次機會，從根本改變一些狀況。」

「像是什麼？」

「以古巴來說，最重要的大概就是解除美國的禁運制裁。」

「美國人沒那容易搞定吧？」

「確實花了一些工夫。不過臺灣畢竟是美國最堅定的盟友之一，況且有《臺灣關係法》的法源依據，總之『大交換』十八個月下來，基本上算解除禁運了。只是得給美國一個臺階下，好讓他們放棄這六十多年以來的對古政策。臺灣是個非常合理的藉口。雖然這對許多反卡斯楚的古巴裔美國人心情複雜就是了。」

「難怪我們昨天參加的城市觀光團導遊會說，現在到處都在整建，古巴周邊的臺灣邦交國例如海地、貝里斯、宏都拉斯、尼加拉瓜、瓜地馬拉、巴拉圭等等都輸出勞工團來協助基礎建設。」

「可惜哈瓦那到關塔那摩的高速鐵路還在籌備，目前還是搭飛機到那裡比較輕鬆。」

「我有信心這次搭的飛機絕對會比二十三年前那趟要舒服得多。」

他們繼續漫談了一會，不外乎關於德國、歐洲和非洲的政經局勢。記者留了名片給薩拉希，歡迎他停留期間隨時聯繫。他們互相道別後，薩拉希漫無目的走著。到傍晚回飯店前，還有一點獨處的時間，他想隨意在街上走走。他看到一些拉美臉孔的攤販，有些膚色較黑的黑人，有些看來是被稱為穆拉托（mulatto，女性則稱為mulatta）的黑白混血，種族的界線就顯現在顏色。但顏色是浮動的，在光譜上移動，往往不容易察覺顏色的變化。他知道旅遊書上說，這個島上的宗教信仰主要是西班牙殖民者帶來的天主教，也有混合非洲黑人帶來的部族道術傳統，形成本土特殊的聖得利亞（Santería）信仰。古巴政府號稱無神論，實際並未徹底禁絕宗教。一九九〇年代末期後，連續三任教宗都曾到訪島上。他路過一些小公園發現一些圍著頭巾的婦女推著輪椅上的老人曬太陽，她們看起來應該是來自印尼的穆斯林，老人家則都是華人模樣。他聽到一些不懂的話語在快樂交談，他真心希望這些同信真主的朋友能在這島上獲得合理的待遇。他也見到，有些民居在門口架起神壇，香爐插著高矮不一的線香，散發霧白淡煙，看上去是臺灣人帶著他們恭奉的神明偶像，正在融入這塊土地。他信步漫走途中，路過彈著烏克麗麗唱歌的古巴人，有幾人一組的低音大提琴、吉他、沙鈴、敲打響棒的樂隊在街頭演奏，有些人隨著起舞，不過多半不是華人。據說以前哈瓦那街頭到處飄揚音樂，到處有人唱歌、跳舞，現在應該少了很多。他經過修築中的幢幢建物，綠色安全網的鷹架上不斷傳來敲打或補強聲響，其中隱隱有一股浪濤拍岸聲愈來愈清晰，他不知不覺走到八公里長的海堤大道上。此時正在漲潮，每一波撲來的海浪猛力撞擊防波堤，激起的水花破碎成一張張轉瞬即逝的斗篷，有些青少年歡呼叫囂著在人行道上跑來奔去，像在傾盆暴雨中賽跑。他想到自己五十五歲了，想到六歲和八歲的兩個女兒，不知她們未來會在怎樣的世界。

薩拉希在飯店大廳等著詹姆斯。距離他們上次碰面匆匆五年過去，中間偶爾通信、打過幾次視訊電話。當薩拉希跟他提起要重遊關塔那摩的計畫時，史提夫馬上提議說，就約在哈瓦那碰面，再一同到關塔那摩。詹姆斯是薩拉希被囚禁十多年歲月裡的其中一個守衛。他們大概相處了十個月。薩拉希回想第一次看到詹姆斯露出本來面目，詹姆斯的表情有些緊繃、尷尬，像是準備面試工作的新鮮人。事實上，詹姆斯那時從大學畢業不久，他是為了還大學就學貸款和撫養不小心生下的小孩，才選擇入伍到遙遠的關塔那摩服役。詹姆斯最初完全聽信上司的指令，負責看管世界上最危險、狡猾的罪犯。執勤的大部分時候他都蒙面，戴著只露出眼睛部位的頭套，以膠帶貼住制服名牌，撐出一副凶狠模樣。他聽說過先前一些整治拘留犯的活動，例如先把他們關在冷得像冰箱的房間幾個小時，再把他們捆得像包裹一樣，丟進卡車，扔上船，騙他們說在移送其他機構途中，其實只是在關塔那摩海灣繞圈圈幾個小時。有些人會上當，接著把他們拋到禁閉室，鍊在室內，孤立他們，讓他們不停猜測、懷疑接下來可能發生的狀況，逼迫他們身心崩潰。然後就是偵訊官的事了。隨著看守日久，他發現執勤最累的部分，就是得裝一個根本不是自己的樣子。他的父母總是教他要待人有禮，他沒想過長大後從事的工作要求是盡可能粗暴對人。在他們守衛隊伍裡，當然有些人看起來就是天生以折磨人為樂的，但多數像他這樣的中西部人，還是無法習慣。

所以當他聽說史提夫會跟760徹夜暢談，漸漸疑惑起也許，那個阿拉伯人並不是那麼壞的人。據說760會說阿拉伯語、法語、德語，而且很風趣也很友善。有次詹姆斯在執勤時翻看健身雜誌，想著怎麼把胸肌、腹肌線條練得更突出，760出聲問他那是不是同性戀雜誌。

「你他媽的在說什麼！」他指著雜誌封面上的標題，「這是健身雜誌。」

「抱歉、抱歉！」760問：「你們美國人似乎都很喜歡健身？這裡的士兵好像都在健身。」

「這樣抱著我女朋友的時候，她就會有安全感。」

「我們那裡倒不用這樣。她一直都有安全感。」

「你們可以娶四個老婆對吧？」

「結婚很昂貴的。我要是賺不了很多錢，就不可能娶四個。我會沒安全感。」

「那你該試試健身。」

夜深無眠，詹姆斯試著跟760攀談，心血來潮突然想問他，如果當初是阿拉伯人發現新大陸的話，後來的世界會變成什麼樣。

門的另一頭回說，「這個問題我沒想過，不過很有意思。」對方停頓一下，繼續說，「我想美洲大陸可能會有很多伊斯蘭的信徒，也許可以跟各個印第安人部落相處得比較好。」

「這樣的話，美國不就到處是印第安人跟阿拉伯人？」

對方沉默，似乎在思考怎麼回覆。

「我是想瞭解你怎麼想。單純就是假設。」

「我想，我也不是那麼懂歷史。……不過，我猜，很可能就沒有現在這個美國了。至少不是由很多英國來的移民建立的這個美國。」

詹姆斯聽著，略微懊悔自己似乎問了個不好聊甚至有點褻瀆自己國家的問題。

「這樣的話，」門的另一邊說，「九一一就不會發生，我現在應該就在非洲的家裡，跟我的家人待在一起。」

「那我也不在這裡了。但我想我大概還是在什麼地方煩惱怎麼還就學貸款。還有哪來的錢養小孩。」詹姆斯決定轉移話題。

「我聽過其他人說起他們讀大學要花很多錢。我以前在德國留學的學費跟美國的大學學費比起來，幾乎是免費的。」

「現在到處是大學畢業生，大家都找不到工作。去年金融海嘯爆發，結果華爾街那些有錢混蛋都沒事，都是我們這種中產階級遭殃。政府居然還拿七千億美金補貼那些銀行。我實在不能理解。」

「我聽說史提夫家裡因為房貸繳不出來破產了。」

「沒人知道那是怎麼一回事。」詹姆斯感嘆，「這就是偉大的美國。」說完後他發覺似乎說錯話了，怎麼可以跟一個毀掉美國的罪犯說這些。

「我也不知道這一切是怎麼回事。」門那邊說，「但生活還是要繼續下去。我們得向前看啊。」

詹姆斯突然不確定760是在陪著他感嘆美國，還是在感嘆自己的遭遇。他們有一搭沒一搭漫談，聊一些關於宗教信仰的事，也聊一些彼此的家庭、成長經歷、興趣等等。詹姆斯逐漸喜歡執勤時跟760聊天，他比詹姆斯大部分同袍、朋友還願意傾聽，總會適時給出回應。他返回美國後，有時想到，那時除了史提夫和幾隻軍犬，唯一稱得上朋友的竟然是760。因為760，詹姆斯開始探索他完全不懂的伊斯蘭信仰，也因此重拾聖經。儘管史提夫提醒他，在基地上網還是小心點，不要看太多伊斯蘭相關的網站，我們的一舉一動都可能被監視或記錄，別忘了前幾年基地那個改宗伊斯蘭的軍隊牧師被指控為間諜。史提夫說是這麼說，其實他比詹姆斯更熱中探究伊斯蘭信仰，常常跟760請教一些相關教義。史提夫早他六個月離開關塔那摩，離去前夕，他們一起跟760聊天。他們聊到，史提夫剛來基地報到的時候，所有守衛都稱呼760為「枕頭」，因為那時在回聲營特別房獨囚、受盡折騰的薩拉希好不容易才擁有一顆枕頭。沒想到後來他居然獲准收看電視新聞、在監視下看DVD（通常都是守衛抱著筆電找他一起看），還可以玩PS4的《俠盜獵車手》（他看得出760不是很喜歡但還是陪著史提夫玩）。他們的最後晚餐是麥當勞套餐。760依然穿著Bob Barker橘色連身囚服，但手銬腳鍊都解開，像個自由人那樣，跟朋友吃一頓附近買來的大麥克漢堡、炸雞和薯條。彷彿之後隨時都可以再約出來喝杯星巴克咖啡。詹姆斯知道，這不過是幻想。當史提夫走出這個劃分成兩個隔間的獨囚特別房（那其實類似拖車活動屋），就不會再回來了。他還會待上一段時間，760則不知會繼續在這裡多久。

後來詹姆斯也離開了，760又待了六年才回到非洲的家。這中間，他持續關心著760的狀況。一度以為法官下令釋放可以即刻生效，卻又遭到政府上訴。協助薩拉希爭取應有權利的律師團，曾透過史提夫聯繫詹姆斯，希望他們可以提供一些佐證文件。史提夫簽了，詹姆斯一開始也簽，在反覆猶豫下還是撤回簽署。原因是那時史提夫已經退伍在外頭工作，而他還有幾個月役期，實在不想因此產生任何差錯。在史提夫前往茅利塔尼亞拜訪薩拉希後一年，詹姆斯總算也到茅利塔尼亞跟薩拉希重聚。詹姆斯隨著薩拉希在諾克少街頭遊覽，他們一塊到海邊的魚市場，擠在人潮裡看堆在岸邊泥地上小丘似的漁獲，鱗片腸肚臟器散落，腥臊味濃烈撲鼻，蚊蠅盤旋。薩拉希端了一鐵盆裝海鮮雜炊燉菜小米飯，一人一支湯匙就地分食，感受諾克少的腥鹹、潮熱的海風。薩拉希指指南方說，那邊過去就是塞內加爾。詹姆斯也走了趟撒哈拉沙漠之旅，體驗那跟美國中西部截然不同的壯闊景色。薩拉希從前跟他們說過，在沙塵暴過後的沙漠落日，有著莊嚴無比的美，可以淘洗掉人世所有煩惱，當然身上的沙子還是得靠自己抖一抖。詹姆斯圍著頭巾、披著長袍，面迎開闊天空鋪著爆米花似的彤雲，豔紅巨日，遠遠近近的遊客與駱駝剪影，無邊無際的沙丘起伏，間有幾具廢棄車輛殘骸、輪胎半埋在沙地，像是世界的盡頭。薩拉希以法語低聲喃喃，對照眼前跟人類學家李維史陀描繪的海上日落景觀，可真是不同。他慶幸自己能夠回憶往事，漸漸抽離那些痛苦了。

薩拉希找了嚮導包車帶他繼續往東深入撒哈拉之眼，還跟著一團歐洲遊客搭上熱氣球，從半空中俯瞰這個龐然的岩石眼瞳。靠近這個不尋常的圓形地層邊緣瞭望時，他只覺得是一片荒涼堅硬的層疊石地，突兀地被周圍沙漠環抱。嚮導拿著平板電腦秀出幾張撒哈拉之眼的衛星照片，詹姆斯看著漩渦般的地形結構，醒悟到不同高度的視角尺度，能看見的形狀也會隨之改變。如果不到這裡拜訪薩拉希，詹姆斯一輩子無法體會，原來在這樣乾燥、炎熱的氣候，隨身戴著頭巾，穿寬鬆方便穿脫的長袍是必要的也是自然的。人們在日間酷熱時分，窩在沒什麼電子產品的屋內，悠哉泡著薄荷茶，隨意漫談，彼此分享故事，直到茶味漸淡。等候氣溫稍降，塵暴過去，抬頭就是懸吊在天頂的串串銀河，珍珠似的散發遙迢光芒，那會使人感覺好像千百年來就是這麼生活，也該繼續這麼生活。詹姆斯第一次想，為什麼我們要打擾這些人的平靜，不讓他們好好過日子？

回到諾克少市區，薩拉希開車來接，詹姆斯在車上娓娓說著一路見聞的大漠心得，他打斷自己說：「你記不記得我第一次問你的問題？」

「如果是阿拉伯人發現美洲大陸那個？」

「我現在覺得，你說的可能沒錯。」

薩拉希笑了，「後來我查了一些資料，其實那個時候，正是因為穆斯林掌握了歐洲跟亞洲的交通、貿易，才會有人嘗試從伊比利半島那邊往西航行。哥倫布一直以為自己到了亞洲的印度，把那些住在美洲的人都叫成印第安人。」

「他媽的哥倫布。他真的不該搞亂別人的生活。」

薩拉希從飯店大廳沙發起身，朝著從電梯走出來的詹姆斯揮手，他們給了彼此擁抱。

「你胖了一點。」詹姆斯指指薩拉希的小腹。

「我有妻子、有兩個女兒了，現在的收入也無法再負擔第二個妻子。」薩拉希微笑指著詹姆斯的緊身T恤，「你還是那麼喜歡健身。」

「現在比還在軍隊時候差多了。」詹姆斯弓起手臂露出二頭肌。

「我記得你們那時熱愛健身的士兵看起來都像沒有脖子。」

「軍隊就是這麼奇怪的地方，容易受到其他人影響。」詹姆斯接著說，「對了，史提夫回奧勒岡過聖誕假期，他很抱歉無法來古巴跟你碰面。」其實他明白史提夫近幾年收入拮据，加上撫養小孩的支出，不可能有出門旅遊的餘裕。他自己則是在退役後，幸運找到州立大學的行政工作，薪水還過得去。

「他有寫信給我。我很高興你能來。你準備好要一起回關塔那摩了嗎？」

「應該吧。不過還需要做什麼準備嗎？」

「你應該要準備一套橘色囚服、手銬、腳鐐，還要給我頭戴式耳機聽無限次播放的經典名曲〈Let the Bodies Hit the Floor〉。難道你連一樣都沒準備？」

「JESUS CHRIST!」這對前守衛與拘留犯在飯店大廳笑得肚子都痛了。

詹姆斯隨著薩拉希一家在哈瓦那度假，他們一起到東部海灘，也一起到海明威住過多年的守望莊園（Finga Vigía）參觀。他們遊歷哈瓦那華人街夜市，嚐了臺灣人帶來的蚵仔煎、蘿蔔糕、地瓜球，玩空氣槍射氣球、套圈圈遊戲，換來幾隻絨毛玩偶。他們像久別重逢的老友，結伴探索這個城市。

搭飛機前往關塔那摩途中，詹姆斯跟薩拉希隨意聊起簡稱為GTMO或Gitmo的關塔那摩灣海軍基地。

「你知道，我對關塔那摩的大部分認識就是一些密閉房間，偶爾才有機會到外面看到太陽。後期他們讓我有個『花園』種些東西，像是向日葵、鼠尾草、香菜、薄荷等等的。不過那些植物也時常被一些昆蟲破壞。那時有個偵訊官教我用肥皂水防蟲，結果植物都死了。」

「其實我也沒好到哪裡去。雖然我可以去PX福利站買東西，可以在露天電影院看好萊塢電影，可以選擇要吃麥當勞、肯德基還是必勝客，順便喝杯星冰樂，但軍隊是看階級的。上面的人會去打高爾夫球。我這種低階士兵，只比在基地工作的菲律賓人、牙買加人好一些。我們的工作就是看著拘留犯，長官怎麼說就怎麼做。聽說基地的拘留犯最多時將近八百個，那陣子常常在蓋新的牢房。五角大廈招募一些像我這樣年輕無知的傢伙進來服役，看管、協助偵訊所謂的『敵方戰鬥人員』。他們跟我們說，這些拘留犯都是世上最危險的罪犯，就算暫時沒找到犯罪證據，也得盡早採取預防措施，避免發生下一個九一一。」

「我一直好奇有沒有人是編號911。」

「好像沒編到那個數字。」

「我們每個被關在那裡面的人都遭遇了生命中的九一一。其中有些還只是十六、七歲的孩子。」

「我也不敢相信。幸好我退伍了，不用再擔心這些狗屎爛事。」

「有時候，我會試著回想那段時間見過的所有人，試著辨識這其中的意義。我回到諾克少家裡後，有德國朋友寄來卡夫卡的小說，他說那些小說就像是在寫我的故事。我翻開那本《審判》，開頭第一句就讓我激動得想哭：『想必是有人誹謗了約瑟夫．K，因為他並沒有做什麼壞事，一天早上卻被逮捕了。』整本小說就是描述這個男人在法律體制裡被莫名困住的處境，最後像一條狗那樣被殺死了。我不敢相信這是一百年前出版的書。好像我在關塔那摩的感受，早就被他寫在小說裡了。差別只在於，當年我是自己主動配合調查的。然後我就被送到約旦，再到阿富汗，最後到了關塔那摩。裡面也寫了很多關於守衛的事情。」

「我該找這本書來看看。」

「小說描寫主角進入那個奇怪的法院，很多人面無表情坐在長凳上，都是被告。這不得不讓我想到拘留營的所有穆斯林弟兄。閱讀那本書令人痛苦，它常常提醒我很多在關塔那摩發生的事。例如我不能一直想我根本什麼都沒做，卻被囚禁起來，接受沒有盡頭的審訊。書中有個神父對主角說：『判決不會突然下達，審判程序會逐漸變成判決。』這就是我的經驗。你的政府無法提出任何指控我犯罪的證據，到現在還是不願承認錯誤。但在這個漫長的過程中，我遭受的一切，就是判決。」

詹姆斯一時無話。從起飛以來的耳鳴此時更響亮，塞住他的耳朵。

在他們的相處時間中，占最大比例的狀態，是一個低階守衛與重點拘留犯。他們必須很小心，避免碰觸到這個堅硬的事實。他們算是朋友，只是禁不起一再試探。

他們的班機降落在關塔那摩機場，接機大廳等候的是在哈瓦那見過的接待員、採訪過薩拉希的記者，臺灣、古巴軍方以及美軍基地的代表人員。三國官方都極為重視這次的關塔那摩灣海軍基地開放日活動。前往基地路上，詹姆斯和薩拉希看著車窗外的景色，難以想像他們曾經待過的地方就在不遠處。車子開進最靠近美軍基地租界範圍的小鎮凱馬內拉（Caimanera），周圍高矮丘陵裸露出粗糙岩塊，間有翠綠植被。他們通過遍植仙人掌的隔離區域，穿行古巴駐軍的圍籬關口，越過十七點四英里長的警戒區和實質上不斷延長的冷戰邊界，到另一邊的高懸Gitmo標誌的美軍圍籬關口。薩拉希看著標誌上，以鎖鏈圈圍起種有兩顆棕櫚樹的古巴島，有如暗示古巴是美國的禁臠。以往兩邊都立著守望高臺，士兵荷槍實彈輪班戒備，原本滿布在圍籬之間無人地帶的五萬五千枚地雷在九〇年代後期都陸續拆除了。為了慶祝這特殊的一天，雙方皆門戶大開，掛著古巴國旗、美國星條旗、中華臺北奧運旗以及歡迎民眾參觀的開放日布條。詹姆斯看著身穿迷彩軍服的士兵在大門笑容可掬地敬禮，深深覺得不可思議。整條通道滿是開車排隊進入基地參觀的民眾，他們等待接駁渡輪到海灣對岸的基地總部區域。沿岸船塢停泊著潛艇、船塢登陸艦、兩棲突擊艦、巡邏艇、拖船等大大小小船艦。

「非常多臺灣人期待到Gitmo參觀，這對以前住在附近的古巴居民是難以想像的。」記者以英語說。

「他們也知道關塔那摩拘留營？」詹姆斯問。

「我想他們可能更關心基地裡面的麥當勞、肯德基和星巴克。」臺灣官方的接待人員接口說，「開玩笑的。因為我們總統也會出席今晚的跨年活動的關係。薩拉希先生，等等我再詳細跟你說明今天的流程。」渡輪靠岸，落地後接駁車慢速開到海軍基地司令部的大樓前，一行人被引導到司令部的會議室稍作休息。

整個下午到晚上，詹姆斯、薩拉希一家、記者等人分開在原本露天電影院的廣場上逛過一個個攤位，邊吃邊喝，邊走邊聊。這些駐軍人員和眷屬擺的各色攤位，看上去就跟美國任何一所高中的園遊會差不多，漢堡、熱狗堡、ＢＢＱ烤肉、灑滿培根、黑橄欖和起司餡料的披薩、一些二手雜物、玩具和服飾，所有消費均用美金支付，到處都是美國腔的英語，彷若置身哪個城市郊區的美國小鎮。在總占地四十五平方英里的基地區塊，遊客被限定在司令部周邊開放範圍，最遠可到訪南邊靠加勒比海岸的公共墓園。大批民眾像是在海軍基地主題樂園遊逛，有的行伍登上幾艘軍艦觀摩日常訓練，有的打著哈欠聽基地概況解說，有的等著觀賞排定三場演出的樂儀隊。另外在體育館、美式足球場也安排了幾場運動賽事、親子友誼競賽，參觀動線沿路則有一些美國、古巴、臺灣當代藝術家的裝置作品。

詹姆斯遊走在這個既熟悉又些微陌異的場景，他記得當年天天開車在這裡上班、下班的感受。有些人攜家帶眷到這個基地服役，孩子就讀附屬學校，軍方對外宣稱這裡是沒有犯罪、非常安全的理想社區，就算放任小孩子在街上遊蕩都不用擔心。他在內心比對過往與此時，看到巨量遊客塞爆ＰＸ福利站，人人拿著印有Gitmo標誌或字樣的紀念帽、海軍雙排釦外套、海軍Ｔ恤等著結帳。星巴克內外滿溢喝飲料閒聊的人群，間雜小孩哭鬧，一條彎曲人龍等待購買Gitmo限定版隨行杯、馬克杯。不用說，必勝客、肯德基、Subway、Taco Bell全部擠滿人，好像都是第一次到這些連鎖速食那樣嗷嗷待哺。他經過黃金拱門招牌，跟其他人碰面，只見薩拉希和妻子各抱一個孩子，兩個小女生已經疲倦睡著，他們好不容易才在麥當勞店內的兒童遊樂區旁找到一桌坐下。

「真是不敢相信，這麼多人。他們都沒吃過這些東西嗎？臺灣應該有這些店吧？」詹姆斯疑惑。

「上一次吃到的時候，大概還在臺灣。這些連鎖店目前為止都還是古巴唯一。」隨行的臺灣記者回答，「不過，據說這些連鎖店準備在哈瓦那、西恩富戈斯、聖塔克拉拉、千里達、聖地牙哥這些城市展店了。」

「我上次吃麥當勞就在這裡。只不過是別人外帶給我吃。我還記得薯條已經軟了、漢堡和炸雞都冷了。我到現在還是不懂，為什麼那時候會有偵訊官覺得給我吃麥當勞，我就會乖乖配合？」薩拉希喝了口可樂：「我聽說這玩意是一個藥師發明的，本來是拿來做感冒糖漿是嗎？」

「我從小到大如果感冒、身體不舒服都是喝可樂好的。據說那個原始的可樂配方是高度機密，所以沒有任何模仿者能超越可口可樂。」詹姆斯也吸了口手上的可樂。

「不過古巴革命後，卡斯楚把可口可樂工廠收歸國有，改生產土可樂，傳說配方就跟可口可樂一樣。」記者補充。

「任何不叫可口可樂的可樂都不能相信。即使是零卡可口可樂也一樣。」詹姆斯堅持。

前往原拘留營的區域禁止一般遊客進入，不過由於薩拉希是由臺灣、古巴和美國三方邀請的貴賓，基地派專員載他們到關閉的拘留營參訪。他們霎時從一種鬧烘烘的紛擾氣氛解放，穿行在靜默、平和的小鎮公路，彷彿只是要去社區教堂或活動中心。

他們走進鐵絲網圈圍的屋舍內部，陪同士兵點亮燈，放他們自行觀覽。薩拉希的身體一進入這個監禁空間似乎自動反應，像是一下子要處理超載的數據，畫面斷片似的忽閃忽現，頭腦變得有些鈍，手腳微微顫抖。這是他第一次可以不戴手銬腳鐐行走在上下兩層樓的拘留屋舍。他記得以前腳鐐鏈條總在上下樓梯時拖曳著磕磕絆絆的金屬撞擊聲響。只要聽到那種聲音，就知道有人要倒楣了。他待過幾種囚房，最長時間是在獨囚的回聲營特別房，也可能待過中情局機密黑牢便士巷（Penny Lane）或草莓園（Strawberry Fields）。這些都是他回家後，靠著相關報導、資料拼湊起來的推測。偵訊過他的單位、人員多到他常常搞不清楚。有時是基地的聯合特遣部隊（Joint Task Force, JTF），有時是聯邦調查局（ＦＢＩ），有時是中央情報局（ＣＩＡ），有時他們混在一起，但又想欺騙他是別的單位。面對種種逼供手段、花招，薩拉希只能反覆回答我不知道、我不認識、我沒有。最痛苦的時候，他甚至希望自己真的有做過那些事，至少會讓他心裡過得去，可以接受這一切就是他應得的。他也曾經跟其他獄友一同絕食抗議，最終得到的是昏厥之際被強迫灌食。他聽說有些人死了，有些人瘋了，有些人病了。他只知道自己要撐下去。每天最艱難的，就是要防備突如其來的一瞬間，懷疑這一切有什麼意義的想法。這會帶給他比身體受苦更煎熬的精神虐待。待在這裡的幾分鐘，立刻讓他在此經歷的十四年記憶鮮活起來。他突然想吐，嘴裡都是剛吞下的麥當勞漢堡、薯條、炸雞和可樂混雜胃酸的腥味。他急忙打開眼前的囚房斗室，嘔出一灘消化未完全的溼黏。他擦擦嘴，關上了門。

參訪結束，他們上車返回司令部，臺灣的總統先生、基地指揮官待會就要來跟薩拉希見面。按照原訂流程，總統、指揮官會在晚會上發表談話，接著輪到他登場說幾句話。之後是一連串由美國、臺灣和古巴藝人輪番勁歌熱舞演出，壓軸重頭戲則是新年煙火。他完全明白自己被當成美國宣布關閉關塔那摩拘留營的粉飾象徵。其實關閉拘留營的決定，只是因為維持運作的費用過於昂貴，美國軍方再也不願負擔安養這些又老又病的囚犯。他們先是抓了這些人，再毀了這些人，最後放逐這些人。

他想到《老人與海》的句子：「人可以被毀滅，但不能被打敗。」

海明威最後開槍斃了自己。

他決心要好好活著，繼續要求美國的正式道歉，親眼見證女兒們的未來。就算只有一部分也好。

優雅的女士

二〇二六年二月二十日，哈瓦那

今天要緬懷一位十年前過世的優雅女士，鄒族名是paicu yatauyungana，日本名是矢多喜久子，漢名叫做高菊花。

不過呢，故事要先從一個叫湯尼的男孩說起。

這孩子出生在嘉義，那時他的母親高菊花從臺中師範學校畢業教過兩年書，他的外公高一生則是關押在臺北軍法處看守所裡。他外公在獄中知道自己當外公。湯尼從沒見過外公。這個孩子來得不是時候，沒有得到祝福。在一九五〇年代初期，不管他的母親是漢人、美國人或原住民，未婚生子都是讓家族蒙羞的事。他母親只好待在家裡待產，想辦法扛下一家重擔。湯尼在山村的噤聲肅穆中誕生。因為湯尼的父親失去聯繫，他就混在大他幾歲的舅舅、阿姨裡，給外婆帶大。湯尼的皮膚特別白，眼睛特別晶亮深邃，睫毛特別長，家人覺得他可愛親人，開玩笑說，讓湯尼來改良品種，我們鄒族人會更漂亮喔。

湯尼的外公被抓走的三個月後，他們家就沒了外公那份公職薪水當收入來源，原先居住的官舍也被收回，他們搬回給油巴那（Keyupana）的老屋，一家十一口窩在一起生活。湯尼的媽媽以前學生時代就很活潑、很愛玩，跟什麼人都可以交朋友。她在臺中讀師範的時候，常常跟朋友出去跳舞。她的父親，也就是湯尼的外公被捕以後，她下山四處奔走請託父親的朋友幫忙，心情低落，又跟朋友到空軍俱樂部跳舞解悶，才認識了美國海軍軍官保羅。

據說就這樣懷了湯尼。保羅跟湯尼的媽媽說，以後會接他們到美國，從此失去聯絡。這樣的故事在當年還非常少見。美軍那時在臺灣有顧問團，駐紮在北中南的基地。一九六〇年代中期後，打越戰的美國士官兵放假沒事就全臺趴趴走，其中一個結果就是留下不少混血兒。據說至少有一千個。我們的湯尼算是這些越戰混血兒的先驅。湯尼的媽媽生下湯尼的時候才二十一歲，以現在的眼光來看，就是一個大學還沒畢業的女生。我們試著從這個女孩子的角度來想像一下：

妳的爸爸被抓，妳的美國人音信全無，妳的媽媽不知如何是好，妳的弟弟妹妹們有的還在讀書，有的還在地上爬，而妳沒結婚還生了個父不詳的孩子，妳該怎麼辦？這還沒說到妳常常被徹夜「約談」，政府的人惡狠狠偵訊妳，什麼雞毛蒜皮的小事都要問妳，反覆問一樣的問題，說妳有問題，參加什麼蓬萊組織，說妳有問題，不然怎麼總是看一些日文書、英文書，還想到美國留學。一樣的問題不斷地問，就是想要妳回答他們要的答案。儘管妳盡可能誠實交代，他們就是不滿意。很多個晚上，妳必須要從偵訊所在的奮起湖走回十字路，再從十字路走回達邦家裡。想像在深夜，只有星月的微弱光芒，妳得走幾個小時的路程回家。在路上，妳可能會不停想，忍不住想，為什麼自己要遭受這種折磨。這還不只是針對妳。他們抹黑妳敬愛的多桑（日文とうさん音譯，父親），由妳多桑的縣長好友，向大家宣布，是妳的多桑偷了錢。妳知道多桑是多麼愛惜這裡的山林，多麼盡心盡力為族人的幸福奮鬥，妳知道多桑絕不可能做壞事。但妳被偵訊多了、久了，流言到處在家鄉流傳，族人不敢靠近你們家，彷彿你們一家都是穢氣的惡鬼。真正的惡鬼闖進你們家，尋找什麼「叛亂證據」，撬開天花板，妳弟弟說他們找到的是一頂只剩外殼的鋼盔和平常用來挖筍的生鏽刺刀。暗夜步行時常霧氣濃厚，潮溼朦朧間，妳踩著兩條鐵軌中間的枕木和碎石，竟然有了一絲懷疑，或許多桑真的做了不好的事。妳開始痛恨起自己。為什麼非要生為多桑的女兒。為什麼不能像別人家的女兒，開心跳舞，出國留學。家族的老人家勸妳下山。一方面妳是大姊，得擔起這個多桑留下的家庭重擔，另一方面，或許可以稍微躲避情治單位的騷擾。於是，妳在平地人朋友的介紹下，去了市區的廣播電臺唱歌，唱以前跟多桑聽留聲機的英文鄉村歌曲，唱以前保羅愛聽的一些英文歌，唱著與以前的國家、現在的國家都沒有關係的英文歌。妳唱啊唱的，唱到高雄去，唱到臺中去，唱到臺北去。妳從簡樸的錄音室站到閃亮的舞臺，妳站在舞臺上，灼眼燈光打在妳身上，底下的觀眾對妳只是模糊身影，妳的眼前只有那支麥克風是清晰的，伴奏音樂從耳後傳來，妳準備唱歌，很多很多外語歌。妳唱，例如〈Mañana (Is Soon Enough for Me)〉，歡快輕盈，大家聽了都好開心，妳在臺上左搖右晃，逗得人人跟著搖擺。妳的英文不錯，妳甚至知道 mañana 是西班牙文，跟英文的 tomorrow、日文的あした一樣意思，漢字跟現在的國語寫起來一樣是「明日」。

妳唱著歌，但不能想太多歌詞的意思，只要一想，很多的悲傷就會湧上來。像是〈Mañana〉的歌詞好像可以一一對照妳的處境，妳的口袋裡沒錢，妳的兄弟姊妹沒法工作，妳的卡桑（日文かあさん音譯，母親）很辛苦，妳要到城裡賺錢，妳的多桑真是個大傻瓜。大概是這樣，妳到處唱歌，但又看不起這樣的自己，覺得自己像妓女。妳抽很多菸，妳喝很多酒，妳給自己取了藝名「派娜娜」。這樣妳就可以暫時脫下多桑、卡桑叫妳きくちゃん（小菊）的那個女孩，把自己塞到一件鑲滾邊蕾絲連身洋裝，唱外國歌給外國人聽。

那時候開始有不少人會唱外國歌了，熱門音樂漸漸流行起來。有人在電臺介紹歌曲，書報攤上慢慢有些刊物在介紹美國熱門音樂，妳有時買本叫做《皇冠歌選》的雜誌，上面定期刊登熱門音樂的歌譜。妳在臺北的美軍俱樂部登臺，聽說有個年輕人組成的洛克合唱團，會演不少熱門音樂歌曲，像是白潘的歌，像是貓王的歌，受邀到各個美軍俱樂部表演。後來妳看過他們演出，他們也看過妳唱歌。很多年以後，洛克合唱團的主唱強尼老了，還記得當年有個派娜娜長得很漂亮，很會唱歌。

妳在高雄的歌廳唱歌，下臺後被情治人員帶到旗山偵訊一整晚。歌廳的老闆娘以為妳回不來了，哭了一整晚。妳在高雄唱歌的時候，有個外國人跟美國軍官常常來聽歌，接著又出現一個國軍將領。妳有不祥預感。妳想到山上的老家，家裡的卡桑、弟弟妹妹，還有湯尼。妳幽幽唱著〈Cry〉，聲音搖晃著整間廳室，彷彿所有人都靜止，妳賦予這首男聲原唱一種新的呼吸，每個字詞都在惆悵，妳的天空滿布烏雲，陽光在很遠的地方，妳真的好想放下頭髮，好好哭一哭。

他們要妳去陪那個外國人。山上來的陳副官說，這不是請求，這是命令。他對妳說，山上一切都很好，不過妳不陪的話，可就不保證山上都會很好了。妳會唱英文歌、法文歌、西班牙文歌，妳說流利的日語，但一點用也沒有，妳面對這個滿臉橫肉的男人，一句話都說不出來。妳只想拿番刀砍斷他的腳。妳被派去陪這個外國人、那個外國人，妳的心情好不起來。妳抽更多菸，喝更多酒，不唱歌的時候話愈來愈少。妳依然常常被訊問，重複的事情一問再問，妳覺得自己只是別人的玩具。妳聽二妹說回到山上的小學教書，時常被欺負。妳聽二弟說，在學校總是有人不想讓他好好讀書。至於三弟，他不說，就是用拳頭反駁。

到歌廳獻殷勤的男人再多，送來的花束再大把，永遠無法填補妳心裡的空缺。妳的多桑永遠不在了，妳的人生一塌糊塗。妳現在國語說得不錯了，但妳還是以日文思考。那個日本男子來聽歌，妳不確定他是什麼背景，他說是來做生意的，妳也只能相信。在那個處處隔絕的年代，妳跟他的語言共通，觀念接近，你們很談得來，雖然他總是話不多。妳以熟練的語言對他說很多很多話。有一次，妳發現妳在講述多桑的故事，妳跟情治人員說過很多次的，妳發現妳是第一次以流暢的語言在說給他聽。妳知道歌廳周圍，住處周圍，總是有人在跟著妳，監視妳，把妳當成籠子裡的鳥。他們會讓妳知道，妳不是安全的，別以為沒事。妳看著家裡被翻找過的痕跡，那些骯髒的平地人連鞋也不脫，就進到妳臺中的住處，翻出所有抽屜、拆出所有信件，把妳家的地板踩得處處鞋印。日本男子跟妳一起收拾，他沒說話，妳也沒說話，默默整理。後來妳又懷了個孩子，這次是女兒。

好，這樣你應該比較能理解湯尼的媽媽、舅舅、阿姨的處境。

我們把故事轉回湯尼身上。

湯尼跟其他山上的族人一樣，年紀到了就上小學，有時媽媽回到家裡陪他幾天，有時媽媽或阿姨或舅舅帶他下山到城裡。湯尼就像家裡最小的小兒子，整天跟著哥哥、姊姊（其實是他的舅舅、阿姨）屁股後面上下學，聽著おばあちゃん（音譯為歐巴醬，祖母或外婆）唱聖詩、哼童謠，看她拿著一本警察講習手冊寫日文字記帳，有時拿出一些舊信件，反覆看，有好幾次他看到おばあちゃん在靜靜流淚。上小學的過程中，湯尼漸漸明白為什麼大家看他的眼神不一樣。他的皮膚非常白，比天上的白雲還要白。他的頭髮顏色比較淺，很像小米結穗時的顏色。他的眼珠是藍鵲尾巴一樣的藍色，他知道有些同學在背後叫他魔鬼。他感覺得出，很多大人不喜歡他們家。那種不喜歡跟討厭不太一樣，好像是在害怕什麼別的事情。他們家常常有佩戴著手槍的軍人在附近走來走去，或者進來問吃飽沒。他去過別的同學家，覺得別人家跟自己家好像沒什麼不一樣，別人信天主，他們家也很多人信天主，他的三舅舅還讀神學院呢。おばあちゃん總是虔誠禱告，週日就上教會做禮拜。可是附近教會的人一樣用奇怪的眼神看著他的家人。他跟其他同學差不多，都得幫忙家裡，日日來來回回挑水、挑糞，三天兩頭得把米放到石臼裡，雙手握著石杵奮力舂米，再把稻殼剝除乾淨，才能交給おばあちゃん下鍋煮飯。他有時跑到正在插秧的水田中找同學，看他們一家大小都彎著腰，種出一排排秧苗。看他們家的女兒被吸血蟲咬得兩腳紅斑喊痛。他會揹著竹簍到竹林挖筍，在油桐樹下翻樹葉撿油桐子，偶爾遇到蛇，偶爾遇到蜂。他最喜歡一種被他們稱為「小土蜂」的蜂，這種蜂會在泥土裡築巢，只要他發現小土蜂的蹤影，他就會悄悄跟著牠們，找到藏在土洞裡的蜂蜜，用隨手弄來的竹片挖著吃。他也會跟著おばあちゃん、少數還跟他們家來往的族人，到走路兩個小時的深山棕櫚園，採割棕櫚皮。他學著工作的大人熟練拿著砍草刀，砍得虎口痠麻，對著棕櫚樹學習剝皮，每棵樹只能割下三、四片大約一尺寬的棕櫚皮，以免傷到樹。棕櫚皮可以拿來做簑衣、繩子、掃把等等，是那年代重要的原物料。大人整理好以後，再揹下村裡曝曬，等候收購山產的平地人來買。他有時帶著簡易魚叉到溪裡抓魚蝦或抓幾隻

yongo（螃蟹）加菜。偶爾遇到好心的大人，說魚抓太多了，竹簍放不下，要借放在他那邊。他不算村裡很會爬樹的小孩，有些大人兩兩一組，一個爬很高很高的樹，一個在樹下撿他們叫 skikiya（愛玉）的果實，他看著他們削頭去皮，外翻放在屋外曬乾，再刮下愛玉籽包裝。

湯尼小學畢業，跟打算繼續升學的同學，一起下山到嘉義中學讀初中。他怎樣就是無法適應按表操課的生活。湯尼初一班上的同學升到了初三，湯尼還在讀初一。在舅舅協調下，湯尼轉到優惠原住民讀書的霧社農校。幾個在農校讀書的學生，分別帶幾個新生，徒步走兩個多鐘頭到十字路車站搭火車，搭四個小時車程到嘉義。再從嘉義搭五個小時客運公車到水里，下車轉搭公路局的車子上到埔里霧社。他也遇過下山到了嘉義卻沒接上公車班次，只能到市區的吳鳳招待所大通鋪躺一晚，隔天再上路。

說到吳鳳，他們族人都很不喜歡，偏偏課本一直教。那時嘉義有吳鳳廟、吳鳳中學，市區火車站前還有吳鳳的銅像。湯尼聽二舅說，以前在臺中讀書，有一群山地學生曾在國文課教到「仁聖吳鳳」的時候，集體罷課在外面球場打球。他二舅說，其實他也做過類似的事情，只是他跟同學窩在宿舍假裝有氣無力，沒他們那麼激烈。湯尼回想，那時候的老師教到吳鳳那一課，跟平常差不多，找幾個同學接力朗讀課文，教教生字，就進入下一課了。老師說，你們這裡叫吳鳳鄉，就是為了紀念這個捨生取義、殺身成仁的偉人。同學要記得，長大要當文明進步的人，不要當野蠻落後的人。湯尼聽不太懂老師的鄉音，其他人好像也不太懂。村裡有老人家說，吳鳳是奸商，他欺負我們老祖先才會被懲罰。他二舅說，你沒機會見到你的おじいさん（音譯為歐吉桑，祖父或外公），不過你可以試試把課文裡吳鳳的名字都改成你おじいさん的名字，可能還不錯喔。他二舅也在當國小老師，邊說邊拿著他的課本，朗讀起來：

他聰明能幹，每天除了自家勤苦工作以外，還教鄰近的高山同胞，播種、插秧和製造工具，所以大家都很敬愛他。後來政府派他做阿里山的鄉長，管理高山同胞。高一生像家長一樣的照顧他們，像老師一樣的教育他們，像朋友一樣的幫助他們。不久，把一個野蠻的地方，治理得有條有理。

二舅說，課文說吳鳳穿紅衣服戴紅帽子被阿里山的高山同胞殺了，這不太可能。我們這裡穿紅色的衣服，通常是peongsi（氏族領袖）、英雄或是偉大的獵人。我們的祖先不會那麼糊塗。課本寫的不一定是對的，一定要記住這一點。湯尼記得，那天在家裡，外面太陽很大，屋子裡的陰影覆蓋在二舅的臉上，二舅的濃眉大眼看起來有點溼溼的。

湯尼到霧社農校報到時，不知哪個同學起頭喊他阿凸仔，他就莫名奇妙變成大家口中的阿凸仔。不只同學這樣叫，本省人的老師、教官私下也都這樣叫。湯尼即使在原住民占大多數的農校，依然是個顯眼的存在。大部分學生皮膚黝黑，而他比身上穿的白色制服上衣還要白。他的藍眼珠，他的高聳鼻梁，他輪廓深邃的線條跟其他原住民同學不同，儘管都理三分頭，他的棕黃髮色在早上晨會升旗的時候，反射得特別耀眼。入學第一年，他長得快，上學期始業式他站在班級隊伍的中間，下學期結業式他已經是班級排頭了。農校籃球隊當然不放過他。教練訓練他打中鋒，整天跟他說克難籃球隊的大中鋒，綽號「大象」的霍劍平如何如何移動，湯尼根本無法想像。請記得，那時候沒有網路影片可以邊看邊學，教練能教會他不要走步，不要兩次運球已經很了不起。湯尼就只是負責在場上盡力跳，盡力卡位搶籃板，傳球給隊友投籃。

農校的男籃跟女籃是同一個教練管的，總是一起訓練。湯尼常常看到女籃的中鋒靈活穿梭籃下，輕鬆摘籃板接著擦板得分，動作順暢得像拿筷子吃飯。這個大他一屆的學姐是學校的風雲人物，長得美，又會跳舞又會打球，收到很多情書。只要訓導處廣播喊出她的名字，球隊同學就會起鬨。這個學姐跟他一樣來自阿里山，不過是隔壁的來吉村。他們練球時會遇到，有幾次也搭上同一班公車或火車回阿里山。學姐有次在家跟姊姊聊到湯尼，姊姊說我們的ak'i（爺爺）的兄弟好像跟他的ak'i以前發生過很不好的事。學姐問，那他怎麼長得那麼像外國人？姊姊說，聽說他媽媽在平地交了美國男朋友，後來就不見了。學姐對湯尼的印象就是安靜，那麼大一個人，老是想把自己隱形起來，但是不可能啊。她在宿舍大澡堂洗澡的時候，總是遮遮掩掩不想讓別人看到自己又乾又瘦的樣子，有時趁大家都洗完澡的時候才溜去洗不怎麼熱的水。她室友跟她說，奇怪妳跳舞、打球從來不畏畏縮縮，怎麼洗個澡卻像小媳婦似的躲躲藏藏。妳有的誰家沒有，這麼害臊真是。妳要是像籃球隊的阿凸仔，聽說那裡的毛的顏色跟他頭髮一樣，那才夠害臊的呢。室友都沒發現她臉紅了。

籃球隊到外地打比賽的時候，對手教練看到湯尼在場上熱身，就要跑去跟裁判要求驗學生證，確認對方是農校學生，哪來這麼個人高馬大的洋將。但只要一跳球，比賽開打，對手的教練就慢慢安心了。這個白中鋒速度不太行，常常跟不上球隊腳步，補位防守會漏，進攻也只能在籃下。唯一優點就是一柱擎天，槓在禁區還是有嚇阻效果。這就是個對籃球沒興趣的孩子。農校女籃的中鋒就不同了。雖然身高只有一六六，但基本動作不錯，禁區殺進殺出的像隻花蝴蝶，渾身運動細胞。教練總是叫湯尼多學學，還吩咐學姐教他兩招。湯尼知道亞東籃球隊的教練特地來看過學姐，她以後說不定會當國手。而且學姐之前跟舞蹈社一起去校外拍電影，有人還問她要不要當明星呢。面對這樣的學姐，湯尼更害羞了，手腳變得更緊繃，連球都拿不穩，練習在籃下背框單打的動作，有時左右搖擺兩下就掉球，不然就是腳步亂成一團。學姐對他說，不要急，慢慢來。有看過kokongu（蜥蜴）爬樹吧？牠不會一直動，而是在你一眨眼，突然動了，讓你措手不及。學姐拿球示範，背框拿球，往右瞄一下，肩膀抖一下，突然往左轉身向內鑽，擦板得分。湯尼終究沒能在比賽時成功做出這些動作。

湯尼其實沒有學姐想像的那麼安靜。他放假時會到臺中市區的三阿姨家，他的媽媽，幾個舅舅、阿姨都在，還有他的妹妹。媽媽依然要到處唱歌，深夜醉醺醺回到家，常常開口就是罵人。湯尼覺得奇怪，喝酒不就是為了開心一點，怎麼好像愈喝愈難過。媽媽會抱怨他爸、他外公，還有命運。三舅舅看到就勸她，要相信主，把自己交給祂。媽媽回說，你現在不打架了，那麼會講道理，天主好偉大呢什麼時候讓你當神父啊。湯尼待在臺中的時候，早上會聽到媽媽練嗓子，媽媽練完就會躺回去睡一下，他知道媽媽晚上在歌廳唱歌，非常晚回家，需要補眠。他在臺中家附近時常會看到一些假裝是普通人的守衛，也不時有警察來問話，他以為他們家是二舅舅說的「甲種戶口」，才會跟山上的家一樣。但三阿姨以前就是嫁給警察啊，他怎麼也想不通。湯尼路過隔壁的日式房屋，門口有衛哨，紅漆大門和插著酒瓶碎片的圍牆裡據說住著一位將軍。這幢深綠色日本平房屋頂鋪著魚鱗般的瓦片，最特別的是那根煙囪。媽媽跟他說，以前他們在山上住過跟這個很像的屋子，舅舅補充說，早上還會聽到你お

じいさん放曲盤的古典音樂，好像起床號。湯尼想，可是他小時候在山上都是聽おばあちゃん歌頌天主起床的。

湯尼長著一副外國臉，不認識的人看到他都不自覺結巴說起英文。但他的英文也不好，每次一說「我會說國語」，對方就睜大眼睛稱讚他的國語說得很好。他困惑起來，可是在學校，老師一直說我們山地人發音不標準，有山胞腔。他路過向上國中對面的美軍招待所，有些度假的美國大兵跟他打招呼，問他是哪個部隊，他根本搞不清那些越南地名和部隊番號。湯尼靠那張臉，偷偷跑到萬象俱樂部、意文大飯店的歌廳開開眼界。還有幾次他帶著農校同學，跑進像是Sun Star、Blue Angel、OK這些小酒吧，看音樂表演，跟一些大兵、酒吧女在舞池裡搖臀擺手，這麼練出了基本英語會話。湯尼漸漸摸出一些門道，給自己買了便宜的飛行員夾克、牛仔褲、靴子當外出服。他發現，只要這樣穿，就像放假的美國大兵，走在夜晚街上，也沒人會攔你盤查。湯尼看過一次媽媽以「派娜娜」的名字在歌廳登臺。

湯尼坐在吧檯，遠遠看著派娜娜輕聲吟唱，心裡的薄膜好像被一層層細細剝開，聽不懂歌詞，卻覺得有些難受。吧檯的接待boy跟他說，這西班牙語，聽說是有一百年的老歌，派娜娜還會唱法文歌呢。這一帶就是派娜娜會唱最多種歌，什麼語言都難不倒她。喏，你看那邊坐在臺前那一桌的，那是蔣家的人，他常來捧場。那一排吧檯的阿兵哥、吧女聊天吵雜，湯尼望向那個蔣家的人，眼神望著舞臺，頭跟著派娜娜的歌聲輕輕搖晃，他再望向派娜娜，她正唱到一個似有若無的音，左手緩緩舉起，歌廳彷彿在那一秒鐘沒了聲音，接著是一個拖長的尾音，悠緩淡出，湯尼看見一隻鴿子振翅遠走，隱沒在空中成為一顆白點。這是他沒見過的媽媽，這樣的媽媽好悲傷，好美。

學姐畢業後去了臺北，聽說有老師要栽培她當明星。湯尼覺得學姐應該辦得到。上次救國團來學校辦冬令營的晚會，她上臺唱了〈Don't Forget I Still Love you〉驚豔全場，以他在臺中歌廳聽歌的經驗，確實有出道的實力。後來她果然在臺視的歌唱比賽拿到冠軍，報紙上都是山地姑娘大爆冷門的報導。學姐選上南僑肥皂的快樂公主以後，他們籃球隊還因此獲贈幾箱肥皂，那陣子每個人就連打嗝、放屁都是肥皂味。不用說，學姐主演的第一部電影《負心的人》，湯尼當然也去看了。他看到大銀幕上那個叫玉芬的女孩，如此熟悉的臉，放大以後卻覺得無比遙遠。湯尼從五年制農校畢業後，暫時待在臺中三阿姨住處等入伍。那段時間他媽媽演出少了，主要在臺北跟朋友合作經營日本料理店。湯尼混跡在五權路一帶的酒吧、俱樂部，做招待boy、當酒保，有時上臺代打唱歌，轉賣一些美軍的二手雜貨，英文溜得不得了。他聽說過一些美國民眾的反戰遊行，也拼湊一些大兵之間的傳聞，猜想美軍在越南的狀況愈來愈糟糕了。湯尼認識一些吧女，交往過兩、三個，總是維持不到幾個月。他會好心奉勸那些女孩，別跟美國人認真，管他是白的黑的都一樣，他聽過太多人的保證、發誓，從沒有一個人回來。他會這麼說：Look at me. I'm the proof.

有些吧女聽了就笑，來不及啦我家的雜種仔放在後頭厝給他自己大。有些吧女點點頭，放在心上，還是陷進去，終究失望了。確實有幾個真的去了美國的吧女，從此失去聯繫。湯尼接到兵單，先回山上看おばあちゃん，她很有元氣地在田裡工作、上教堂做禮拜。他接著到士林看媽媽。媽媽跟他說，打算嫁給一個常來店裡吃飯的客人。對方可以接受她帶著妹妹，對她也很好。他贊成，當晚就跟媽媽、妹妹和對方一起吃飯。

湯尼新兵訓練結束，抽到金馬獎，到金門當了兩年食勤兵。他只記得搭了好久的船，吐了兩次，上岸時整個人軟手軟腳。金門的長官笑他這個阿凸仔中看不中用。他跟著部隊住山洞，躲單打雙不打的炸彈，等到炸彈落地，再跟部隊去挖彈頭，到處回收撿拾附在炸彈尾巴的共匪宣傳單。長官總不懷好意問有沒有偷看宣傳單，他知道要回答報告，規定不能看，所以沒看。長官說，這就對了。別說你知道共匪發射什麼東方紅人造衛星。提都不要提。天清氣朗的時候，對面的廣播聲音順風吹過來，吹掉島上的對匪廣播。他每每聽到「國民黨軍官兵」這樣的詞。當然不敢說，也不需要說。他長得夠顯眼了，不給自己找麻煩。當兵的日子跟著時間、位階很有秩序地前進，其實跟他以前在農校籃球隊按表操課差不了多少。距離退伍還有半年，連上輔導長找他加入國民黨。湯尼說，報告輔導長，我家是甲種戶口，應該不可能。輔導長跟他說，我知道，所以才要幫你。這樣以後出去對你比較好。湯尼說，報告輔導長，我已經跟班上弟兄說好，退伍後跟他一起去跑船。輔導長還是勸他去洗兩張照片，下次交給他去申請辦證。他知道輔導長是好意，但他就是不想入黨。他聽三舅舅說過，以前他想入黨都不核准，直到他當神父才通融讓他加入。他就這樣裝死到退伍回臺灣。

湯尼上岸後見到的媽媽，有些憔悴。那時媽媽最小的兒子還包著尿布，卻不小心在士林的平交道被火車撞死。他只能安慰媽媽。他回到山上陪おばあちゃん，一起下田工作，傍晚待在家門口，靠著牆，對著山，彈吉他唱歌。附近有些小孩會跑來聽他唱歌，湯尼就像他們在電視裡看到的外國人，可是會說他們的話。二舅舅調回家鄉的小學任教，夫妻準備搬回老家住，問他以後有什麼打算。湯尼說，要跟當兵的朋友去跑船，他們家是東部的阿美族，全家的男人都在跑船。二舅舅說，好不容易平安從金門回來，還要出去？可以留下來做茶啊什麼的。湯尼笑回，我想環遊世界。

湯尼那時在練習唱當紅的〈Goodbye Yellow Brick Road〉，偶爾想想自己到目前為止的短暫人生。山上的家變得好空，大家都分散在各地工作、生活，只有おばあちゃん一直待在這裡，無止盡重複一樣的日子。他到臺中的三阿姨家，隔壁深綠色大房子的將軍還在，深鎖的大紅門外依然徘徊著便衣特務。三阿姨說，她在市場買過隔壁將軍種的玫瑰，拿來泡茶也不錯喔。湯尼到五權路附近的俱樂部，有些換名字、換老闆，生意非常蕭條，路上看不到外國人，好像灰姑娘的變身時間已經過了那樣冷清。他到北西北撞球部打彈子，聽一個在CCK（清泉崗空軍基地）那邊來的西服店伙計說，現此時生意比兩年前差多了，攏是伊個殺人的美國阿兵哥害的啦。另一個酒吧的酒保說，毋是吧，我聽說是美國欲參阿共仔好，今馬沒那麼多美軍去越南戰爭，伊們亦無補助來臺灣度假囉。湯尼飲著啤酒，腦中不斷回放那首歌的旋律，他猜想著歌詞的意思，有點不太懂，卻又想反覆挖掘：What do you think you'll do then，你想你接著會做什麼，I bet that'll shoot down your plane，我打賭那會打下你的飛機？那又跟黃磚路有什麼關係？他不太明白，但那就像謎語一樣，緊緊黏住他的思緒。

湯尼跟著阿美族的朋友Suming在高雄前鎮搭上了遠洋漁船，開始他的跑船生涯。登船前，他看到朋友家族老老小小三、四十個來港邊送行。他朋友Suming說，因為他的爸爸、叔叔、伯伯、舅舅、表哥什麼的都在跑船，抓魷魚的大概一年可以回來一次，他們這種抓鮪魚的一跑就是兩、三年才能回家。船公司給一般船員每月一千多塊安家費，湯尼想，還不壞，比在山上務農好，抓到的漁獲採分紅制，這樣每月底薪雖然只有幾十塊，有努力就有回報。後來上船發覺根本不是那麼回事。兩間半教室大、一百四十噸的鮪釣船，所有空間都算得剛剛好，大小依照階級分配，分紅也是。船長拿四份，輪機長拿三份，大副兩份，扣除每趟出海成本，剩下不到一半的收入船員再依照職務位階分紅，最低階的新手船員算起來不過十幾萬。湯尼跟Suming抱怨，每天凌晨四點就要起來輪班綁釣繩，等到揚繩機收線，放繩收繩之間十幾個小時就過去了，說是三班制，實際做起來感覺只有一班做到死。湯尼就算帶手套綁繩索，手掌三不五時就起水泡。老鳥笑說，這白番皮肉真細呢。湯尼山上來的，一開始出航看海好興奮，沒幾天就看得好無聊。海不給看的時候就暈到整隻船都在搖晃。湯尼不大會游泳，適應後在船上意外地穩，他猜不知跟他的美國爸爸是海軍有沒有關。Suming說，啊不然不跑船，就是種田，在都市裡爬鷹架、綁鋼筋，到礦坑挖得面黑黑。湯尼看到那些老鳥，想到自己年紀大一點可能就像他們，整天摸魚賭麻將、牌九、四色牌，用那雙長久拉繩綁索的彎曲手指算牌、記帳、寫信。他想，要能在這種地方生存，只能盡量往上面爬，最好爬上駕駛室，決心下次回臺就去報補習班，先考個無線電報務員的牌照。

湯尼沒待過那麼閉鎖的空間，所有汗味、酒味、機油味、煙囪臭氣味、魚腥味、海風鹹味這些都關在一起，就跟圈養的畜生差不多。很多船員練就一身靠著欄杆拉屎的能耐，屁股亮給海看，偶爾還會吸引魚游過來呢。他窩在住艙輪休，看著狹窄臥鋪旁的小圓窗，船身泡在洋面上上下下，有時看得到遠方隆起物，就像看到熟人那樣興奮起來。船到馬六甲海峽的檳城停泊卸貨、整補，排隊等領港船入港，整船十幾個船員就像準備放假出營的阿兵哥，快快填好報關表格，望著接駁舢舨等上岸。船長扭開電唱機，放了歌仔戲曲盤在聽，海港天空有海鷗盤旋，好像只有他不在乎下不下船。湯尼想起在金門放假也差不多這樣，成群結隊的士官兵等著到八三么，階級差異就在茶室的小房間裡被消化了。湯尼自己在港區街道亂走，隨意找了家酒吧坐進去，要了啤酒喝。滿室日本人、韓國人、臺灣人、馬來人、在地華人，吧女滿間跑，夾雜幾種語言的歡鬧聲，像他這種白臉孔的不太多。他後來在一家華人雜貨店買了明信片，隨手寫下幾句問候報平安，才猶豫起該寄給誰。最終寫給了おばあちゃん。他想搬回老家的二舅舅可以唸給她聽。

湯尼想像著山坡上的小矮屋，有貓走過窗臺，一個優雅的女士獨自坐在門口前的椅凳，看著眼前的山，哼著據說是她丈夫做的日文歌。湯尼寫下醜醜的漢字：我在馬來西亞的檳城，船上的人說我是新來的，沒暈船很厲害。我們抓到很多鮪魚。下次靠岸就是在南非的開普敦了。

湯尼寫完明信片，在港仔墘福德正神廟附近的路上閒逛。兩旁半空懸吊長串燈籠，周圍來往大都是黑髮黃膚的華人，有說閩南語的，有說廣東話的，感覺像在臺灣的哪個城鎮街上。空中有鴿子低低飛過，他想起媽媽唱的另一首西班牙語歌，也是在說鴿子。他邊走邊哼，遇到不遠處正在東張西望的Suming，想說這個番仔看起來真是孝呆孝呆。

這次故事說得有點太長了，謝謝各位聽眾收聽。我是高再生。

pasola xmnx na mansonsou!

這句鄒語的意思是：願您每回呼吸都順暢！

我們下次再會。

總統先生

二〇二六年五月，哈瓦那

在我年紀還輕，閱歷尚淺的那些年裡，父親曾經給我一句忠告。直到今天，我仍常常想起他的話。「每當你想批評別人的時候，」他對我說：「要記住，這世上不是每一個人，都有你擁有的優勢。」

——史考特・費滋傑羅，《大亨小傳》

十年前的三月，美國總統歐巴馬任內最後一年訪問古巴，被視為美古關係破冰的里程碑。當年歐巴馬偕妻子蜜雪兒在中央區聖拉斐爾路四六九號（San Rafael, 469）的這幢草綠色老樓房用餐。方才我通過層層安檢程序，越過頭頂的CASA PUEYO字樣，在這間被包場的餐廳揀了個座位。四周滿布店主多年收藏的古物老件，牆上釘著多幀可口可樂、百事可樂、艾索石油之類鏽跡斑斑的鐵製招牌，大小不一的海報、各種尺寸的泛黃老照片、附有鐘擺的古鐘，一張攤開的斑馬皮，拼貼成一幅繁複斑斕的畫面。耶穌基督或聖母聖子或某個聖徒的雕像、模型安放在牆邊聖壇及矮櫥櫃上。我等會就在這裡專訪總統先生。

服務生送來一杯熱咖啡，我翻閱手上的紙本訪綱，回想一些關於總統本人、關於兩年來的種種政局變化，確保錄音筆能正常運作，也確保備用的手機錄音程式可以使用。在此之前，我跟總統先生有過幾次聚餐，在場都有其他學者、記者、寫作同行，這將是我第一次跟他單獨談話。

大約過了十分鐘，總統在隨扈圍繞下現身餐廳，緩步向我走來。他拍拍我的肩膀，坐定之後，邊解開西裝釦子邊轉頭看看周圍說，「不錯的地方吧？」隨即向服務生要了杯熱咖啡。我一方面得略微克制自己對眼前這個英挺、黝黑男子的好感；一方面夾雜著緊張，面對這位被稱為「臺灣歐巴馬」的總統先生。他是史上最年輕的總統（當選時四十四歲），史上第一個原住民總統（父親是鄒族人），也是史上第一個在中華民國臺灣領土範圍外實行職權的在位總統。他的當選一次打破了許多紀錄，象徵著新的政治世代來臨。但他也在宣誓就職總統後的隔天，面臨史無前例的詭譎形勢。在「大交換」將滿兩週年的此時，單純做為一個公民，我非常好奇總統在思考些什麼。

總統先生，首先要謝謝府方安排這場訪談。錄音是為了保險起見，以免我日後文章引述有錯。

這我瞭解。我以前讀臺文所時也做過一些文學相關的工作，幫雜誌採訪作家、寫點書評

什麼的。手機開錄音是當備分吧？（他指指手機）

不如我們就從文學聊起吧？你大學是讀中文系，後來怎麼會選擇讀臺灣文學研究所？

在真正的作家面前說來有些不好意思，其實就是想當作家，才會進中文系。但讀了中文系才知道，整個中文系的學術訓練都著重在古典文學，跟我有興趣的現當代文學是兩個不同的世界。尤其在修聲韻學、文字學的時候，我愈來愈懷疑自己是否真的想待在這裡。你知道，逃避的時候就四處亂看，到人類系、歷史系、哲學系、社會系、政治系隨意旁聽。結果就更不想讀中文系了。我記得那時每到期中、期末考週就焦頭爛額，同寢室的歷史系室友平時都在翹課，好像沒什麼考試，只要期末交交報告。我就更疑惑為什麼要自找罪受，中文系不僅課業重，考試也多。我排遣焦慮的方法就是大量的亂看書。可能是那時，偶然讀到漢名田雅各的布農族作家拓拔斯．塔瑪匹瑪的短篇小說（好像是我那歷史系室友的書）。雖然我們不同族，但應該算是我的原住民意識覺醒時刻。在此之前，我從來沒認真思考過身上有一半原住民血統這件事意味著什麼。

雖然我的父親出身阿里山鄒族的達邦部落，但他高中畢業考上臺南師範，留在臺南當小學老師，娶了平地人太太，算是「漢化」得很成功。我跟我妹都不太有意識自己其實算原住民。我們在家裡說國語，要不說臺語，就跟一般小孩沒什麼差別。我父親通常一年回部落一、兩次，我們讀小學的時候會跟著回去，我父親過世後就沒怎麼回去了。印象中回部落總是參加豐年祭、戰祭，還有兩次是祖父母的葬禮。我小時候就會劃分部落跟部落之外的兩個世界。我知道在部落看到的人，他們說的話、祭典時穿的大紅服飾、舉行的儀式這些，都不會發生在部落以外的「平地」、「都市」。我真正的生活卻是在平地、在都市。大學時代讀了拓拔斯・塔瑪匹瑪之後，我才慢慢主動瞭解原住民族的方方面面。說也奇怪，從那以後，我變得比較能接受中文系的學術傳統。當然聲韻學、文字學還是不拿手，但至少低空過關也覺得OK了。我那時可能覺得自己有必要以鄒族人身分拿到中文系學位。或許想證明，「夷狄」也可以掌握中國文學的脈絡吧。（他露出促狹的微笑）

延畢一年後，我決定報考開始招生的臺大臺灣文學研究所。我不確定可以在那裡獲得什麼，但我想有機會正面面對我日益增加的原住民認同。而那是絕無可能在中文系裡得到的。

但是你的碩士論文並不是處理原住民認同？

對。在我探索原住民認同的過程裡，並不總是直線，我可能花了更多時間彎彎曲曲繞路，有點起伏，畢竟我身上有一半是漢人，從小到大的生活也跟一般臺灣人一樣。意思就是，沒有太意識到自己的身分、位置，自然不會多想。你有沒有讀過小說家童偉格早年的一個短篇〈我〉？

（我點點頭）

那你應該記得那篇的結尾吧？

（是「路它自己沒有了。」？）

不是，這是另一篇〈假日〉的結尾，這篇也非常棒。〈我〉的結尾是：「再遲鈍的人，即使像我一樣，也終於能夠聽見，不知道為什麼，在應該覺得輕鬆愉快的時候，我只覺得，很難過。」我有個朋友碩論就寫童偉格，他甚至能背誦整篇小說。不過我要說的也不是這篇的結尾。這篇小說的開頭是「我叫林士漢，今年二十四歲，我目前的工作是建築工人」，接著是這個林士漢跟工地的搭檔阿治一起租房子，你看得出來這兩個年輕人的生活很平凡，沒什麼了不起的想法。隨著小說慢慢看下去，你突然會發現，原來阿治是原住民！愈是潛藏在日常語言底下的愈是真實。我當時的煩惱是，我逐漸意識到了自己可能不是那麼純的漢人，同時不是那麼純的原住民，我不太會講鄒族母語。所以我只能試著去認識一些其他原住民朋友，理解我所在的位置。

（我後來翻了那篇小說原文：有一次，我唸書上的句子給他聽，我說：「阿治，阿處哭處拉魯那一卡濤馬斯，是什麼意思？」阿治回頭瞪了我一眼，說：「你在放什麼屁？」我說：「這是『人畜平安啊！神！』的意思」我問阿治：「這不是你們的話嗎？」阿治又轉過頭去，盯著電視說：「不知道，沒聽過。」我說：「那你講幾句你們的話給我聽聽。」阿治說：「放屁，哪有說講就講的，又不是變魔術。」）

我記得我們中文系上有個學弟，非常妖嬌，聽說是臺東來的卑南族人。他說他一看就知道我有原住民血統，他不僅「GAYDAR」很準，「原DAR」也很準，甚至看得出誰是哪一族。不過我們聊原住民議題不多，聊更多的是同志議題、系上八卦。但光是這樣，我的混亂感似乎就降低不少。我這學弟後來也讀臺文所，最後拿到臺文博士畢業。我其實有點羨慕他。對他來說，原民認同從來不是問題，問題在於如何在漢人的世界裡好好生存下去。他有時開玩笑說，何況人生在世還有那麼多別的人生難題要煩惱啊。

碩班期間，我花了不少時間「補課」，準備要投入原住民議題。說不定我在那時就已經埋下日後走入政治工作的種子。

我記得你的碩論是寫跟林燿德有關的？

主要是想透過漢人書寫中的原住民形象，讓自己想得更清楚一點。林燿德那本《一九四七高砂百合》是相當值得分析的案例。據說他當年受訪時說自己這本小說超越了本省人、外省人的二元對立觀點，從更本土的原住民觀點來書寫二二八事件。我想他那時被視為後現代主義的作家不是沒有道理的。他的策略就是試圖從一個更高的視角，俯瞰這些都是「後來才來」的漢人互相殘殺事件。但事實上，原住民自身老早就在處處被漢人侵逼的歷史過程幾百年了，二二八之後也不可能置身事外。在連續被殖民過程裡，儘管國家認同、語言有轉換，對原住民族來說，都是不斷在失去生存空間、失去精神空間，被壓縮到後來就只能在社會結構裡躺著抱怨了……欸，我們要繼續這樣聊文學嗎？你應該有別的想聊吧。

我們可以輕鬆一點，不設定範圍、主題，比較自然。我想如果你繼續寫書評或從事文學相關工作，應該也會做出成績的。（他笑著搖搖頭直說大概不可能）我在出版社的朋友都說總統的閱讀品味又好又廣，也很支持本土創作。你這兩年寫的暑假、寒假書單造福不少出版社，讓那些書多了很多廣告曝光、被討論的機會。坦白說，我覺得你大概是李登輝前總統以來，唯一稱得上是重度讀者的總統了。我注意到，你的書單常常以文學為主，這與先前的總統每年到臺北國際書展大陣仗買一堆書表明自己有在讀書的宣傳行為不太一樣。

你應該想問每次書單上寫的短評推薦是不是我自己寫的吧？其實我在擔任立委期間就固定會公布我的寒、暑假書單，不是這兩年才開始。我可以負責任地說，完全是我寫的，不靠小編。應該是張愛玲的話吧，「一個人，學會了一樣本事，總捨不得放著不用。」雖然我博士沒讀完，好歹是文學系所出身，寫過書評，跟一般人談談文學這點自信我還有。況且寫那些推薦花不了多少時間，只要你好好讀，書的內容也確實不錯，那就一定可以說出點什麼。你也明白，我們的成長過程，讀書是被鼓勵的——雖然只限於教科書、參考書，讀那些考試可以拿高分的書，才叫做讀書。帶有強烈功利目的的讀書，久而久之，就無法感受樂趣。你問一個人為什麼喜歡讀書？當然是因為有趣才讀。我以前讀中文系，別人就問中文系畢業可以幹麼，當老師嗎？到了臺文所，人家又問臺文所畢業可以幹麼，教臺語嗎？這其實就是長年累月追求功利價值、實用取向的反映。

文科學位也導致你多次被對手攻擊沒有專業、什麼都不懂。

這就是為什麼我常跟我那些年輕的幕僚說，人家看我是第一個原住民總統，其實我更希望說自己是第一個文科總統。他們嚇壞了，叫我不要太高調提這些。我想人就是要面對真實的自己。我以前哪知道自己日後有可能當上總統？既然我現在擔任的職位還有些能見度，何不多跟大家談談我喜歡的事物？看似最無用的其實有大用，這是莊子說的「無用之用，是為大用」。你看我有時在演講或文告引用一些文學作品，不是變得比較有趣一些些嗎？讀文學，反而讓我可以在日日夜夜面對應接不暇的公務之餘，稍微沉澱下來，退一步反思。而且文學也會時常提醒你，事情不是你想的那麼簡單。永遠都要盡可能多角度變焦，試著換位思考。說到專業，我要感謝我過去和現在的幕僚團隊。不是有這種說法嗎？在搖滾樂團裡，樂器彈最爛的那個人就寫歌、當主唱，結果卻最受矚目。說真的，有他們做我的後盾，我才能快速掌握各種法案、政策和議題重點。正因為我知道自己懂的不多，我更要求自己得努力搞懂。這可能是我能夠跟一般民眾溝通的原因。我就是他們的一分子。

這也是你的對手常常窮追猛打的：你是原住民，來自人口只占全臺人口二%的少數族群，而且你所屬的鄒族甚至排不上原住民族前三大族。就連原住民內部對你似乎也有些雜音？

你少說了一項：我不僅是原住民，還是血統不純的原漢混血原住民、都市裡長大的都市原住民。雖然我是以山地原住民立委身分進入立法院服務，但職權與一般區域立委沒有分別。原住民立委為原民議題發聲是應該的，但我同時也盡可能照顧到範圍內的所有民眾。畢竟原住民就是活在漢人為主的社會裡，你不可能只照顧原住民而不跟其他族群的民眾往來。不管「平地」、「山地」，選區都涵蓋全國，就跟總統選舉一樣大。雖然「平地」、「山地」劃分大有問題，但我也只能先照遊戲規則進場，才有機會改變。這其實是臺灣的政治體制長久的弊病，大家都不面對現實，死守著僵化的體制不放。所以我一向主張回歸現實，只有大家一起正視現實，我們才有辦法討論接下來該怎麼解決問題。你可以去查，我擔任立委的四年，每週至少開一次公民會議。我請幕僚聯繫各地有興趣的地方鄉里、學校或團體，借個場地，給我一杯水，聽聽他們最近的煩惱，讓他們問各式各樣的問題。我盡可能陳述我對這些問題的意見、可能的解決方案，如果我沒辦法回答也會直說，讓我的助理記下來，跟我的團隊一起統整研討再回覆。

我看過一些你在這類會議中的片段，絕大多數民意代表或公職人員沒辦法像你那麼自然地面對群眾，而且能侃侃講述政見，以一般人聽得懂的語言傳達出來。我認為最難得的是，你似乎有種天生的幽默感，這在政治人物身上相當少見。我猜這些民眾不覺得自己在參加什麼會議，比較像是參加巡迴脫口秀。

說起來，今天到目前為止我都覺得自己說的話很無聊乏味，真是抱歉啊。關於這點，其實是我一直以來的疑惑：整個成長過程中，我看過的政治人物或公職人員全部無一例外是說場面話的高手。只是大多數都像機器人那樣僵硬，如果遇到設定範圍外的問題，就只會謝謝指教。要是沒先準備發言稿就好像不會說話一樣。搞不好有人祕密做出政客製造機，量產一批又一批穿著剪裁不合身的西裝，上身是中央廚房出產的廉價白襯衫，褲頭拉得高高的，繫一條廉價人造皮帶，有時還外掛個手機袋或鑰匙串。這樣的人面對鏡頭總在說些空洞至極的廢話，他們能給觀眾的娛樂都來自跟現實的落差，一種完全跟時代脫節的落差。民眾大開這些人的玩笑，嘲諷他們的荒唐行徑，卻沒生產一些正面內容讓大家議論。我們的政治文化一直是這麼糟糕的狀態。媒體只是疊加了自身的問題，加倍放大這些劣質政治文化的現象。所以我只是盡量別讓自己落入那些我討厭的狀況。

這是你始終維持自己的Podcast節目的原因嗎？

或許吧。我很早就開始做Podcast，早在我做立委之前。我總是想知道什麼管道可以接觸到民眾，試著傳遞我的訊息。我也嘗試做過一段時間的YouTube頻道，但跟Podcast比起來，成本較高，剪輯費工，特別臺灣觀眾習慣有字幕。後來我專注在Podcast，加上個人網站的互動經營，可以隨時做滾動式調整。有這類自媒體的好處是，你能掌握一部分話語權，確定這些不會被扭曲。但自媒體還是得跟其他媒體連結，才能有更好的傳播作用。我猜美國的小羅斯福總統如果活在現在，大概也會做Podcast節目。事實上他在一九三〇到四〇年代就做了不少叫做「爐邊談話」的廣播。也有不少研究顯示，一九六〇年的美國總統選舉，正因為甘迺迪在電視上能言善道的瀟灑形象深入人心，風靡全美，最後以微弱差距擊敗對手尼克森。我想總統不該只是偶爾拍拍公益廣告，呼籲民眾關心什麼政策。何況我的每日行程有一大部分花在移動到各地，從中抓個十五分鐘錄音不成問題。我完全不介意提供一部分娛樂、談資，但希望是以比較有格調的方式呈現。

你瘦長的身材、穿著、手勢動作這些時常讓我聯想到很有格調的歐巴馬。

被發現我學他穿Brooks Brothers訂製的西裝啦？不過他比我高一些。沒錯，我總是以他做為榜樣。不管是做為一個原漢混血的普通人，或是做為一個國家的領導人。特別拿接著他做美國總統的人相比，還真是巨大的反差。他們兩人之間的格調差距，可能有我們現在跟中國之間的距離那麼大。

不過你最近似乎正在推動，準備以國家名義贈送一份大禮慶祝美國建國兩百五十週年？最近輿論對這件事吵得凶，光是要以什麼國家名義送禮就僵持不下。

川普四年加拜登總統上臺以來，美國似乎變得保守、反動，與一切的進步價值都有些脫勾。不過Business is business。我不得不說，我們就是在這樣的國際局勢存活下來，獲得前所未有的有利局面。看看我們的四周，環繞著拉丁美洲的邦交國，像是一個巨大的安全網，而我們跟美國本土的距離，最近的地方不到一百五十公里。當然這也是拜古巴跟我們之間的和平協議所賜。你知道，自由女神像是法國送給美國建國一百週年的禮物。那麼我想，在這個時間點，送一座媽祖神像放在佛羅里達最南端的西礁島（Key West），應該是值得考慮的提案。至於要以什麼名義來送，可以交由全民決定。

這很難不聯想到你的政黨從「大交換」以來一直在運作的正名運動。這其中的弔詭之處就在於，我們大多數人民現在都不在原本的土地上。

有學者認為這兩年是理想的「憲法時刻」。民調也顯示，如果沒有立即的戰爭疑慮，在務實層面上，大多數人民都願意考慮改國號、調整政府體制。儘管目前是執政黨過半，每次立院開議，朝野始終沒法展開有意義的討論。黨團會議不知開了多少次，彼此僵持不下，沒辦法產生共識基礎。大家都以為問題的癥結在領土。但憲法第一四三條說了「中華民國領土內之土地屬於國民全體」，領土不是僵硬不可變動的，應該是隨著國民所及權力範圍而變動。今天我們跟古巴的「大交換」，原因追究起來無從解釋，只能說是天意。現實就是他們一千一百萬人跟我們兩千三百萬人在前年的五月二十一日對調領土，直到現在也沒有完全交換回去。假設當年我們兩國是採取一架飛機、一架飛機或一艘郵輪、一艘郵輪這樣運輸人民交換領土，我們現在也該審慎地以現實狀況來權衡兩國的命運共同體。

可是這樣對於還在金門、馬祖、澎湖、綠島、蘭嶼的外島人民來說，是否有些不公平？

如果這些地方的國民希望的話，政府可以派專機將他們運來重新安置。但政府也會給予國民最大的尊重，畢竟領土內的國民遷徙自由應當是不受限制的。

在野黨反覆指稱你跟古巴簽署了所謂「BOT密約」，指稱你意圖在完成改國號、立新憲法以後，才會考慮完全回到我們原本的土地。

我首先得說明，以我國當前的民主體制，任何國與國的條約或協議都需要經過立法院同意，總統只有代表簽署的職權。所謂的「密約」是不可能成立的。我目前能說的就是，大交換發生後，我們第一時間跟古巴當局磋商，彼此達成一定默契，當時簽訂的合作備忘錄也有立法院同意背書。我們兩國雖然沒有正式邦交，但透過大交換的緊密連結成了命運共同體，我們發現彼此的相似之處其實相當廣泛。例如相隔將近一萬五千公里的兩地都在北回歸線上，棒球都堪稱舉國最受歡迎的運動，插座格式一樣，就連電壓都是一一〇。不過古巴長年在美國禁運封鎖下，物資缺乏，基礎建設相當不足。你應該知道，古巴直到六年前的上網人口大約一百多萬，僅有少量龜速的 Wi-Fi 熱點可用，也沒有通行全國的 4G 行動網路設備。我想，以臺灣的科技實力，應該可以趁機幫忙架構完善的基礎設施，而且直接以 5G 行動網路規格來做。這一方面是我們國民的迫切需求，另一方面也可讓古巴人民日後返鄉時能夠享用應有的科技生活。

也有臺派人士批評總統說，古巴與中國有正式邦交關係，難保哪天中共派出軍隊長驅直入，可能美其名為聯合演習，或者趁颱風災害之類的時機以援助之名派兵入臺。

我不能說沒有這種可能性。但事實上，在大交換最初一個月，我跟執政團隊就返回臺灣坐鎮，同時與古巴當局研議商討應對方案。三個月內，政府就陸續召回國軍鎮守原駐地，並與古巴軍方聯合舉行演習。何況原先駐紮在金門、馬祖等地的軍隊始終維持高度戒備狀態。美國也派出第七艦隊在海峽中線巡守協防。雖然看在古巴人的眼裡有些荒謬就是了。

是啊，被美國禁運制裁了五、六十年，結果轉移到亞洲，美國艦隊還是揮之不去在附近徘徊。

看看哈瓦那路上跑的大小巴士吧，幾乎全是中國宇通。我們相當清楚古巴與中國的關係緊密，畢竟它們是世上僅存的幾個社會主義國家了。古巴也是最早與中共建交的拉美國家。近二十多年來，中國在古巴有多方面的經貿合作布局，各種產業類別都有中資身影，這還不包括在各地成立孔子學院、華為承包建造全古巴的行動網路設備等等。

我想再次強調，好好認清古巴與中國的關係，就更有利我們與古巴的往來。現在的情況是，兩方的人民部分混居，天天都有直航班機往來臺、古兩地，從一開始最高的每日六萬人次載客量，到現在的每日一萬人次，兩個政府並不阻止雙方人民流動、遷移，有人回過老家終究還是決定到新地方落腳，展開新生活。古巴人有句老話說「estar en China」，字面上說「身在中國」，意思其實是「毋知你在講啥貨」。古巴以前不承認中華民國臺灣，現在他們就在那裡幫我們看家。一開始可能真的「estar en Taiwan」一頭霧水，但時間久了，都能習慣。關於這種「遷徙」，我們原住民可就真的經驗豐富得不得了。況且，我們不正是生活在共享經濟的時代？這麼比喻吧，你可以把兩邊交換領土的生活狀態想像成一種超大尺度的、超大規模的Airbnb，而且連轉接插頭都不用帶。我們等於向古巴租借領土一段時間，當他們的房客，幫他們維護家園。既然我們有技術、有人力也找得到資源，只要房東不反對，那麼幫這個地方做些改善、裝修也是應該的吧。例如我們這兩年就幫忙維修古巴各城鎮的老舊建築，提升鐵路、公路交通等大眾運輸系統。最先受益的是我們人民，況且古巴人不至於拒絕自己的家鄉變得更便利、先進。當然這些計畫的構想和實施，也都要經過兩國的國會同意。順帶一提，古巴在二〇一九年四月十日正式實施的新憲法，整體相當進步、開放，例如在同性婚姻的理念上，與我們是一致的。你應該有看到勞爾．卡斯楚的女兒瑪麗拉的報導，她很高興我們是亞洲第一個擁有合法同性婚姻的國家。

這個「國家Airbnb」的想法在我看來非常基進。如果在國與國的層級上，我們可以平等、有保障、維持互信，那麼確實可能激發出一些新的政治想像。能否請你再多聊一些？

在我還是以助理身分進出立法院的時期，蔡英文總統代表政府正式向原住民道歉。這是劃時代的大事。從來沒有漢人，或說外來政權的最高領導人，正視原住民族早在所謂被「發現」、「開墾」之前，就存在於臺灣幾千年了。自然，也沒有政權在乎原住民族在這幾百年來受盡壓迫的命運。只是這個道歉似乎弄巧成拙。接下來因為原住民族傳統領域劃設辦法的爭議，原民團體在凱道長期抗議，政府與原民團體訴求僵持不下。彼此在第一線對話的，不論是代表官方、發起抗爭的，都是原住民。漢人看原住民，時常誤以為大家都是原住民嘛有什麼好吵。但只要仔細想想，漢人過去也是為了本省、外省之分彼此敵視，這還不說更久以前的漳、泉械鬥。傳統領域的爭議只是讓原民內部的矛盾浮現出來。這些矛盾、衝突老早就存在了。

坦白說，我那時覺得，原民團體的訴求有道德高度也有說服力，但就政府角度來看，確實有些窒礙難行。如果我們有很多領土，也許我們可以劃設原住民族保護區或自治區，讓原住民族可以在完整的疆界內傳承歷史、文化。這就像是搬家。如果這地方沒辦法繼續住下去了，為了生存，我們就得考慮遷移到另一個地方。可是臺灣就這麼大，族群間的關係錯綜複雜。真的要從根本解決，其實要尋求的是建立政府與原住民族之間的「特殊國與國關係」。也就是說中華民國臺灣做為一國，來與國中之國的原住民族協商。但現代國家的框架下，本來就是預設要製造均質的國民，以共同的語言、文化、歷史來凝聚打造國族性。所以原住民族必然會在這樣的國家概念、設計下被抹銷。當然我們可以看到世紀之交以來的三十年，人們對於國家的想像比較鬆動、不那麼僵固了。加上我們長期與中華人民共和國為鄰，我們其實就是在一個更大的尺度裡，處於特殊國與國的關係。我們面對共產中國，就像是原住民族在面對中華民國臺灣。我們該怎麼做，才不會反覆掉入兩岸關係的陷阱？這是必須時時考量進去的。

這個解釋很有意思。這讓我聯想到，臺灣內部長久以來的統獨之爭，可能也是你說的特殊國與國的關係：一個四九年遷移來臺的國民黨政權，招牌是中華民國，附身在臺灣這塊土地上。同時又有另一個追求獨立建國的渴望，希望換掉招牌，改成別的名字。

實際上更複雜。就拿統獨來說。中華民國在臺灣的七十多年裡，不同年代的「統一」或「獨立」意涵多少有些差異。四九年以來，不管是官方或人民大概慢慢都接受不可能以三民主義統一中國了，更何況它從來沒完全實行過。我們從一九五〇年代中期就完全失去主動反攻中國大陸的能力。美國的介入，一面保護我們，一面也是封印我們有挑起任何戰端的機會。在這個格局下，談統一是不切實際。中國改革開放，接著成為新世紀強國，這時談統一，只能是大國併吞小國的統一，最多給你談一些特殊條件，這就是中共準備給的一國兩制。你形容的「附身」說得很好，印象中李昂寫過同名的小說強烈明示臺灣幾百年來被不同政權統治，就像被不同的幽靈纏身。中華民國的巨靈盤踞在臺灣上空將近八十年，漸漸在失去效力。就這點，我們原住民也很有經驗。我們正是在數百年來的歷程裡，逐漸被消除掉風俗、習慣、文化、信仰、語言。我們不再有自身的曆法和節令，我們不能再以巫師、祭司跟天地神靈溝通，我們不再以狩獵、種地、編織的方式與自然連結。我們像是國族建構過程中必須割除的贅瘤。我們必須分割自己的身分、語言、文化，妥善收納到主流社會設定的櫥窗裡。我們的神靈、我們的祖靈因此也漸漸失去了賴以生存的養分。沒有傳承，沒有記憶，我們終將成為沒有歷史的人。如果這是事實，我們只能接受，並且做好心理準備：這是個沒有神的世界。我們最好自立自強。我想，這就是中華民國這塊招牌的困境。

我注意到你在兩種「我們」的指涉意義上遊走。

你看，這就是原住民的困境。如果原住民要從自身的立場角度看待這些事情，那必然會跟另一種「我們」，也就是國民，產生矛盾、隔閡。當然後來大家都會說融合了，只是被融掉的，永遠都是原住民。所以，問題就是：我們準備好跟原住民族建立這樣對等的特殊國與國關係？我很想說審慎樂觀的話，但沒辦法。

大概跟中國、美國的態度也息息相關吧？有些長年推動臺灣成為美國一州的團體，這兩年又活躍起來。

說真的，我能理解這些人的心情。真的。以當前形勢，以美國對臺灣的態度，不能說這個選項沒有任何可能。但我們要記得，一九五九年革命後的古巴是全世界最會對抗美國的國家。當然古巴付出了非常巨大的代價。不過我要趁機澄清一件事：人家說古巴反美，真相應該是美國反古才對。據說卡斯楚曾被美國中情局暗殺過六百多次，你有看過那部紀錄片嗎？（我搖搖頭）結果卡斯楚最終以九十高壽安然過世。真不曉得該說ＣＩＡ太遜，還是卡斯楚命超硬。總之，在古巴頑抗美國的六十年裡，我們、美國和許多國家面對資本主義造就的全球化、景氣循環、金融風暴、高失業率等各種問題時常苦無對策。轉頭看看古巴的社會體制，某程度滿讓人敬佩的不是嗎？人人都有教育、醫療的基本保障，沒什麼貧富差距的問題，對，我知道你要說因為大家都窮，水土環境沒有受到嚴重破壞、汙染，生活得相當環保。就各項數據上來說，古巴的存在對地球是好事。如果我們趁著身在古巴的時候，搖身變成美國的一州，那可真是天大的諷刺。你知道美國第三任總統傑佛遜說過「如果我們的聯邦可以再增添一個州，最讓人感興趣的就是古巴了」嗎？事實上，傑佛遜總統任內向拿破崙買了法屬路易斯安那一大塊地，讓美國領土變成兩倍大。那真的是有可能的事。

美國覬覦古巴超過兩百年始終沒成功，確實令人聯想中共這七、八十年來要收復臺灣的作為。

我不會用那個詞來形容（他是指「覬覦」這個詞）。不過發生在臺灣海峽的兩岸對峙，與加勒比海的隔岸對峙，確實有部分相似。戒嚴時代，國共雙方的宣傳戰就是放廣播、發傳單，所以當你知道美國成立馬蒂廣播電視臺（Radio y Televisión Martí），強力放送各種政治宣傳給古巴人民，你真的會想說哇這既視感有夠強烈。但古巴人始終沒屈服，美國人始終沒放棄，兩邊都讓我充滿敬意。如果以國力、資源來比較，你真的會打從心底尊敬古巴。想想看，如果中共這麼對待臺灣會發生什麼狀況？更別提美國的古巴流亡社群長年策劃各種反卡斯楚的活動，有些根本是血淋淋的恐怖攻擊了。我要嚴正重申，臺灣人民的未來由臺灣人民自己決定。請大家別忘了，生活在臺灣的古巴人也有社會主義國家聯合陣線的呼聲，那某種意義等於是讓臺灣變成中國的一省，替中共完成「收復」臺灣的國家工程。我想這裡還是加個上下引號比較恰當（他舉著雙手的食指和中指在嘴邊做出引號手勢）。

有不少渴望法理獨立的民眾，對總統到目前為止的表現不太滿意。他們說，明明中國的飛彈打不到古巴，為什麼不趕緊召開國是會議，準備立新憲法、改國號，早日讓臺灣以它該有的名號和實力參與國際社會？

雖然重複讓人很煩，我還是要反覆說，臺灣人民的未來完全由臺灣人民自己決定。我們多年來早就學會以各種辦法參與國際事務了。沒有正式邦交、沒有國際組織的正式會員身分，是有些困擾，但既然我們生活在地球上，就不可能不參與到世界。儘管我現在擔任的是政府最高公職，每天要做很多決策，要在公文簽名以示負責，但這只是最後一道程序。大部分政策、計畫、討論、調查研究、施行評估，都是群策群力的漫長過程。總統職權真的有限，不是大家以為的那麼無邊無際。

我想問題的癥結還是在於，我們全體國民是否真的準備好了？如果我們想要成為我們自己想成為的模樣，我們願意承受任何代價嗎？我希望大家都好好想想。如果大家仔細想過了、準備好了，政府一定會跟上人民的腳步。

不好意思，我還是想回頭追問關於「國家Airbnb」的問題。在你看來，還有什麼其他可能？

我大學畢業那年，當時的副總統呂秀蓮引起一個爭議。當然她一生有不少爭議，這可能是後來比較沒人提的。那時她說，搶救困在山區濫墾濫伐的人不是慈悲，鼓勵災區原住民移民到中南美洲開墾。當年我的第一反應是憤怒。大多數在山區濫墾濫伐的都是漢人，挖掉整個山頭的水泥公司是漢人開的，錢是漢人在賺，苦是原住民在受，呂秀蓮搞錯對象了吧。應該像後山龍哥唱的，「臺灣的生態被破壞，不是山地人的錯。」但我仔細讀過當時的報導以後，卻覺得不能說呂秀蓮說的全部不對。認真追溯起來，臺灣這塊土地的主人是山地河川，不管什麼族群都是移民來到臺灣的。這是沒錯。從原住民觀點來看，土地不屬於人，而人屬於土地，這與現代社會通行的土地所有權概念很不一樣。但無論如何，重點都在於人怎麼跟土地相處。於是我想到，世界各國都有所謂的投資移民，門檻不一。如果今天以國家名義，向某國購買土地，安置國民前往居住生活，那會怎樣？（我插話：像是傑佛遜向拿破崙買地那樣？他點點頭）我們長年面臨中共的步步欺壓，軟硬兼施，以經促統，甚至喊出「留島不留人」。那麼，為了生存，我們可不可以選擇遷往另一塊土地，重新開始？我認為可以考慮。

以國家尺度來設想看似荒誕不經，然而我們的生活裡已經到處在實踐共享經濟。這構想本來只存在我的腦海，完全沒料想到它會發生。如今真的以另一種形式發生了。我認為目前古巴跟我們之間的共生關係，世界都在看，我們有機會成為典範，創造新的政治想像、新的國家運作模式。這中間有很多技術問題要克服。我想我們會一一克服的。

我好奇的是，國與國之間的合作出現問題，有可能尋求仲裁嗎？像我們在使用類似Airbnb這類共享經濟服務的時候，發生不可調解的糾紛，還是得靠公司出面仲裁處理。

鄒族的公廨，或者稱作男子會所、聖所的地方，通常在部落的中心。這個干欄式架高的傘狀建築，四周豎立十四根支柱，裡面有一盆常年不熄的聖火，各種祭典、成年禮等儀式都在這裡舉行。男性從出生、成長到成年都跟這裡息息相關，要在會所學習傳統知識、技藝，建立交誼網絡。這裡也是狩獵、出征前後的集合地，男子在出發前在此夜宿，歸來後也在這裡處理、分配獵物。如果族裡需要處理各種紛爭、懲罰過失，也是在這裡公開處分。鄒語把這裡稱為「Kuba」。就跟古巴（Cuba）同音。你可以說是巧合，它確實是，但我傾向把它看作一種徵兆。也就是說，我們要能跟古巴一起分享、維持Kuba的公正，讓這裡面的聖火可以不斷傳遞下去。

關於最近兩地的能源問題爭議……

確實相當棘手。我們原有的三個核電廠都到了不該繼續延役的極限了。重啟核四廠有其困難也不切實際。古巴當局也跟我們交換過對核電廠退役的想法，包括怎麼處置核廢料、遷出蘭嶼貯放多年的核廢料等等細節。預期會是一筆相當可觀的費用。其實古巴在一九八〇年代曾與蘇聯合作興建核電廠，就在哈瓦那東南邊的胡拉瓜（Juragua）。結果中間發生車諾比事故，然後是蘇聯解體，美國在過程中也不斷阻撓古巴獲得使用核能的技術。二〇〇〇年，臺灣政府宣布停建核四，古巴也放棄核電廠。種種原因陰錯陽差，反而把古巴推向發展再生能源的道路。在永續經營、維護自然環境方面，古巴是值得國人仿效學習的典範。

現在臺灣要逐漸汰換老舊的火力發電設備，降低使用燃燒製造空汙的煤，嘗試古巴使用的蔗渣發電機具或者改良的垃圾焚燒發電機，鼓勵補助各地區以小而分散的方式設置太陽能、生質能發電，更新鋪設連結各方發電機組的電網。況且我們還有彰化離岸風電這個有力後盾。現在生活在臺灣的人口大概有一千七百萬，電絕對夠用。我想台電會跟古巴能源部門共同研擬出可行的具體方案。我們如今生活在非核家園，或許也該跟古巴人一起把我們原本的家園整頓得更永續、環保。

這樣要說服科技園區的企業主可能不太容易。還有那些「以核養綠」的團體。

近年來的公投製造了不少讓臺灣人尷尬的局面。我得聲明，核能發電比例常年占比落在十%左右，而核四廠的商業運轉有嚴重的工安疑慮，我絕對不拿臺灣人民和古巴人民的安全當賭注。當下我們的能源政策絕對有調整的必要。例如蘋果公司很早就開始要求他們的產品、生產線的代工廠要採購綠電。台積電早在大交換前就開始採用部分綠電了。我想企業主注重的是穩定的供電、價格合理，如何發電並不是重點考量。我只能說，我們得從核電學到教訓。現在看起來便宜的，日後看起來可能並不是。而現在看起來貴的，卻有機會變得划算。

我們都知道古巴當前的產業發展有限，要設置或搬遷科技園區都需要跟古巴談判磋商才能定案。現在我們與古巴的共識，第一要務是更新雙方的電網設備，改善用電效能，穩定供電。這也已經開始在做了。

我有個先回到竹科的朋友說，平常在廠區工作沒有什麼感覺。但只要進了市區，就會覺得自己身處異國。我是引用他的說法，沒有不敬的意思：他說，很像你從桃園火車站後站走出來，發現你在一個巨大的移工商圈，菜單都看不懂。而你的家人朋友很多在地球另一邊。你想說服自己是來這裡Working Holiday，卻沒辦法。地方是一樣的地方，周邊的人很多不一樣了。我想這多少能說明，我們如今是生活在巨大的差距裡。

我還是想請大家試著回到原住民的角度來思考一下。就當做個思想實驗。族群的數量會影響到許多層面。如果你是一個少數中的少數，好比說像我這樣一個鄒族人，要怎麼跟其他原住民族共同生活？擴大一層來說，原住民怎麼跟漢人共同生活？辦法只有一個：盡可能公平對待，試著理解對方的需求，期望大族群善待小族群。可是在開發、發展主導的思維下，永遠只會有「大欺小」這一個結果。

舉個例子。早在好些年前，外籍勞工的數量就已經超越原住民人口，意思是，單就生活在臺灣的人口比例，原住民還低於移工。你不可能輕忽這樣的狀況。從原住民眼中來看，我們在這個國家是有戶籍、有正式身分的國民。移工只有短期工作簽證，他們是流動的，來我們這裡出售勞動力。最好的狀況是銀貨兩訖，彼此尊重。只是大部分時候很難做到。後來日本也開放外籍移工、幫傭和看護，最有能力的移工會到價格最好的地方，能力沒那麼好的就到沒那麼好的地方。依此類推。這樣你應該可以看出這中間自動形成的等級。這還牽涉到兩個問題。第一個是，就國家的視角，該怎麼管理一個不停流動的群體？而且這個群體比起國家重要組成的原住民族還要大上一點？第二，在資本主義體制下，參與其中的世界各國都會被自動分發到不同的層級、分派不同的角色。就我們來說，臺灣從一個經濟奇蹟的典範變成一個衰退典範，我們始終差那麼臨門一腳跨入所謂的歐美日先進國家。這種「差一點」的心態長久以來根深蒂固，但政府似乎也沒有理想對策。當前的情勢逼我們兩千三百萬人和古巴一千一百萬人，不得不一起想出短期「同居」的方案。這是統治的危機，也是改變的契機，看你從哪個角度看。這是為什麼我在其他地方反覆提到，我們可以從過去政府與原住民族、政府與移工族群之間的歷史經驗得到啟示。

過去政府曾提出《原住民族基本法》的框架，宣稱以「新夥伴關係」、「準國與國關係」來面對原住民族。但事實上，這部原基法的子法幾乎都無法施行。核心難題就在於，國家法律與族群習俗的根本差異。這樣說有點空泛，更具體的說，是現行法律規範下的私有財產權、土地所有權概念，完全與原住民族的傳統習俗互不相容。該怎麼辦？蔡英文總統時期的傳統領域爭議就凸顯出最尖銳的困境了。我們必須嘗試循著國際法的路徑，依照國與國往來的規格，詳細研討國家與原住民族的關係。現在的狀況是情勢逼我們要先跟古巴政府、人民打交道。或許以後我們會更有經驗來改進國家與原住民族的關係。

我想請你轉告你朋友，政府會盡力保護他的生活安全，也請他繼續發揚臺灣的人情味，試著去喝幾杯 Mojito，聽聽古巴的爵士樂，多多認識一些古巴鄰居。也許他會發現古巴人跟臺灣人有許多相似的地方，也會明白一開始的擔憂將會隨著彼此的認識加深而自然散去。差距有時是可以縮短一些的。

這樣可能要敦請立法院提案修法，好讓大家都能有更多的長假可以運用（他微笑不語）。

我舉竹科的朋友為例，是想說現在大概有八百多萬臺灣人生活在臺灣島上。除了現役國軍十八萬人、政府部門公務員三十五萬人，其他是想繼續在臺灣維持事業、追求原本生活型態的百姓。儘管雙方政府都宣稱聯合治理，各層級、各地皆設有辦事單位，實際上卻有不少扞格之處。

我們要有耐心。現在古巴島上有兩百多萬返回原住地的古巴人，我們提供基礎華語文課程給他們，也尊重他們依照原本的方式過生活。案例證明，大多臺灣人與古巴人相處不成問題，偶有紛爭常常是語言不同，雞同鴨講，我們也同樣在各級學校提供民眾基礎西班牙語文課程。理解彼此的語言、文化是最初步的。況且古巴人對華人並不陌生。早在十九世紀就有非常多華人到古巴討生活，五九年革命前大概有幾萬華人住在哈瓦那，此後才慢慢凋零。後來就剩一個沒什麼華人聚集的華人街牌坊，在市政大廈後面。現在當然不同了，整個商圈熱鬧非凡，被稱為小臺北。聖尼高拉斯街和德拉貢乃斯街那一帶的夜市也辦起了類似寧夏夜市的千歲宴，你可以吃到夜市裡所有臺灣小吃和古巴小吃。這對我來說就是兩國文化融合的最佳展現。我一點也不擔心人民的應變能力，我該擔心的也許是政府跟不上人民的腳步。

約莫一個多小時的訪談就在這裡打住。總統接下來還有別的行程要跑，他匆匆上完廁所，接過服務生送來的古巴三明治。他說：「你知道古巴人其實不知道什麼是古巴三明治吧？」我答：「就像佛蒙特人不知道佛蒙特咖哩一樣。」他笑了笑，在隨扈簇擁下邊走邊吃，向我揮揮手，離開我的視線。我待在原地座位，再叫了一杯咖啡，檢查錄音筆和手機錄音中的內容。總是這樣，每回重聽訪談錄音，聽到自己的聲音和提問就羞愧起來，感覺自己的提問毫無章法、沒有邏輯，也老是錯失追問的時機。我知道總統剛才說的很多話，在他個人的Podcast、其他場合或記者會都說過，在許多網站、報刊雜誌也看得到相關報導文章。但親耳聽到這些話從他口中當著你的面說出來，你還是會覺得充滿說服力。好像他真的相信他說的一切，誠懇，直率，不閃躲，不拐彎抹角。喝完咖啡，我走到外頭，加勒比海的陽光斜斜散落在周圍的屋頂。市區到處是裝修中的房子，要找到哪裡沒包著施工鷹架、綠色工地安全網，還滿不容易的。

由於因應大交換，美國國會通過暫時解除對古巴的禁運制裁，路上的汽車數量大增，什麼廠牌、款式都看得到了。難以想像不過幾年前，古巴被稱為活動的老爺車博物館的模樣。我跳上一輛開往海堤大道的市區小巴，車上乘客交雜著西班牙語、臺語、華語。我們只是來這裡long stay的旅人，遲早要回老家。我們經過大面鏡子拼接起來長達一百公尺的藝術裝置，一面映襯出海堤大道上的花花綠綠遊客，另一面則把海面的萬頃波光反射回去給海。海就這麼在午後斜陽加倍發亮。

我們在哈瓦那的人

二〇二一七年五月至七月，哈瓦那

總統為避免國家或人民遭遇緊急危難或應付財政經濟上重大變故，得經行政院會議之決議發布緊急命令，為必要之處置，不受憲法第四十三條之限制。但須於發布命令後十日內提交立法院追認，如立法院不同意時，該緊急命令立即失效。

——《中華民國憲法》增修條文第二條第三項

上次弟弟到哈瓦那來，是在大交換不久後的父親葬禮。我們都沒想到父親會突然故去。畢竟他這輩子雖然有些腸胃、牙齒方面的小毛病，大致還算健康。陪伴他下半輩子到終點的阿姨，在通訊漸漸暢通後，請她的女兒通知我們。阿姨說父親走得很安詳，沒有受苦。由於附近葬儀社的人手邊沒有常用法器，也找不到冰櫃放大體，氣溫太高，味道很快就冒出來，只得在中部的千里達住處舉辦簡單頭七儀式，快快火葬，撒了骨灰。弟弟獨自從日本來參加葬禮，我們負責輪流或一起守夜。我跟他說，文哥的媽媽躺在安養院七、八年，無緣無故跟著換到古巴這邊，無法移回臺南老家，眼看只能在這裡繼續照顧到最後了。弟弟說他在日本看過一些專題報導，電視臺派人分別到臺灣和古巴採訪，其中談到不少醫療照護問題。我說雖然兩國政府都有全民健保，但彼此的系統不容易對接，何況還有語言隔閡要克服。現在兩邊的設備、藥品、醫材也需要共享，平衡雙方的醫療差距。古巴雖然醫生多，但很多出外在拉美國家幫政府賺外匯。我們的醫護人員想也知道不可能接受像古巴那麼低薪的待遇。不過有臺灣醫生開玩笑，健保三十年，藥品啦醫材啦選擇愈來愈少，搞不好跟古巴沒差多少。活著為難，死了也為難。政府一下子說可以開放土葬，一下子又說為了維護環境不開放。還是像爸那樣燒一燒比較乾脆。弟弟點點頭沒接話。回想起來，從弟弟辭掉工作到日本進修、進汽車產業當工程師近二十年來，我們父子三人住三個不同地方，罕有相聚時刻。最後一次就在這座加勒比海島嶼，在一個我們無法稱為家鄉的居所。弟弟回程特地申請繞回臺灣一趟，傳來一些老家的照片，其中一張是村子外的溼地夕陽景色，水面上下交疊輝映的橘紅光波。

弟弟今年再來的時候，帶著太太和兩個剛上小學的孩子。他說，幸好年初就安排黃金週要到古巴，不然愈靠近假期愈難訂機票和旅館，價錢也貴。他們打算待在哈瓦那就好，免得到處遇到其他日本遊客、放五一長假的中國遊客。我忍住沒點臭出來：這裡可是哈瓦那啊老弟。他問我，現任總統不是原住民嗎，他應該別管漢人的事，直接宣布獨立才爽快。我笑，他也是有一半漢人血統的啦，而且包袱搞不好是一般的兩倍大。你有看他的實境節目就知道。去年開放中國遊客到古巴和臺灣，算是對中共按兵不動的交換吧，順著摸摸他們的毛。不然大交換剛開始的那一個月，簡直全員戒備，深怕中共跟古巴哥倆好手牽手，一個不注意把臺灣吞了。幸好錯綜複雜的國際形勢逼大家都得審慎觀望。反正嘛，大方向就是兩邊交換的人，不管用什麼方法，都得全部換回原來的地方就對了。我們總統很奸巧啦，一開始就喊四年回歸，國際社會就糊里糊塗接受了。誰知道他這兩年變成世界巨星，說什麼、做什麼都萬眾矚目。我看他一個人接受的國際媒體專訪次數，大概是歷任總統加起來的好幾倍。政府現在的態度就是把中共和中國人分開看待，一邊提防中共，一邊照樣賺中國錢，歡迎包含中國在內的全世界遊客到古巴、臺灣來玩。以現在這兩個島的觀光熱度，說真的，不賺你中國人的錢也沒太大影響。來不了看是誰的損失。前陣子的報導說臺古兩地的觀光人數都創下新紀錄。我是不知道有沒有把兩邊來來去去的臺灣人、古巴人算進去，但不免會想，這樣拚觀光好不好。有不少民間團體在呼籲升級國家安全、資訊安全意識，因為中共早在古巴經營多年，這裡是他們砸大錢發展拉丁美洲影響力的重要據點，路上跑的公車運輸系統、海港更新建設這些都是中資在包，手都伸到土裡扎根了。弟弟靜靜聽我講了一大堆，只問：什麼時候要看棒球？

弟弟來訪前就選好比賽場次，計劃到可容納五萬五千人的拉美球場（Estadio Latinoamericano）看哈瓦那工業獅隊對上中信兄弟隊。古巴棒球聯盟分東西兩區，共十六支隊伍，每年球季打九十六場例行賽，分區戰績最佳四隊打季後賽，一路打三輪到最後冠軍出爐。古巴聯盟的球季（十一月至三月）正好和臺灣職棒（四月至十月）錯開，每年五月到七月還會從季後賽隊伍中選球員，另組五支球隊，打二十八場的超級系列賽，戰績最佳的兩支隊伍再打冠軍賽。古巴棒球國家隊通常就從這些最強隊伍裡挑人出國比賽。非常瘋狂。這意味著最好的那些球員等於是全年無休打球。大交換後，為了讓兩國人民有比賽看，兩個聯盟協調讓五支臺灣球隊跟十六支古巴球隊打聯賽。每隊皆有一百二十場球季例行賽，且賽季安排依照臺灣職棒慣例，分上下半季，一半在古巴打，一半在臺灣打。這個跨聯盟混合賽事引來世界棒球迷的熱烈討論。前年第一個完整賽季打下來，明顯實力差一個等級的臺灣隊伍被宰得慘兮兮，只有樂天桃猿勉強打進季後賽第一輪，最終由哈瓦那工業獅奪冠。弟弟之所以想看工業獅，單純因為那球隊吉祥物、Logo字體、藍白配色都像他支持的日職球隊西武獅。

我們跟著大批球迷浩浩蕩蕩進場，還是只能填滿一半座位，外野稀稀落落。本來臺灣職棒想營造一種「臺灣vs.古巴」的國家決戰氣氛，無奈臺灣球隊實戰不佳，就算願意進場支持自己人，也不想看到勝負懸殊的比賽。有些球隊繼續推帶動現場觀眾的啦啦隊、加油團，擴增場邊飲食、遊樂設施，已經到了匪夷所思的地步。弟弟看到有些家庭團客座位區正在大粒汗小粒汗淋漓吃火鍋，嘖嘖稱奇。我說你要知道，那可是來自高雄的汕頭火鍋名店，每場比賽限量三百組，搶手得很。他轉頭以日語跟太太、兩個小孩解釋一番。我看他們全身穿上方才在專賣店買的棒球帽、加油棒、T恤，實在有夠融入。問弟弟怎麼不買點兄弟象的周邊，他說，你不知道我最討厭兄弟嗎，我就是專程來看他們被打爆的。他比我想像的還要投入比賽。

比賽是大放煙火的打擊戰，工業獅沒有完爆兄弟象，終場是高比分的十二比九。弟弟說要到另一邊三壘方向座位區，跟那座手拿掃把、激動大喊的古巴第一球迷雕像合影留念。我解釋這個球迷是工業獅狂粉，總是大聲加油、大聲干擾敵隊球員，幾十年來如一日，直到心臟病過世。很難想像古巴棒球界的第一座紀念雕像不是球員也不是教練而是個球迷吧。弟弟說，要是臺灣球團好好對待球迷，我也想連續幾十年進場看球啊。不過以前只知道古巴棒球很強，不曉得他們國內聯賽強度那麼高。我說，號稱跟日職水準有拼。這些都是卡斯楚弄出來的。以前有傳言說，他就是當年無法進美國大聯盟才會去搞革命。如果這樣的話，美國人一定超後悔沒給卡斯楚打職棒，竟然跟這傢伙纏鬥幾十年都打不垮。你看古巴有那麼多個球員成功站穩大聯盟，不是運氣好而已。弟弟問，這球場有沒有裝追蹤系統？現在日職每支球隊都在玩這種高科技大數據養球員，臺灣職棒的觀念再不跟上時代，恐怕跟人家差距愈來愈大，以後就更沒拚。我說有啦好幾座球場今年開始裝設動態追蹤系統了，今晚兄弟沒爆掉表示有在進步了。現在有球隊在栽培專業數據分析員、協調員，也有送到小聯盟見習交流的，搞不好過兩年就會看到成效了。弟弟問我哪裡知道這些有的沒的，我回只要多聽曾公文誠講評就知道啦。

送他們回飯店的路上，弟弟問起阿姨近況，我說似乎在哈瓦那她女兒家，不過我們沒怎麼聯絡。他沉默一會，提議約她出來吃飯。接著幾天，我陪他們在市區遊覽，帶他去看《玩命關頭8》的街道賽車拍攝路線，租輛老爺車讓他載家人到處轉轉。我們也到《神鬼奇航》拍攝的莫羅城堡，讓他們仰望燈塔，摸摸有幾百年歷史的建築石材，參觀停放的螺旋槳飛機、古舊大炮。我們跟阿姨約在華人街附近的臺菜餐廳。她女兒和孫女陪同她出席，一看到我們就開心地招手，也不時試著跟弟弟的一對孩子說話。客滿的餐廳到處充斥日語、臺語、普通話大鍋炒。門口還有好幾組客人等著入座。阿姨稱讚餐廳的擺設非常古早味，椅凳、桌板、櫥櫃、牆上張貼的毛筆字菜單、臺語電影老海報，使用的瓷碗盤、餐具、筷筒無一不讓她想起以前的年代。她讚嘆這些家私能搬來這裡有夠厲害。我說這些都是3D列印出來的，不用搬，有錢就可以訂做。我們隨意聊聊近況，聽阿姨的女兒煩惱髮廊生意、小孩就學問題，也聽弟弟談新近的汽車替代能源開發趨勢。日本籍的弟妹總是靜靜旁聽她不懂的語言，三個小孩倒是比手畫腳嘻嘻哈哈。餐廳的招牌菜紅蟳米糕上桌時，服務生特別來說明由於本地貨源不足，主廚開發了以龍蝦替代的版本。雖然有受騙的感覺，但視覺上意外豪奢，只好算了。

這頓飯比想像中輕鬆自在地結束。我們走出餐廳互道晚安後，弟弟說明天要出發回日本了，想把握時間繼續逛夜市。我帶著他們一家，穿行在好幾種語言、好幾種膚色的人潮中。有幾個中國遊客在販售菠蘿油的香港攤販吵起架來，兩方高聲對嗆，一邊普通話嚷嚷，一邊廣東話喊「光復生腸，時代滷味」，旋即淹沒在嘈雜人潮。明明晚餐吃了不少的弟弟，填補鄉愁似的，捧著珍奶、捏著雞排，要太太小孩跟他分地瓜球、炸冰淇淋。

我邊走邊講解這一帶原本是中國城，古巴革命前，哈瓦那住了整個拉丁美洲最多的幾萬華人。他們大部分是十九世紀被賣來當豬仔、苦力的廣東艱苦人，所以哈瓦那以前廣東話叫做「夏灣拿」。隨著這些華人慢慢融入古巴社會，加上革命後的變化，華人差不多凋零殆盡了。這個夜市其實是臺灣人來了以後才出現，如今是旅客的熱門打卡點。我指著眼前發亮的雙十字燈泡大拱門，這是從前臺灣隨處可見的宮廟建醮慶典布置，再掛上左右兩串國泰民安風調雨順的燈籠，臺灣味就滿出來了。我領他們走幾間簡易神壇、小廟，弟弟說還真是什麼神都來了，遠渡重洋啊。我說這些呢都是仿造臺灣各大宮廟的本尊，3D掃描再3D噴製、細部加工著色。你看這尊媽祖是臺南鹿耳門天后宮的開基媽哈瓦那分身，高度同樣是一尺三寸，不然這裡哪來紫檀木刻媽祖。市區空間有限，政府又不准民眾新造大廟，廟祝啦委員會啦就得想辦法。不過你還是會發現，大甲媽那間硬是比別家大一點，Bakku（後臺）有差。

弟弟問，他們在這裡也辦媽祖遶境嗎？我說當然，不僅辦還大辦特辦，從西到東遶境古巴還搭飛機遶回大甲鎮瀾宮，足足一個月。弟弟疑惑，不對啊按地理位置換算，大甲媽不應該在哈瓦那，應該在中部的西恩富戈斯才對吧。我說，哈瓦那媽祖念起來比較順，聽起來也比較響亮嘛。我指指不遠處一幢粉白老樓，低調亮著蓮花法船圖案的慈濟分會。他們本來在拉丁美洲就有不少聯絡處，大交換發生後反應超快，兩天內就從隔壁的美國、墨西哥、瓜地馬拉、宏都拉斯、海地、多明尼加分會派人來查看。他們那個國際賑災系統真不是蓋的，救援速度比政府快多了，一堆人跑到各個廣場的慈濟駐點領救助包、吃香積飯、躺福慧床。據說局勢穩定下來，慈濟多了很多師兄師姐。這邊的點算是服務處，兼銷售生活用品。幾個綰著髮髻穿深藍旗袍的師姐、上身深藍Polo衫下身白長褲白鞋的師兄姐正在裡頭圍坐聊天，我們一行人則是不敬地啃雞排從旁路過。我補充，雖然古巴號稱是社會主義國家，照理說是無神論，實際上有六成民眾信天主教，還有不少混合型態的民間信仰。所以這裡教堂很多，歷史也很悠久，東北邊的大教堂最有名，但不是哈瓦那最古老的教堂。

我們走著走著，經過層疊雕飾的哈瓦那大劇院，宛如發光的宮殿，塔尖的天使隨時像要飛走。雲門舞集這兩個星期在裡面跳經典的《流浪者之歌》。我問弟弟還記不記得我們大學時代曾一起在還沒改名的中正廟廣場看過免費公演。他說，喔現在只記得一直灑稻米，好像下雨，還有一個人躺在地上滾稻米、潑稻米，拿著耙子在舞臺畫稻米同心圓。

弟弟說，感覺路上到處有手搖飲料店。我說全部品牌一個不漏都來了。他小孩在一家大聲放著音樂的搖茶店停步，用日語跟爸媽說話。弟弟轉述，我兒子指名要喝這家的無酒精Mojito彩虹珍奶。他聽正在播放的歌說聲音好熟，我說那是周董七、八年前來哈瓦那錄節目寫的歌。弟弟聽了一會，悠悠嘆氣，啊我突然好想聽他第二張專輯的歌。他以前的歌比較好。弟弟也是懷念老歌的中年人了。

他們返日前的最後一餐，挑了號稱來自嘉義的火雞肉飯。弟弟一吃就後悔。米飯過硬，而且有許多碎米粒。火雞肉過柴，油蔥酥太軟，醃蘿蔔不脆。臺式味噌湯不熱，皮蛋豆腐的皮蛋腥味有些重。他說，吃到一半很想走人，又怕浪費還是勉強吃完。他邊吃邊跟太太、小孩強調在嘉義真的比較好吃，下次到臺灣吃正宗火雞肉飯。說完才想到，不對啊臺灣人幾乎都在這裡了，就算去嘉義一樣吃不到記憶中的滋味。

我從沒想過，有生之年能在哈瓦那住上三年，而且就住在蘭帕瑞拉街（Lamparilla）三十七號。這個地址雖然不像福爾摩斯在倫敦的貝克街二二一號B座那樣有名，但對我來說就像住在幻想裡。一個夢中閣樓。根據格雷安．葛林（Graham Greene）的書，這裡在一九五〇年代末期是個叫做伍爾摩的英國人經營的真空吸塵器專賣店，他和女兒一起住在店面的樓上，僱了個伙計幫忙店務。伍爾摩的生意不怎麼好，偶然被英國軍事情報局吸收成為線民，代號59200-5。伍爾摩每年一度定期開車從哈瓦那出發，一路往東，沿途拜訪經銷商。他到最東邊的大城聖地牙哥時，正逢卡斯楚和切．格瓦拉在附近的馬埃斯特拉山打游擊。他當然與游擊隊無關，只是趁著拜訪行程順便申報軍情局的差旅費。那個年代，加勒比海地區大概有不少類似伍爾摩這樣的人，靠冷戰賺點外快貼補家用。

蘭帕瑞拉街三十七號位於蘭帕瑞拉街與哈巴那街（Habana）的十字路口，確實是做店面的好地點。不過依照政府規定，這裡得維持原貌，我也樂得輕鬆。三年來的日子說起來有點怪異，總統宣布進入緊急狀態，接著政府派發全國人手一機，綁定個人資訊，方便通訊，且可依手機載入的數位身分證發放配給品、紓困補貼。數位身分證的資安疑慮在緊急狀態下，等於直接跳過。公民團體還沒組織起來譴責政府，人們的日常已經跟那支公發手機分不開了。基本上我們交換過來的人都得待在最初交換點，據說政府會透過數位足跡抽查。官方推動一系列安居振興計畫，安撫臺灣人在古巴的浮躁不安。表面上是為了日後回歸臺灣做準備，也要跟交換到臺灣的古巴人個資連動，彼此都能暫時安心借住一段時間。在我看來，這個像是兩國人民集體換宿生活的荒誕變動，大概還有很多檯面下的各種事務、利益交換在不停運作。不過我們只是普通人，也沒什麼機會接觸到表象背後那些複雜纏結。

回想起來，三年時間有點扭曲，有時覺得好快，有時疑惑怎麼有些慢。前陣子我們幾個國中同學好不容易在哈瓦那聚餐，這也是好幾年來的第一次。畢竟年過四十，有人結婚生子，又分散在不同地方工作生活，平常只能在社群媒體通通訊息，偶爾丟點哪裡玩、哪裡吃喝之類的資訊，久久喇個幾句話。這三年跟什麼人見面，只要提起大交換當下在做什麼的話題，馬上會得到各種意想不到的故事。例如我的國中同學阿賢說，大交換那時他們一家四口早早睡了，根本沒感覺。直到睡起來才發現，咦怎麼好好睡在北港透天厝家裡，起床卻在陌生住宅區裡的公寓三樓。他跟太太緊張得要命，立刻檢查身上的腎有沒有少一顆（其他人黜臭要是有少你們夫妻倆早就掛啦），還沒跳下床就喊著家裡兩個小鬼的名字，一出房門，看見他們姊弟兩個靜靜坐在空蕩的客廳，一臉呆滯。阿賢走到陽臺往下看，幾個在底下公用樓梯口、通道和草坪的長者，都是面熟的老鄰居。大家都不知道發生什麼事。阿賢說，那時沒手機、沒電腦也沒平板，那個家裡的冰箱都沒接電了，更別說要有網際網路。你們還記得吧，以前我老家三合院那樣，差不多那種感覺，就連廁所陰暗潮溼的氣味都很像。簡直像退回三十年前。他跟幾個鄰居找到里長，但里長一籌莫展，完全不知該怎麼辦。阿賢說，看到他們一家就倒彈，說什麼一人當選、全家服務，需要服務的時候什麼辦法都莫有。後來阿賢繞了附近一帶，發現有些地方像是菜園，種些看來能吃的菜，他跟著其他鄰居摘了蔬菜、番茄抱回家，想說至少有點存糧也好。回到醒來的地方，他太太已經煮起櫥櫃裡找到的義大利麵，拌上肉醬罐頭，一家人香香吃了第一餐。

另個同學阿彰說他們家跟阿賢一家類似，本來在臺南家裡睡好好的，一覺醒來，世界都變了。他說那種感覺有夠詭異，發現自己身在不知名的地方，可是接著發現周圍都是同一個大樓社區的住戶，陌生中卻有成群結隊的熟悉，讓他不知該怎麼想才好。後來聽說自己是在叫做巴亞莫（Bayamo）的城市，更是不知所措。這輩子完全沒聽過這地方，就算叫其他名字，他一樣無所適從。他們那裡的里長很快透過保衛革命委員會的廣播系統，要大家冷靜，注意家人安全，非必要的話，不要離開現在的住處，她會努力聯繫政府單位，儘快告訴里民更進一步的訊息。阿彰說，說是這樣說啦，但大家又不是雞，怎麼會乖乖聽話。他看其他人出門，想說，不如出去看看，感覺也不像世界末日有很多殭屍會跑出來。保險起見，還是隨手抓了一根棍子，結果什麼都沒有。啊這樣說也不對。那裡就是跟臺南很不一樣，到處有棕櫚樹，不遠處有山有河，有很大的廣場還有很大的教堂，看起來很老很有歷史。阿彰說，幾天內大家紛紛跑到廣場找朋友、認親戚，那裡有人做了留言板，有宗教團體布施，也有托缽僧人在誦經。他說好像看到網路論壇上各種社團實體現身在那，熱鬧滾滾。他在那裡遇到幾個跟他同一所小學教書的同事，總算聯繫起學校的人事網絡。他試過拿室內電話撥打父母、朋友的手機號碼，但就算按＋886，連打都打不出去，只有無盡的嘟嘟聲。

在南科工作的信仔則說，聽起來都還不錯嘛。那個時候他全身穿著無塵衣正在交接檢查機臺事項，非常清醒。他還記得他的右手指著機臺面板跟交班同事叮嚀，廠區冷氣很冷，隔著無塵衣依然清涼。結果一眨眼，他穿著無塵衣站在一個不知道是哪裡的工廠，正對著交班同事。他聞到空氣一股淡淡的木料味，結果那是一座馬車工廠。信仔加強語氣，馬車耶，你們可以想像嗎？我身邊是一群穿著無塵衣的同事，大家你看我我看你，一臉發生什麼代誌、今馬啥咪情形的恐慌。那時是古巴時間的五月二十日中午，氣溫三十度，我們誰都穿不住無塵衣，趕緊脫掉。整間廠房都是我們的人，親像我們本來就是做馬車車體的工人，只是穿錯工作服了。但我這世人只有在「頑皮世界」搭過很假的馬車。我接著想到，慘了，我老婆小孩還在她後頭厝，這下該怎麼辦。你們不瞭解那種感覺，就算我們身上有公司配發的手機，也沒一支有訊號，根本用不了。有英文比較好的同事查看工廠辦公室的資料後，告訴大家說，我們可能在古巴一個叫做巴亞莫的地方。我的感覺跟阿彰一樣，真是快瘋了。那時還有同事，竟然在附近拉出活跳跳的真馬，想試著駛馬車到市區哩。後來我們主管找到幾輛老爺車，手排的，一路噴煙，就這樣來來回回載人到市區。同事們舉高手機，以為這樣就會收到訊號，你們要是看到那些車子一邊跑，好幾隻手伸出車窗找訊號，一定笑死。結果到市區也不能幹麼，同事一組一組躲在陰涼處，靠北說太陽好大，棕櫚樹好高好會搖，廣場好多人。

我們好奇他怎麼找到老婆小孩。信仔說，那時我老婆帶小孩回屏東看我岳父岳母，我根本不知道他們在哪裡、又該怎麼聯絡，那種驚惶的感覺真的遇過一遍就叫不敢。後來我們都知道怎麼換算大致區域，但我那時怎麼知道他們在關塔那摩。我只能跟幾個同事一起找地方歇腳，每天到巴亞莫市區的廣場看看留言板，在那些自發聚集的團體打聽消息，看有沒有遇到認識的人。幾天後，就是靠美國人，那個叫馬斯克的有沒有，做火箭、做特斯拉電動車的，他調動一排人造衛星到古巴上方的外太空，我們的手機才開始能夠通訊。雖然這邊的基地臺不多，頻寬也不夠，總算可以通話。一接通我老婆，我就噴淚，那種感覺，真正一世人一次就夠了。她在電話那邊說是在關塔那摩，我對那裡是圓是扁、東西南北完全沒概念。她還說，那兩天在路上看到一些美國大兵，還有好幾輛美軍開出來的行動基地臺廂型車，所以他們那裡還比其他地區早一天有手機訊號，反而是她打不通我的手機。後來我弄到一輛拉達老車打算開去找他們，結果還沒開到聖地牙哥就拋錨了，在路邊等好久才搭上便車。足足花了兩天才抵達關塔那摩。幸好這裡每座城市都有一個廣場，沒辦法就到廣場碰運氣。結果跟他們團聚不到一個月，我接到公司通知，要緊急調派員工回臺灣開工。我算晚回臺灣的了，我們公司有些同事在最初的一、兩個禮拜就被召回。信仔從此過著在臺灣上班三個月之後到古巴放假兩星期的生活。他說，好像在外島當兵，只不過這顆島真是遠得要命。

尾仔幾乎都待在哈瓦那，繼續做百貨公司招商經理的工作。我們好奇他們公司怎麼跟古巴的購物商場合作。他笑笑，簡單啊，就當快閃店做，只是得花點時間調整櫃位、購物動線，能用就將就，不能用就放著。哈瓦那本來就在做觀光客生意，很多國際品牌其實都有。最初那個月，我一邊跟各種品牌打交道，一邊聯絡招商，會開不完，事情也做不完，馬的都快往生了。

我們待在我最常混的歐萊里（O'Reilly）咖啡館打屁閒坐，晚一點要讓尾仔帶隊到他工作的購物商場走走。阿賢抱怨說，政府說什麼要電腦抽籤決定返臺的順序，每天送一萬人回臺灣，看起來好像很公平，但其實都嘛是大企業優先。他抱怨還沒完，就忙著管打翻飲料的小孩，他太太找店員來清理，場面一下有點混亂。他一會說，小孩看來是坐不住，他們出去四處晃晃，晚點到尾仔那邊碰面。他們離開後，阿彰說阿賢他們家大概有點困難。阿賢接家裡的鞋店，開在麥寮，一些承包六輕工程的中小包商會跟他們訂購工作服、工作鞋和手套之類的消耗品。說是賣鞋，其實主要靠這些承包商的訂單。大交換之前幾年生意就掉了滿多，大概六輕的環境汙染問題愈來愈常被一些環保團體拿出來講，三不五時還發生工安事故，他們就開始要求包商要符合什麼環保碗糕規章，搞得大家利潤愈來愈薄。大財團就是這樣，先從廠商要求起，但自己都隨便。他太太在卡馬圭（Camagüey）市區開了服裝店，但現在大家都在網路買東西，雖然貨可以就近從墨西哥、宏都拉斯、多明尼加調，聽說利潤不算好。就算兩個小孩讀書都免費，也是辛苦啊。

阿彰接著說自己在小學教書的見聞。他說，有些人家裡本來就是有錢人，不知為什麼他們每個都有住美國的親戚。常常有父母親友趁這個機會帶小孩到美國玩，搭飛機不用一小時就可以到邁阿密，直飆奧蘭多的迪士尼樂園外加環球影城。連他都想帶小孩去玩了。不過大部分孩子還是照舊上課下課。一開始大家路不熟，常常迷路，就算有手機導航也記不清那些西班牙文路名。他在電腦教室上課，兩年之間從十年前的老舊設備一路升級到現在，幸好這次政府動作很快，教育電腦器材有在更新，不然他還要用西班牙文的視窗介面教那些小孩製作簡報影片，自己都霧煞煞。

信仔提議有空到關塔那摩看看，他們那裡有全古巴第一家麥當勞喔。雖然是限定時間才吃得到，不然也可以去喝星巴克。之前那個跨年煙火就辦在美國海軍基地，總統也有去，大家超嗨的。那幾天基地開放日，我們近距離看到美軍的各種船艦展示，還有他們士官兵家屬一起辦的園遊會，真的很不像在古巴。

我問，統促黨的人不是有跑到那邊示威抗議？信仔回，他們喔，有來是有來，後來警察舉牌警告，半小時就散了，結果他們很多人一樣在排麥當勞、星巴克，吃阿兵哥做的披薩跟BBQ。嘴巴說不要，身體很誠實啦。

信仔不斷說關塔那摩那邊比想像中有趣，有洪堡國家公園，那裡面有加勒比海地區最高的瀑布，九十幾公尺高，這輩子從沒親眼看過那麼壯觀的瀑布。離關塔那摩市區不遠的地方，還有個石雕動物園，全部都是一個雕刻家花幾十年做的，超過三百座動物雕像，什麼獅子、河馬、犀牛、大蟒蛇啦，雕得超活，跟他以前在臺南體育場周邊看到的那些醜醜的、穿背心的彩繪動物雕像根本不能比。快趁他老婆還在那裡，找個時間去玩。

尾仔在聊天時一直查看手機訊息，感覺有很多處理不完的事，整個人浮浮躁躁。問他怎麼了，他回說他們商場的專櫃小姐似乎有點問題。細節還不清楚，不過他等等要回公司開會，晚點不一定能跟我們一起吃飯。

時間臨近傍晚，我們起身跟著尾仔一起離開咖啡館，他往公司，我們往海堤大道。沿路上，我們路過多數陳舊的建築，龜裂的柏油路面，黯淡剝落交錯粉彩亮麗的牆面和廊柱，緩緩迎著海風散步。哈瓦那市區的高樓不多，天空顯得特別高遠廣闊，膠彩般的天色正在變換調性。身為年過四十五的中年人，我們已邁入人生下半場，難得能這樣相聚。靠近海堤大道，一陣陣起伏人聲傳來，整條堤岸或坐或站塞滿了人，小孩子的尖叫，家長的管教，混在反覆拍岸的浪潮中。有幾個青少年在海浪拍擊最熱烈的位置，等著幾公尺高的浪花從頭頂澆下來，他們渾身溼答答，笑聲衝得比浪還高，手勾著手，像是要跳抬腿動作的康康舞，有人滑倒，一整排就垮了，他們笑得更開心。我彷彿看到《風櫃來的人》那幾個年輕人在碼頭邊迎著潮浪起舞的翻版。我們三個都過了那種可以不顧弄溼衣服，笑得像白癡一樣的年紀。我們只是遠遠站在一旁，停下來，看看人群，看看夕陽，看看這條車子愈來愈多的大路。

收到文哥從馬埃斯特拉山寄來的明信片，正面是游擊隊在山區的黑白老照片，背面寫著：「切——我遲到八十年才來打游擊，人都走光了！」文哥跟攝影師小武結伴到格拉瑪、聖地牙哥、關塔那摩一帶拍照。小武打算重尋當年古巴革命那些大鬍子游擊隊員的蹤跡，沿路捕捉臺灣新住民的日常。這兩年有人在當地做起「革命之路」的游擊隊套裝行程，全程體驗山區生活，參加者皆能獲得一身仿舊游擊隊制服。長達十天的營隊，幾乎每個梯次都額滿，偷偷懷抱革命浪漫想像的人意外的多。據說這套行程結合擴增實境，讓隊員們模擬從格拉瑪號下船搶灘登岸後，沿著沼澤、甘蔗田前進，同時遭受敵軍伏擊，他們穿在衣服裡的感應背心會適時接收訊號，營造槍林彈雨的聲響和煙霧，被光點擊中的話，背心即刻反饋震動，就像打電玩。每梯十五人，男女混編，最後會依照全體表現數據結算統計，減免部分費用。

後來聽文哥說，不要以為有感應背心、擴增實境就很先進，因為要模擬當年游擊隊的生活，所以什麼鬼天氣都要想辦法克服，就算有颶風來襲，也照辦不誤。開發這套行程的旅行社曾經為此被批評不管顧客死活，他們的回應倒是簡短有力：「革命不是請客吃飯」。說是這麼說，引了毛主席這句話，又被臺派人士懷疑親中色彩濃厚。大家愈罵，革命之路愈賣。皮膚曬得深兩個色號的文哥說，幸好我們手腳快，聽說最近報名的人已經要排到兩年後的梯次。兩年後大家都回臺灣了，難道還在這裡打游擊，神經。我覺得他們很了不起，文哥五十幾，小武六十幾，居然從頭到尾都自己揹行李、拿攝影器材，還煮咖啡分給其他隊員。文哥說他早就期待見識古巴這邊的山，正好小武在揪人同行，就出發了。文哥說，我們一開始還以為集合地點會有導遊說明，結果就像生存遊戲那樣開始了，我幾百年沒有匍匐前進，還要拖著行李。那個槍聲有夠嚇人，真的一聽自動趴下來，覺得要是被打到就死路旁。小武膽子大，端著單眼相機狂按快門，還有空更換鏡頭哩。我們沿著指示路徑，抵達會合點，稍作喘息。耳機傳來說明，當年游擊隊一上岸被發現行蹤，立刻被圍攻，在船上漂了好幾天暈頭轉向又累又餓的游擊隊員差點全滅，各自保命求生。切·格瓦拉在革命戰爭回憶錄曾描述，在驚險逃離後，他的隊友竟然將珍貴的煉乳罐倒著放在口袋裡，一路逃命根本剩沒幾滴餬口。文哥這才明白為何他們會在集合點拿到一人一包五毫升的煉乳條。革命之路得一路往上到古巴最高峰、海拔一九七二公尺的圖爾基諾峰，這對文哥是小case，畢竟他在臺灣可是征服百岳的男人，對小武就有點辛苦。文哥說，這條革命之路從海邊走到山上，有點像他以前從臺江國家公園，沿嘉南大圳、烏山頭、曾文水庫一路走到玉山的山海圳綠道，只不過古巴的山沒有那麼高。

某次休息時間，其他隊員看著小武拿起氣喘吸入劑的時候，彷彿看到切．格瓦拉似的，全盯著他看，讓他有點不好意思。有個年輕男生還有點惋惜說，唉沒想到要帶這小東西。文哥和小武看他就一副cosplay切．格瓦拉的裝扮，頭戴貝雷帽、落腮鬍，咬著菸斗，甚至左肩膀掛著裝飾用的三角巾，左手前臂套著假石膏。其他人提醒這男生說，切是攻打聖塔克拉拉那時候，不小心從屋頂掉下來骨折才掛著三角巾、打石膏的。那男生說知道知道，只是覺得這樣比較像他心目中的切。有點掛彩，有點邋遢才迷人嘛。文哥說那時他懶得黜臭，心想十天不洗澡，身上那種汗溼了又乾、乾了又溼的黏膩臭味，可沒有照片上看起來那麼帥氣。況且，大家都知道切非常不喜歡洗澡，是個癩哥鬼。

他們一行人越過圖爾基諾峰，走到拉普拉塔指揮部歇腳。大部分隊員在那時候已經疲倦不堪，就算過程設計了再多關卡、突襲或獎勵回饋（冰淇淋、雪茄、蘭姆酒、真空肉排等），人們腦中已經逐漸充滿回家的念頭，想回到有空調、柔軟床墊、沙發的文明空間。所以拉普拉塔指揮部會分配任務，讓大家同心協力合作烹煮三餐。他們在簡陋的十六間小木屋活動，參觀卡斯楚當年紮營改建的小博物館，踏查七條逃跑路線。每一組到這裡來的隊伍，都會到當年無線電廣播站錄製游擊感想。錄製完以後，在大家解散各自回家的途中，每個人都會收到其他人的心得音檔。文哥說最後待在那裡兩天滿療癒的，清晨眺望山嵐雲霧繚繞，大塊大塊不同色差的、高高低低的綠，填滿全部視野。他猜這裡就像八十年前游擊隊看到的那樣。臺灣就很難做到這樣。大家都想開發、想進步，到最後山被BOT海也被BOT，換來的東西根本比不上一座可以自由呼吸的山，也比不上一片可以放心靠近的海。文哥說，他們行程期間正好是山區螢火蟲活躍的季節，每天晚上都可以看到很多光點出沒。他形容那種感覺很不真實，有如在某個大地藝術祭體驗巨大的地景裝置藝術，濃淡不一的黑裡敲出發亮的黃綠絲紋裂痕，像是從虛空中誕生出什麼。有時夜霧露水重，光點稀落，別有潮溼的美感。

他們下山後，在聖地牙哥稍停，繞繞老城區，走訪卡斯楚安葬的墓園，再轉往關塔那摩。小武最感興趣的是關塔那摩美國海軍基地隔岸相對的凱馬內拉（Caimanera）。那裡原本是最靠近海軍基地的小鎮，以前出入都需要管制，居民因「前線」身分而無法有遷徙自由。

如今那裡都是恆春人，當地的民謠館就近取材，彈著月琴，唱起〈思想起〉、〈四季春〉這類古調，以時事生活入歌。小武非常開心，趁著那些老大哥老大姐民謠團練彈唱時，側拍不少照片。他們聽眾人唱著陳達唱過的歌詞，講祖先堅心過臺灣，不知臺灣生做啥款，海水絕深反成黑，在海山浮漂心艱苦，突然很感動，好像可以在那裡面聽見很多海洋以及一萬四千五百多公里的距離。民謠團稍後彈起了關塔那摩的世界名曲〈關塔那摩姑娘〉（Guajira Guantanamera），歌詞填上臺語唱白，聽來也滿悅耳。小武回憶小時候聽鄧麗君唱「關達拉美娜、可愛的關達拉美娜」根本不知道什麼是「關達拉美娜」。長大一點是聽美國人唱英語版的「關達拉美娜」，後來才知道這是古巴來的西班牙語歌曲，而且原本的歌詞有點哀傷。可能就是要用歡樂的語氣來說難過的事，才會讓那些哀傷的感覺從心裡走出來吧。他們遠遠拍攝基地的圍籬、出入口的衛兵、懸掛的旗幟，距離基地不遠處的一排小酒吧、矮房子，門口或坐或站幾個抽菸滑手機的女子。小武補充，那裡有點像我小時候在臺中清泉崗基地附近看到的感覺，做美軍生意。那時候整條路上都是撞球間、酒吧、西裝店、理髮店、禮品店、冰果室這些專門賺美金的。我端著平板一張張照片滑過去，大量的城鎮街拍，有些過曝，有些失焦，大多是被上帝剪貼到古巴的臺灣人。其中最有象徵意味的幾張，前景是豆干厝女郎，背景依序是古巴哨站以及美軍基地出入口。我提到高總統跟古巴國家主席協議準備商請美國撤除關塔那摩基地，但小武認為那是癡人說夢，絕無可能。美國不可能放棄這個每年只要四千美元租金的戰略地點，雖然古巴也不願兌換那些支票，但控制這裡，就等於扼住加勒比海與墨西哥灣的咽喉，傻瓜才會放棄。除非美國人不想當老大了。文哥點點頭附和，古巴導彈危機的時候，聽說卡斯楚想趁機趕走關塔那摩的美軍，結果是甘迺迪和赫魯雪夫談好就好了，完全沒古巴人說話的分，他氣死了。這趟去，真的實際見識到那塊基地根本就是租界。小武申請拍攝基地的訪問許可，請駐美代表處那邊來來回回溝通好久，結果也只是准拍升旗、士官兵宿舍區、附屬學校、購物商場、麥當勞、星巴克這些網路上就看得到的景點。他們還跟阿兵哥一起在露天電影場看了《美國隊長》。如果光看照片景物，會以為是在美國本土哪個城鎮郊區。他們在凱馬內拉遇到民眾說，屏東縣長一直想拉攏美軍基地，像這兩年的跨年煙火大會兼基地開放日就是他策劃推動的，全是為了拉抬個人聲勢。

去年底的縣市長、議員、村里長選舉大概是史上最詭異的選舉，大多數候選人和選舉人都不在戶籍所在地，民眾可透過綁定手機驗證身分、線上投票。我們像在跟過去的記憶選舉。所有人依照原先在臺灣的戶籍標定選區，政府推出投票所地圖，按大交換後的臺灣—古巴相對地理位置規劃，也是第一次同時使用線上和實體兩種投票方法。選舉前，各政黨和民間團體為了投票辦法吵翻天。數位時代的便利與安全似乎總是難以調和。中共照慣例出動網軍、外包中介單位大放假資訊，擷取各政黨候選人的影像和聲音，駭客宣稱可以修改投票結果，製作一系列造假影片混淆視聽。我們長年跟這些真假消息、謠言肉搏，倒也鍛鍊了不少辨識工夫，即刻查核事實的深度學習人工智慧愈寫愈好用。種種討論七折八扣下來，大選還是在協商後上路，線上投票的比例最終是全體投票的十三趴，多數選民還是選擇出門投實體票。地方選舉一向難以清楚切分黨派，地方派系聚合各種利益團體，盤根錯節，往往形成難以撼動的局面。不過這一切的鬆動起點，可能要歸功於高總統在擔任立委期間，推動了「你的立委在幹嘛」的線上多人互動遊戲。高總統當時接受一家新創公司提案，合作打造這款融合現實與虛擬的線上遊戲。所有數據、資料都來自政府的公開資料庫，民眾本來就可以自行查詢，但沒人會閒著沒事看一大堆枯燥的單據資料。立法院現任的一百一十三個立委都是真實人物，也是玩家選擇或隨機派發的角色。遊戲會即時更新立委的問政表現，結合提案、發言內容等素材換算數據，讓玩家幫助立委登上十大立委的明星陣線。遊戲上線時，大部分只當成娛樂消息，畢竟高再生立委人帥形象好，就算擔任遊戲代言人也沒什麼好奇怪。

隨著玩家人數增加，人們漸漸知道這不只是一款類似「夢幻棒球」(Fantasy Baseball)那樣的遊戲。玩家可以透過虛擬立委角色監督立委問政，有的立委提案甚至是來自玩家的自發貢獻。現實世界的立委不斷被拿來跟虛擬世界的表現相評比，沒人受得了另一個「自己」竟然可以更好，某程度促進了立委的自律和問政表現。但這款遊戲大大爆紅，則是在玩家集體揪出好幾名立委浮報助理費、差旅支出，導致紀律懲戒停權半年。後續遊戲公司接著推出「你的議員在幹嘛」，進一步令地方政治的狀況攤在陽光下。說起來難以想像，一款虛擬遊戲居然在短短一、兩年內改造了政治生態。我自己沒玩這款遊戲，身邊的朋友倒是一個一個入坑。狂熱的玩家朋友說，玩遊戲就能改變世界，這不是最棒的事情嗎？或許吧。

派駐在歐洲的記者朋友從柏林來哈瓦那，前年底他來古巴專訪曾坐過關塔那摩黑牢十幾年的茅利塔尼亞穆斯林。今年則是應德國媒體邀約，打算寫一篇講述古巴臺灣人的新政治實驗，焦點當然是我們的高總統。他約了另一個從邁阿密來的美國朋友，漢名包文傑的傑森．包溫（Jason Bowen）一起碰面。包文傑喜歡對初次見面的朋友自我介紹：我是傑森．包溫，不是那個失去記憶的特務傑森．包恩（Jason Bourne）喔。可以叫我阿傑就好。我們三個結伴到郊外參訪海明威的守望莊園。在哈瓦那，只要跟海明威有關的地方都是觀光熱點，從他常混的酒吧、寫作寄居的旅館，到晚年的故居，無一倖免於遊客的狂轟濫炸。阿傑曾經在北京、臺北住過十年，時不時在部落格以英文發表長篇觀察文章，剖析中國、美國、臺灣之間錯綜複雜的三角關係，慢慢地，他的文章被媒體轉載的頻率變多，開始幫一些媒體撰稿。他準備了好些年寫書，計劃以自身在北京、臺北兩地生活的第一手經驗出發，切入中國與臺灣近年變幻莫測的政經關係，描述二〇一四年的三一八運動直到二〇二四年選出第一位原住民總統的十年故事。書出之後，銷售不惡，頗有好評，有評論者形容包文傑的書就像寫過中國三部曲的何偉（Peter Hessler）來寫臺灣。結果書出不久，大交換發生，這本書爆賣，一舉將阿傑推向暢銷作者行列。我記得讀包文傑那本書的時候，不時會在一些段落停下來，稍微回想那個時間點我在做些什麼。我有時好奇，為什麼大部分的臺灣人總要等外國人來描述我們自己？為什麼我們的作者無法深刻如實地把臺灣人的樣貌捕捉出來？以前加拿大人寇謐將（J. Michael Cole）、法國人高格孚（Stéphane Corcuff）也寫過臺灣，但沒有像包文傑這本那麼成功打進歐美讀者的視野。也許時機說明了一切。

我們踏入莊園，在幾公頃的香蕉樹、芒果樹、棕櫚樹、灌木叢圍繞下，參觀海明威之家。不管以什麼角度來看，這裡都堪稱豪宅：泳池、網球場，屋外搭棚存放他的遊艇皮拉爾號。阿傑說，他才到訪過邁阿密最南端西礁島的海明威故居，兩邊不太一樣，但都散發著主人的強烈個性。好比說牆上那些打獵來的鹿頭標本、書架上滿滿的書以及打字機。阿傑塞了錢請工作人員幫他拍幾張海明威留在守望莊園浴室牆壁上的體重紀錄。海明威晚年的健康情況不佳，連帶影響精神狀態。據說他在世最後幾年，老是懷疑自己被調查局探員監視。我們走在室內淺黃花磚，書房寬大，明亮有風，我彷彿可以想像他站著使用打字機，劈哩啪啦敲出按鍵聲響，有一兩隻貓斜躺在陽光照射到的區塊曬肚皮，或者弓身舒張四肢，搖搖尾巴，無聲擾動空氣。

阿傑說著海明威曾經跟蘇聯ＫＧＢ前身的內務部簽約當「工作人員」，也曾在珍珠港事變後，主動向美國駐哈瓦那大使館提議由他自己成立「騙子工廠」（The Crook Factory）的情報組織，掌握島上親希特勒人士的情資。這似乎與他留給世人的正義硬漢形象有些不符，但卻是事實。阿傑說海明威相當著迷那種祕密情報員的冒險遊戲，他每次到當時普拉多大道上的大使館總是不走正門，好像要走私密小門才有傳遞重要情報的刺激感。記者朋友連帶提到，他翻閱當年東德史塔西留下的監控檔案，有時想像在那種彼此監視的情況下，想要突破封鎖這件事本身大概就充滿刺激，才會引來那麼多冒險犯難的人。阿傑點點頭，沒錯，海明威要的就是冒險的感覺。這個「騙子工廠」只能算是大使個人的玩票嘗試，根本沒經過調查局認可，他們提交的報告在調查局眼中都不能用。海明威認為調查局的人很廢，調查局的人認為海明威是業餘人士（他確實是），雙方互搶地盤，互看不爽。後來的發展證實，海明威還是比較在乎寫作，這種間諜遊戲就跟拳擊、鬥牛、打獵、釣魚之類的嗜好一樣，只能當作提供寫作素材的養分，絕不可能威脅到寫作本身。海明威大概就是太有自信，自以為掌控一切。認真說起來，他跟蘇聯情報單位接頭、嘗試幫忙美國做情報工作這些，其實根本沒有要聽人命令的意思，只想照自己的想法做。要說任性也是滿任性的。你們不覺得，這跟他的寫作滿一致的嗎？他就是個控制狂。

包文傑的中文太好，腔調太臺，如果閉上眼睛聽他說話，會忘了他是個美國人。他這趟主要是想瞭解中共對臺資訊戰的新發展，臺灣當局又如何應對。我說政府從前強推eID數位身分證這件事，吵了好幾年照樣上路，多少民間團體、專家學者示警，沒有專責管理公民個資的單位，一定會衍生眾多資安問題和漏洞。結果大交換一來，大家都乖乖配合綁定個資在公發手機，連本來用在指紋辨識開手機的指紋紀錄，都全部回傳政府資料庫。但也就那幾天，臺灣政府各部門資料數據受到猛攻，外洩得不知如何是好，政府尷尬到不行。阿傑說，對啊這才有機會爆出原來美國科技巨頭發展的商用通訊人造衛星，除了連線，也可以遮蔽斷網。記者朋友說，資訊戰總讓他聯想到食物安全。先是大家慢慢注意到身體吃的東西可能有這個那個問題，接著會關心產地、栽培方法、添加物。之後大家也開始注意到腦袋吃的東西，可能跟食品有類似問題，假資訊、假新聞基本上就是各種加工重組的混合手法，所以後來人們知道要查核、要看消息來源。這個道理就跟注重生產履歷、產區來把關飲食安全一樣。

大部分媒體要收割注意力是為了兌換成實質效益，不管你說那是公信力、影響力還是單純賺錢，大家都可以理解。阿傑接話，但如果是懷著特定目的，像中共那樣對臺操作資訊戰，可就不止是食安問題，而是國安問題了。不過，我是覺得啦，我們人似乎有種誇大壞人做壞事的能力的傾向，把對方想得很恐怖很陰險，到處都在算計。但就我目前理解的狀況，中共那些對臺統戰的不同單位之間也有分歧，有時彼此矛盾，反正哪個單位有預算有想法就試試看，什麼都試，那本來就是他們的工作嘛。如果他們哪天不做統戰，不用資訊戰干擾，也不找在地的幫手，那才真的需要擔心。這樣反而無法預測他們葫蘆裡賣什麼藥了。我們搭接駁巴士回到市區，我在住處叫來外送肉燥飯便當、鴨肉切盤和魚丸湯，記者朋友和包文傑很意外這裡居然也有UberEats、foodpanda可用，臺灣人的適應力真的很誇張。我說如果臺灣人不把生活過得像在臺灣一樣，那才誇張。

記者朋友打算待兩個星期，在等待總統府安排專訪期間，四處找人聊聊。我帶他一起到曾在臺北開業的古巴漢堡店。女主人年輕時旅行到哈瓦那，在民宿結識了後來的丈夫，他們費盡千辛萬苦好不容易在臺灣定下來。他們笑說當時待在臺灣的古巴人可能一隻手就數得出來，現在臺灣滿滿都是古巴人啦。大交換以後，他們在熟悉的屋子醒來，猛然意識到那是在哈瓦那的破公寓，可是出門一看卻都是臺北的鄰居，連個古巴人的影子都看不到。女主人說，那時他擔心得要命，小時候物資匱乏的記憶都跑出來了，看到兩個孩子不知該怎麼辦。後來知道怎麼一回事，說鬆一口氣也奇怪，雖然這裡是他的家鄉，但沒有一個親友在，還能叫做家鄉嗎？自從他到臺灣以後，十年下來只有起先幾年回去過兩次，路途很折磨，每趟都得花上三天三夜繞半個地球，像是去遠得要命王國。他走到熟悉的街區，去看以前讀過的學校、常去排隊領配發日用品的商店，彷彿他從沒離開哈瓦那。雖然政府已經想辦法安置人民，但我們想說，還是回歸正常生活軌道比較好，就有了重開漢堡店的念頭。這裡到哪裡買肉、買菜他都熟嘛，雖然都換成了臺灣臉孔，幸好他現在國語也通，日常溝通沒太大問題。他前兩天還跟我說，很懷念以前在各個夜市吃小吃的滋味，這裡只有華人街夜市可逛。大概因為這裡不像以前臺灣養那麼多羊、鴨、鵝啦。坦白說，我們賣的招牌特製手撕豬肉漢堡排常常得限量，是因為這裡的豬肉品質不是很穩定，貨源也不夠。不喜歡美國豬的話，從臺灣叫貨又太遠，坐飛機來的冷凍豬肉真的有差喔。說起來還是臺灣養豬的技術比較好啦，現在政府有在輔導養豬戶投入改善古巴的同業，這樣也算是幫他們忙，至少我們在這裡的時候有留一點貢獻。

我們離開漢堡店，記者朋友邊走邊說，這對臺古夫妻簡直就像臺灣跟古巴的象徵。兩個八竿子打不著的地方，莫名連在一起，變成命運共同體。每個人都得從各自的角度面對這個大變化，從中顯現形形色色的態度。沿著玻利瓦爾（Simón Bolívar）大道漫步時，我們本來聊著革命家玻利瓦爾跟自然學家洪堡的交誼，瞥到路燈掛著「玩命關頭街道大賽」的賽車廣告，對視搖頭。他說，不曉得為什麼哈瓦那市政府會同意舉辦這種活動。我猜可能因為市長跟廣大臺灣觀眾一樣是這系列電影的狂粉吧。發起這場活動的影迷要紀念在哈瓦那拍攝那集的上映十週年，早早申請路權準備復刻電影的骨董車、飆車路線，還邀請當年飾演主角的光頭肌肉男出席開賽儀式。他感嘆自己跟不上世界的變化速度了。我想，不止是他，也許很多人都有這種感覺。我得記下比賽日期，備好食物，關在家裡，以免被漫天價響的賽車噪音、各地湧來湊熱鬧的遊客搞壞心情。

我的古巴朋友杜維耶打來全息視訊電話。大交換後，兩國政府鼓勵民眾跟原住戶保持聯繫，彼此透過翻譯軟體交流互動。社群平臺推出全息影像視訊後，發話者可以透過受話者的手機連結即時掃描鏡頭，高速擷取方圓五公尺內的立體環境映像，同時把自己的全息影像投射到該環境中。有人形容就像在跟鬼魂交談一樣。對方明明不在此處，卻可同步交融在周邊景物，彷若從神燈跑出來的精靈。發話方戴上虛擬實境顯示器，就可模擬在受話者身旁的實況情境。我掛起轉播頭，掃視周圍一圈，杜維耶漸層浮現在我眼前。我覺得這種全息顯影功能很蠢。很多時候我們其實不想見到對方，也不想被看到。只透過聲音交談還是讓我比較有安全感。我們習慣用生硬、常常停頓的英語溝通。他說臺北生活很ＯＫ，平常搭捷運出入，雖然車廂不能飲食，但至少滿乾淨的。他跟太太一起到北美館、故宮看了很多展覽，接著準備到臺中的國美館做聯展作品。他不久前收到日本方面的駐村邀請，打算到京都待上一個月。說巧不巧，杜維耶當初正好交換到我一對臺北朋友的住處。他們從事設計工作，家裡收了不少外文雜誌，室內鋪灰泥地板，客廳擺張柚木大桌子，兩側的矮櫥櫃是從日本運回來的老家具，表面是歲月打磨的光滑手澤，擺著攝影集、乾燥花和枯枝。櫃內或疊或站，皆是昭和時期的日文舊書。杜維耶得知屋主是我朋友，相當高興，不斷稱讚他們的品味和美感。以往杜維耶的裝置作品都起碼有客廳桌子那麼大，他特地做了一個鞋盒大小的裝置放在客廳音響組旁，當作紀念。朋友透過虛擬實境鏡頭看到，夜間熄掉大燈後，那裝置在特製燈光映照下，宛如一隻在水中漂浮的貓咪，正在游向音響喇叭。他們很喜歡。

杜維耶原本在哈瓦那藝術大學教書，目前則是在關渡的臺北藝術大學。他說臺北的冬天好常下雨，寒流來的時候真是冷得受不了，跟哈瓦那的天氣完全不一樣，難以想像這兩個地方同樣在北回歸線上。我說在北藝大任教的朋友都好喜歡哈藝大的建築，他們覺得那裡就像異世界，光是待在那些空間就很過癮。他說那裡以前曾經是馬戲團演出場地，也拍過外星人題材的電視劇。我說，最近看到報導，有些奇怪的新興宗教團體也會聚集在藝術大學的草坪，宣傳「歐恰」（Ocha）即將來臨，祂會接走信徒，進入極樂天堂。杜維耶大笑，他說這個團體很有趣。因為當初設計藝術大學的建築師之一，就是以古巴特有的聖得利亞（Santería）信仰的神祇概念設計那些乳頭般的屋頂。杜維耶每隔一段時間會請我代他到哈瓦那的街上走走，讓他感受、回想這座城市的線條，以及在不同光線下的模樣。我掛著轉播頭出門，跟他邊走邊聊，就像與一個虛擬朋友或鬼魂同行。儘管陽光下的投影效果不明顯，還是看得出路上有不少人跟我一樣，代替遙遠的古巴朋友四處晃遊。

同樣地，也有許多臺灣人靠家鄉的古巴朋友幫忙在路上散步，照看貓貓狗狗。當我愈來愈習慣哈瓦那街上古舊斑駁混搭五彩繽紛的色調，沒有大小招牌遮蔽的牆面、陽臺和廊柱雕飾，沒有雜亂線路的天際線，我其實就是離臺北愈來愈遠。路上跑的亮麗老爺車還是滿多，大多數租賃、代駕業者是古巴人，漸漸增多的日本車、韓國車、電動車則是少數臺灣業者經營，滿足臺灣人想開自排車的需求。市區騎自行車的人大增，要拜YouBike之賜。當然穿街走巷的新風景是電動機車，他們想趁機耕耘美洲市場，以哈瓦那為據點，逐步推廣到其他國家的大城市。乍看之下，哈瓦那的城市樣貌沒太大變動，實際上卻是一點一滴地累積轉變。好比說，自從幾家超商業者開始在哈瓦那設立店面後，迅速展店到全古巴，就連沒受大交換影響的青年島也開了二十四小時超商。業者都說得很好聽，號稱這些是為期三年的快閃店，兩國政府交接完就像歸還租屋一樣，恢復原狀。今年開始，有些全球連鎖品牌也進軍到古巴來開所謂的快閃店，像是麥當勞、肯德基、漢堡王、必勝客、星巴克等等。我猜信仔大概還是堅持關塔那摩海軍基地那幾間美式速食才是正統，不過只要看看那些餐館的生意就知道，客人是能吃就吃，業主是能賺就賺。如果在哈瓦那能吃到吉野家、爭鮮、鼎泰豐之類的餐館，街角就有7-11或全家，這到底是在提升它還是毀掉它？

文哥從巴亞莫到哈瓦那來，探望在中央公園紮營抗爭的原住民朋友。我照例帶他到歐萊里咖啡館納涼兼納悶問起這沒完沒了的漫長抗爭。我說，人都到古巴來了，繼續爭臺灣的傳統領域問題，會不會有點不合時宜？文哥回，不能這麼說。牛牽到北京還是牛，1+1=2的結果不會因為你在臺灣還是在古巴就不一樣。政府不正面回應他們，他們沒其他辦法，只好給他抗爭下去。我感嘆這真像行為藝術，一場持續十年之久，還在延續的展演。文哥悠悠說，你看，從史上第一個女總統到史上第一個原住民總統，我們看起來好像很進步，其實只要看這件事就知道，那只是表面進步，私底下還是沒差多少啦。我問他有沒有看總統的實境節目，文哥笑了，說確實拍得不錯，我太太超愛看。那個節目會給人一種幻覺，以為只要看了就可以瞭解政府怎麼運作、總統的日常和決策過程高潮迭起，充滿戲劇元素。總統不簡單啦，可以想到拍這個宣傳自己跟政府，現在搞政治要搞到這種程度，不是我們以前想像得到的。我說，你看，那個節目的厲害之處就是安排明確的二元對立。總統是主角，一定是光明正大，對手就要刻劃得讓觀眾同仇敵愾。我看到現在，對手一個是不成材的在野黨，一個是龐大沒效率的官僚體制，一個是虎視眈眈的中共，然後我們就是看總統怎麼一個一個克服難關。不知你有沒發現，從頭到尾都沒太多執政黨的負面描述。文哥點點頭，有啦怎麼可能沒看出來。一直在檢討別人都不檢討自己的最可疑。

我們漫步走往中央公園。這兩天舉辦演唱會、行動劇、即席開講等等，回顧十年來的各種嘗試和堅持。我們到的時候，阿美族的捲毛講者簡述了原住民歷史，引領聽眾討論，慢慢引導到傳統領域的議題。這個爭議從蔡英文政府第一任期起始，歷經十年，不僅政權轉移了，人民也轉移了，他們依然堅守抗爭立場。我看到講者背後那座荷塞·馬蒂雕像靜靜矗立。寫詩的馬蒂是個矮子，長期獻身古巴獨立的革命志業，被西班牙殖民政府關過，在紐約混過，從沒受過作戰訓練，最後在戰場上中彈身亡。一生只活了四十二歲。我們穿梭現場的小市集吃喝，傍晚去聽豪華陣容的原民歌手演出，最後壓軸是爆炸頭歌姬刷著吉他自彈自唱。現場來了超乎預期的幾千人，氣氛堪稱近幾年抗爭最熱鬧的一次。我跟文哥繞到帳棚區跟幾個抗爭者打招呼，文哥從背包拿出咖啡豆，當場用虹吸壺煮給他們喝。他說這是巴拿馬的豆子，現在中南美洲的豆子都很方便拿。其中一個阿美族朋友說，前陣子還有觀眾問我：臺灣原住民跑到這裡來，那古巴原住民呢，他們也有在臺灣爭取傳統領域嗎？我回答他說，古巴原住民幾百年前就死光了。沒死的，也早就像糖一樣在西班牙殖民時代溶解掉了。這幾百年來，全世界的原住民都非常倒楣，衰小到不行，被吃乾抹盡，抄家滅族，還要被說是不文明的野人。真要說起來，臺灣原住民給一波波滔滔不絕的白人、白浪沖刷到現在還有百分之二的人口占比算是很強了。外界以為我們現在有個原住民總統很了不起，其實他跟以前的白浪總統沒兩樣，不管是外省白浪還是本省白浪，都是騙人的白浪。

許多參與長期抗爭的原民朋友，時聚時散，有空就來坐坐，到現場當小幫手，盡可能減輕花最多時間抗爭的主事者的負擔。遇到有人外出採買、演講或演唱，抗爭帳棚區依然有輪值，推廣原民手工藝課程，辦議題工作坊，就像一間沒有形體的原民教室。文哥和我待到深夜，協助現場活動結束後的場地整理，人潮散去，公園逐漸平靜，遠處傳來幾聲低沉的狗吠。我們緩步走回我在蘭帕瑞拉街的住處。沿路有放倒在牆角的醉漢，也有鋪著紙箱睡覺的街友阿伯，幾家酒吧門口站著抽菸滑手機的顧客，幾家卡拉ＯＫ小吃店的薄薄門板隔不住裡面高歌的「火車已經到車站，阮的目睭漸漸紅」或是「有幾間厝，用磚仔砌，看起來普通普通」

這類臺語老歌。文哥說的確實很對，臺灣人整包放到古巴還是臺灣人，有些事是不會變的。

哈瓦那的日子正在倒數。政府宣稱，我們即將在二〇二八年總統大選過後撤遷返臺，正式與古巴交換歸還，新任總統將會在臺北的總統府前舉行就職典禮。但二〇二七年中、距離表定返臺不到一年的此時，全古巴還有一千五百多萬臺灣人，回到臺灣本島的八百萬民眾幾乎都是軍隊、公務員、科技園區員工及眷屬。人們抱怨政府搬遷動作太慢，返臺班機規劃得太少。生活照常要過，我照常輪著幾家咖啡館鬼混，看看書，寫寫東西，申請國藝會的創作補助。最近古巴作家佩卓・胡安・古鐵雷茲（Pedro Juan Gutiérrez）的小說《我們在哈瓦那的GG》（*Our GG in Havana*）中文版一出版，隨即空降排行榜。在這個現實比虛構還離奇的時代，這本小說能暢銷，就像個謎。這個書名似乎在故意搞笑，也常被說成「我們在哈瓦那，GG」、「我們的GG在哈瓦那」，還有人做成哏圖病毒式改作發揮，開起類似「我們的GB在臺北」的玩笑。其實只要讀者打開書，就知道這是在跟格雷安・葛林那本《哈瓦那特派員》（*Our Man in Havana*）致敬互文。小說梗概是：一九五五年，某個疑似格雷安・葛林（姓名縮寫是GG）的傢伙到哈瓦那玩，偶然認識了在俱樂部表演的跨性別舞孃，卻在後臺化妝間發現了一具屍體。古巴情治單位出動調查，展開一場你追我跑的笑鬧劇。這是本有趣的小書，大大開了葛林玩笑，也虛構了《哈瓦那特派員》的寫作緣起。當然我還是比較喜歡佩卓・胡安・古鐵雷茲噴發濃濃罣固酮的《骯髒哈瓦那三部曲》。從那裡面可讀到一九九〇年代的哈瓦那日常，雖然日子難過，還是要過，而且人在匱乏之中的想像力時常超乎想像。要不是大交換，他的書大概八百年都不會被翻譯成中文。奇怪的是，這本小說裡描述的困難時期（aka特殊時期），似乎在精神狀態層面，有點像我所生活的當下：「我無事可做。至少沒什麼要緊的事。長遠來看，總會有些像是願景啦、希望啦、未來啦，一切都會很快變好的，上帝是我們的救世主嘛。從長遠來看總是如此。但現在，就在這一分鐘，什麼都沒有。」事實就是這樣。除了政府承諾古巴政府的那些基礎建設計畫、維護，短暫生活在這裡的人都曉得總有離開的一天，我們只是在等，在等的過程中，盡可能模仿我們原本的日常生活。即使到處有社區大學開班教授西班牙文課程，大多數人仍然不會花時間學西班牙文，也不會對古巴各地的風土文化有深入認識。我們就像來租房子的房客，不需要跟屋主有私下交情，憑契約規章公事公辦。時間到了，交還鑰匙，連揮手再見都不需要。

有些團體趁機在這段時間鼓吹「使用權」的概念。他們宣稱，就像毋須「擁有」汽車、機車、腳踏車，照樣可以透過當代科技「取用」閒置的代步工具。又說，影音串流就是體現取用而不擁有的實例，現在我們應該進一步重新思考人與環境、建築乃至於國家之間的關係。以哈瓦那為例，市區內有不少小型城市農場，幾個社區共用一座農場，以自然農法照料或採用蔬果，也養些雞鴨。雖然有點麻煩，但住戶們輪流幫忙，就有安全、新鮮的蔬菜可吃，倒是不錯。這是延續古巴過去在特殊時期發展起來的辦法，反而成了環保又健康的食物來源。也有非營利組織抓準時機串聯其他公民團體，大力推行「做伙呷」的共食平臺，家家戶戶乃至社區都可以即時標注接待食客人數，鼓勵親友之間互相搭伙，更有效分配食物，也減少浪費。他們主張一起吃飯，可以在這個非常時期讓大家的生活更緊密也更和諧。

後來我們慢慢得知，好幾個新興宗教在這段期間迅速發展，尤其透過「做伙呷」平臺，建立綿密的信徒傳播管道。報導稱，這幾個新宗教糅雜了眾多民間信仰、道教、天主教、佛教，甚至有古巴當地的聖得利亞等等。這類宗教興起的土壤，自然是大交換後的臺灣人集體精神狀態。在這個科學上無從解釋的巨變中，人們依然想尋找原因。在沒人能確切壟斷大交換的解釋之下，陸續出現許多超自然的假說彼此競爭。這兩年大概是先知、救世主的量產時期，到處都有神靈降世，拯救眾生。同樣地，在臺灣的古巴人，原有的天主教信仰、聖得利亞信仰似乎毫無違和融入臺灣教堂、大小宮廟，各自找到棲居的所在。臺灣的滿天神佛渡海到古巴，而古巴的聖得利亞原是許多被迫為奴的非洲黑人一代代累積出來的混雜信仰，如今隨著兩地人民互換，也在心靈層面遷徙到不同半球的亞熱帶島嶼。我想到上次跟文哥到原住民朋友的抗爭座談活動，聽到一個排灣族的年輕女生在講述「如何成為原住民」的觀點。她說，以前原住民被蔑稱是番仔，還依照漢人標準分成生的、熟的，後來被叫做山地人。一九八〇年代以後，發起一波波運動才逐漸成功稱呼自己為原住民。但不當漢人的番仔、山地人，只是「成為」原住民的一個小小起點。要完全成為原住民，必須要有全盤的文化、生活情境，才有可能。坦白說，現在我們人在古巴，怎樣都不可能成為真正的原住民了。那為什麼還要爭取傳統領域？我想先給大家一個概念，沒有所謂「過去」是我們的傳統領域這件事，應該要說「原來就一直是」我們的傳統領域。要不斷跟大家說，傳統領域本來就是我們的，反倒變成我們在「爭取」，不是很荒謬嗎？其實就算爭到了，原住民的生活已經徹底回不去了，我們也不可能回到幾百年前的傳統生活。在現有的國家制度下，我們要的只不過是實行《原基法》，給原住民一個被尊重、被徵詢的同意權。我們當然不希望大家都去跳海。不然，照我們排灣的概念，土地所有者是造物主。就算是貴族也不擁有土地，只是有管理權。我們的祖先守護著土地，而我們應該好好對待土地。人可以真正擁有土地嗎？你畫了地圖、插了旗子，土地就是你的嗎？這種想法太狂妄了。人生在世了不起百年，但土地不是已經在那裡幾千幾萬年了嗎？因此維護我們的傳統領域，不僅是為了原住民認同，更重要是為了傳統領域裡的歷史、文化、習俗，以及不同時空裡的祖靈、神明。至少要給這些神靈，留一塊地方，讓祂們待在那裡，跟我們這些活著的人有所連結。這聽起來很超自然，很玄，但並沒有比那些到處宣稱「歐恰」要來接走信徒的信仰還要神祕。

如今回想她說的那段話，我猜所有的神，包含原住民的祖靈們和新長出來的神，都需要多一點時間適應新世界的生活。尤其在這個夏天的七月二十六日，勞爾．卡斯楚在臺大醫院以九十六歲高壽過世。古巴革命的最後一人關燈離開，意味著新的歷史之門打開了。

新大陸

中國夢

許台生從朦朧的夢裡醒來，睜眼看著直角、線條框限的泛黃天花板。有些陌生。懸浮著陳舊氣味。他想起留學美國最後一年夏天，他開車上66號公路，一路向西，想像自己是溫德斯電影裡的某個沉默角色，化成地圖上一個移動小點，越過散落在大路周邊的城鎮。沿路隨意住進美國電影上出現過無數次也總是面貌模糊的汽車旅館，時常一天下來說不了幾句話。來回八千公里，他安靜待在駕駛座，聽著隨機播放的鄉村民謠、華語流行歌或臺語歌。

他沒想過芝加哥的冬天那麼長，那麼冷，風那麼大，雨又那麼刺骨，更別說亞熱帶見都沒見過的暴風雪。芝加哥白襪的比賽難看至極，芝加哥小熊的票價太貴。芝加哥公牛的神蹟只剩聯合球館內的一尊雕像。他到這裡留學，想探究中國近代思想史的奧祕，嘗試釐清中國與臺灣之間複雜糾纏的思路毛線。林毓生來過這裡。吳乃德來過這裡。丘延亮來過這裡。吳叡人來過這裡。蘇珊．桑塔格來過這裡。好吧他知道連戰也來過這裡，但就算了。他想在這裡完成經院之路的最後一程。曾經花了那麼多時間浸泡在故紙堆裡，探尋中國往哪裡去，臺灣又該怎麼應對，終究在那趟公路之旅後放棄追問。他把自己拋到廣州，找了家臺商公司，待下來，成了上班族。他記得昨天是臺灣新任總統宣示就職，史上第一個原住民總統，年紀還小他一歲。下班後，他到健身房運動，接著回到住處，翻牆觀看影音平臺的新聞短片，一邊喝著啤酒，一邊翻看研究所同班同學小蔡新出的專書。他邊看邊想，什麼時候開始，他厭倦了所謂的學術工作，厭倦了迅速找出一篇論文或專書的主要論點和弱點，厭倦了看一大堆材料卻連一條注腳的收穫也沒有？當年他全身心投入工作，留學三年的記憶消退得像熱天下的冰淇淋一樣快，只留下些許黏膩的不快。

他躺在昏暗房間裡，雜亂漫想，陽光受阻於窗簾。他起身。枕頭、被子、床單是成套的淺粉紅藍綠三色條紋。這不是他在廣州的房間。眼前一張雙人床，床頭矮櫃抽屜有本新國際版英文聖經，浴廁是毫無個性用舊了的白瓷和消毒水味。牆上掛著抽象圖案複製畫。厚重款液晶三十二吋電視。一切都像他住過的美國汽車旅館，廉價而隨便。他開門讓陽光湧入房內，外面鬧哄哄混雜廣東話、普通話的聲音。所見面孔大致熟悉，似乎都是公司租賃宿舍的小區住戶。這裡卻不是廣州。他到旅館值班櫃檯查看，遇到原先住同棟公寓的中國同事。沒人知道發生了什麼，沒人知道為什麼他們一夜之間身在一個陌生的地方。

「这儿是哪呀？」

「某家摩鐵，」他拿起旅館名片給同事看，「在邁阿密。」

「迈阿密？」

「邁阿密。」

「美剧ＣＳＩ演的那？那个迈阿密？」

「沒錯。邁阿密熱火隊的邁阿密。」

「迈阿密热浪队那个迈阿密？」中國同事笑開了，手舞足蹈向外大喊：「美国！这儿是美国！这儿是美国！」

四周滿是陽光一樣充沛的大呼小叫，遠遠近近，搖晃著藍天白雲下的棕櫚樹。

似乎只有他在疑惑美國人都到哪去了。

美國

國土面積：約九五〇萬平方公里

人口：約三・三億

中國

國土面積：約九五〇萬平方公里

人口：約十四億

許台生想著中美兩國國土和人口數據，想著一個星期以來，兩國政府磋商的荒誕處境。

對十四億中國人民來說，這簡直是一舉完成全部的「美國夢」：到美國去。他當然知道官方版本的「中国梦」，指的是習近平在二〇一二年掌權後說要「实现中华民族的伟大复兴」。說是這麼說，一般人要是有機會到美國去，莫不想方設法留下來，就算當不了美國人，也要在那生個孩子當美國人的爹娘。他的臺灣老闆在廣州設廠，老早把家人送到美國，獨自在兩岸奔波忙碌，一年跑兩趟美國看妻兒。當初總經理面試許台生，問他怎麼不完成博士學業，留在學院？他訥訥說，在美國留學很花錢，想早點出來賺錢，模糊帶過。雖然他應徵就職的年紀比一般大學、碩士畢業生大了好多歲，公司見他從美國名校回來，英語沒問題，湊合著開了個不高不低的一萬人民幣起薪，讓他從國外業務專員做起。

許台生放棄博士學業前，沒在外頭上過班，僅有的工作經驗是研究計畫助理、系辦公室工讀，幫老師報帳、監考、改考卷、跑腿等等。他在這麼家生產平價芳香劑、浴廁香精、汽車香水的公司上班，似乎沒太大適應問題，晃眼十年，掛上品管經理職銜。一開始，他把一切的日常營運視為一個個研究計畫底下的子計畫。業務的第一要務是業績，所以他得想辦法達到業績。臺灣老闆的經營主軸是薄利多銷，以模仿代替研發，他就圍繞這個主題來打造策略。他做功課檢視市面的同類競爭商品和價格，沿著目前手上穩定的客戶順藤摸瓜，慢慢拓展，不停電訪、親訪大賣場小超市各種通路，參加車展、家庭用品展覽會，努力抓住可能的潛在客戶。外國客戶來廣州談生意、參觀廠房生產線，他就得負責打點食宿以及晚間娛樂活動。每回他帶人進了夜總會，展示舞臺一排排小姐別著四位數編號，讓客人盡情挑選。他總覺得這不是在選妃，這是寵物出租店選可愛動物陪你玩。旋轉霓虹光線撩撥著包廂，玩遊戲，摸來摸去，彼此勸酒，耳邊是小姐們的歌聲或裝出來的浪聲嗲吟，他坐在靠門或靠選單螢幕的位置，喝上幾杯。遇有小姐關切，他也物傷其類地對飲乾杯，腦中想的是新中國從四九年一路走到這樣的燈紅酒綠，不簡單啊。工作第一年，他偶爾還想起不久前啃著民初的梁啟超、李大釗、胡適、魯迅等人的著作然後以英語轉譯、陳述出來，關心著無政府主義思潮，深入瞭解科學與人生觀論戰、中國社會史和社會性質論戰。隨著工作日久，留學記憶逐漸如橡皮擦抹去那樣變得稀淡。他留學期間唯一感到放鬆、平靜的辦法是走進芝加哥藝術博物館，對著一幅幅畫作發呆出神。他尤其喜歡在艾德華．霍普的〈夜遊者〉（Nighthawks）前面，想像似曾在公路電影上見過的深夜餐館。想像自己有一天開車上路，在某個小鎮路旁，坐進了一家這樣寂寥、寧靜的餐館，喝杯熱咖啡，吃著煎肉排、油膩炸薯條佐番茄醬。離去前他總在博物館的商店，翻看畫冊、周邊商品，摸摸以名畫作或藝術家肖像織成的襪子。

等到他上路了，路經那些美國小鎮，許多電影和影集的畫面絞纏在一起。坐在吧檯區那幾個支持共和黨的中年白人可能是附近住戶，一輩子在農場、牧場或工廠辛勤工作，想不通收支數字怎麼始終無法平衡。端漢堡、薯條和可樂給他的女服務生，可能曾是高中校花，因某些一言難盡的經歷，在大城市繞了一圈回到家鄉。還沒進入霍普畫作場景前，看著畫面帶點憐憫、帶點同情空想，想著啊我也有過那樣空虛寂寞的時刻。真的進入那樣的情境，就會發現，所有人都疲憊且奮力維持一個樣子，不然一不小心，在喝了幾口咖啡的停頓時分，在咀嚼薯條塞滿齒縫牙齦的瞬間，透露出崩潰坍垮的徵兆，無聲碎裂在座位上。

美國真的很大，大到可以跟所有人保持距離，在隔開的無數個小世界自給自足。留學前，他以為只要弄好英文、努力讀書。到了學校，他才知道除了這些，還要應付深夜時分莫名清醒呆望窗外落雪，空襲般突擊的炸彈暴雨。他總是開著電腦，隨時連結上網，看影片，看球賽，看各式各樣影音流淌過眼耳口鼻，把自己消耗到近乎沒電才能沉沉睡去。也試著戀愛。但他的生活圈、年紀、膚色無法有太多機會。七篩八選下來，勉強跟幾個中國或臺灣留學生約會，總是謝謝再聯絡。他更加把自己沉浸到史料裡，思索這個那個思想史問題。唯一跟他保持聯繫的是碩士班同學小蔡。從前在研究生研究室鬼混時，人人都知道小蔡絕頂聰明，總能飛快掌握一篇論文或一本專書的論點，輕巧梳理複雜難解的問題，讀書多加上人又謙和，老師同學都喜歡他。但小蔡卻沒出國讀書，留在國內繼續讀博士班，接著彷彿連續受到學術之神的考驗，失戀、胃食道逆流，整個人消瘦了二十公斤，一度考慮放棄做學術。

許台生有次在市區的after-words書店，買了印有一八九三年芝加哥博覽會的摩天輪明信片寄給小蔡。上面寫著：「痖弦還沒來過芝加哥之前就寫過一首芝加哥的詩了。據說他一九六七年到芝加哥的某家Pub上臺唱了小毛驢。我來得太晚了。就連芝加哥白襪的冠軍盃都比我早抵達這城市，一直在重建的小熊還在等待彌賽亞降臨。」結果他在芝加哥小熊的魔咒破除奪冠那年，已在廣州當起了臺幹。不看棒球的時間長到他忘了棒球季在十月底結束。想到這，他翻看日期，美國職棒大聯盟球季三月下旬開打，到五月二十號，各隊都打了幾十場比賽，卻遭「大交換」打斷球季。據說大聯盟正在研擬評估讓各隊回到美國球場比賽，或者各隊直接依照大交換後所在地區為主場，在中國大陸繼續本季賽事。前一個方案的問題在於，回到美國本土比賽固然軟硬體條件最合適，但維持球場運作的工作人員一時難以召集，更何況所有看棒球的觀眾都在中國大陸，球迷頂多只能看實況轉播。後一個方案的癥結在於，中國各省的棒球場基礎設施嚴重不足，有些地方甚至沒有棒球場，只能克難改裝足球場或田徑場，勉強比賽。大聯盟羨慕死NBA了，球隊都有場館可用，季後賽的東西區決賽系列照樣打，照樣滿座。

許台生在邁阿密，時常走個兩英里，到馬林魚球場周圍遊蕩亂看，到處是中國人，整座城市都是中國城。他從球場往南漫步到古巴人紀念公園，在人稱小哈瓦那的街區閒步，路過牆壁塗鴉美國星條旗、自由女神像、林肯、柯林頓等人的漫畫，在十五大道的Maximo Gomez公園停下，一桌桌群聚打牌的中國老人侃大山吆喝著。他知道此前居住在這一帶的古巴、拉美裔老人就聚在這裡打多米諾骨牌。如今換了一批臉孔，也換成麻將、象棋、牌九喀啦喀啦的碰撞洗牌聲。

近一個星期，他每天在外面看到被剪下貼上佛羅里達的一群群中國人，不免停佇下來，偏頭托腮，細思這一切究竟怎麼回事？這些人的命運又將怎麼發展？他毫不懷疑中國人有辦法在這裡生存下來，適應所謂的美式生活，就像四百年前橫度大西洋到美洲開疆闢土的英格蘭清教徒。給他們另一個四百年，不，大概四年就夠，他們會塑造一個新世界。十四億中國人像放了一個禮拜連假，在美國本土大批移動，聚集在所有聽說過的美國景點。紐約、洛杉磯、芝加哥、費城、波士頓、休士頓、達拉斯、華盛頓特區、西雅圖、舊金山、紐奧良這些大城市吸納了高於過往幾倍人口，大峽谷、黃石公園、優勝美地、刻著四個總統頭像的拉什莫爾山等觀光景點滿是遊客。許台生哪都沒去，就待在邁阿密，漫步街頭。他向臺南的家人報平安，也跟小蔡通話，聊到這幾天常常在馬林魚球場一帶散步。

「可惜馬林魚隊在廣州，據說大聯盟想縮減比賽場次，讓球季繼續在對岸打。」

「廣州馬林魚隊聽起來好山寨。」

「如果你知道波士頓紅襪變成天津紅襪……」

「所以現在會有北京洋基、北京大都會、上海費城人、重慶遊騎兵、成都太空人之類的嗎？」

「其實是上海道奇隊、上海天使隊，費城人落腳南京。畢竟中國西部不比美國西岸大城市，一線城市北上廣深都算東邊。」

「臺灣現在怎樣？」

「滿歡樂的。我們新總統強運到翻天，上帝在他上任第一天就送了豪華全餐，把惡鄰居一口氣搬到美洲去了，這樣以後要去『美國』又近又方便。」

「說是這麼說，誰知道呢。阿共仔又不是吃素的。」

「拜登一開始就放話說絕對不准中共趁機偷走美國的國家機密。他的推特說：We've gotten through tough times before in this nation — and we'll get through them again.」

「人家習大大交換隔天就坐進白宮的橢圓形辦公室啦。」

「拜登那條推特也是在中南海發的啊。只是被網友抓到跟他四年前上任發的推特一模一樣。」

「中國的網路長城原來這麼不堪一擊。」

「不是，難道要拜登發微博還微信嗎，這樣就太丟臉了。他們召集科技專家、高級駭客應該輕易就破解了。聯邦調查局、中央情報局、國土安全局這些單位應該都有這種特殊人才列管名單，美劇不都有演。」

「我這邊只能看到阿共仔跳針宣示『捍卫我国国家主权和领土的坚若磐石，不可动摇』這類假大空廢話，具體什麼打算，好像沒說。」

「什麼堅若磐石，華碩又不是他們的。臺灣這裡看得到的消息，除了臺派歡欣鼓舞慶祝臺美友好，左統氣急敗壞批判美帝侵略，總統的緊急談話好像沒說什麼。大意就三個字，再看看。」

「我看那些臺商急都急死了。所有廠房都停擺，產業鏈都斷線，他們大概會去跟臺灣政府靠北。我那老闆不是每年到美國兩趟，巧不巧，他美國的房子就買在邁阿密，機票都省下來了。昨天我們幾個還找得到的幹部去他家開會，第一件事就是要我們趕緊找到其他員工。」

「怎麼找？」

「哪知。大家找得到車的都開車出去玩了。還有好心人自願當巴士司機、當導遊，載人上路遊美國呢。」

許台生在一天入夜後，隨意走進附近大街上一家亮著霓虹招牌的酒吧，彈珠檯周圍站滿觀眾，幾個看起來不知怎麼玩手足球檯的年輕人討論玩法，吧檯兩旁高掛的液晶螢幕本該播放著運動賽事，都在放著CCTV新聞節目。桌桌酒酣耳熱聊天嗑花生，桌腳地板鋪滿花生殼。他坐上吧檯高腳椅，要了杯加冰威士忌。啜了一口，想起從前在美國讀書就不怎麼喜歡波本威士忌的油漆味，那總讓他想起小說中的酗酒落魄私家偵探。不過現在沒什麼選擇，只能將就。

他向酒保搭話，一聊才知道對方原來在沿江路上的酒吧工作，難怪抓著各色酒瓶調起酒來，寫意揮灑。酒保說，反正嘛，閒著也是閒著，都來他媽美國了，當然要來這兒的吧見識見識，考察美國人檔次在哪。他問，不擔心？酒保答，咱小老百姓酒照喝、舞照跳、日子照過，管他中國美國。那是當官的領導們該擔的心。黨怎麼說，人民怎麼做唄。許台生默默小口小口喝酒，搖晃酒杯的哐噹聲中，算起中美兩國的基本數據。以這兩國的能力和資源，發動運輸大軍搬遷兩國人民不是不可能的事，只是非常曠日廢時。也許需要幾個月、半年到一年以上的時間。這還不算中共要先把人民、軍警、各地黨支部、各級地方政府等組織起來的時間。美國人口只有中國的四分之一，但那規模量級同樣難以想像怎麼安排。他記得在大交換隔天，從電視螢幕上看到習大大出現在白宮橢圓形辦公室發表談話的震撼。那個在好萊塢電影、美劇出現過無數次的辦公室，居然坐著中共總書記、國家主席、中央軍委主席三位一體的習大大，在鏡頭前以平板單調的口吻，不疾不徐述說當前緊急事態。他看著那張位居世界權力頂點的臉，彷彿見證美國被中國征服，洶湧流竄的恐怖感逼出一身雞皮疙瘩。他的理性立刻提醒他，與此同時，人稱「怪怪喬」(Creepy Joe）的拜登也現身在中南海國家主席辦公室，直播他對美國人民的緊急談話。就雙方談話內容來看，兩國首腦應有事先討論過，目前都以放下對峙、安撫人心為第一優先，兩國政府會就恢復原狀儘快舉行磋商會議，研擬接下來的行動方案。

根據兩國政府聯合宣布的消息，中美兩國人民幾乎依照原本的地理相對區位互換人民，但中國的香港、澳門、海南島，以及美國的夏威夷等外島區域維持原狀。東北三省與部分內蒙住民落居阿拉斯加；新疆住民散落在華盛頓、蒙大拿、愛達荷、懷俄明、奧勒岡五州；西藏（圖博）住民則在加州。網路謠言分秒滋生流竄。像是關押在再教育營的維吾爾人趁亂逃跑，四散在美國西北部的農場、牧場。像是藏人紛紛躲進洛杉磯、舊金山等大城市，而且鬼使神差找到那些信奉密宗的私人精舍、寺院進駐。又如解放軍宣稱接管五角大廈、太空總署和各處軍事基地，意圖掌握所有陸海空武器裝備，準備改變世界戰略局勢。又有德州那邊的平民取得大批槍械，組織武裝民兵，可能有反叛傾向。許台生上網瀏覽這些無法證實的傳聞累了，點到Pornhub看色情影片紓壓，看著看著自摸起來。隨著空射的顫抖，他的腦子一片澄明。當前時局下，愈發感到色情網站的不可或缺，他以後一定要加入付費會員。他沒想過現實世界會有比虛擬世界變動得更劇烈的一天。在這天以後，美國人都變成中國人，中國人都變成美國人，像說好交換房屋那樣，在彼此的大陸醒來。即使如此，網站上的淫穢影片資料庫還是留存著差不多的內容，在廣州或在邁阿密，一樣可以點閱那些最受歡迎的成人片女優或素人自拍影片。他衷心希望，兩邊的人不如就別大費周章換回去了，好好留下來重新開始生活，打造新天地，直接爽快。許台生試著打第三次手槍，發現辦不到，洗完澡，軟趴趴地睡著了。

小蔡跟他說，高總統主動提議中美兩國高峰會議在臺北舉行。一來中美局勢會直接影響到臺灣，二來兩國在第三地開會也算是給雙方尋找合適會議地點解套。畢竟兩方誰都不想吃暗虧，不論在北京、華盛頓或紐約的聯合國總部開會，誰知道會被動什麼手腳。小蔡說高總統不知在盤算什麼，統獨兩派陣營都在譙他。統派罵他認賊作父，放生在美國的臺灣人，也不援助無辜、可憐的大陸人。獨派批他是「憨番」，根本不懂國際情勢，沒資格領導臺灣，此時不獨立，更待何時？連他們執政黨內都出現不少雜音，批評他不好好利用這個千載難逢的時機，順勢強化跟美國之間的同盟關係。

「總統不是有鄒族血統？」

「他爸是鄒族。打棒球的石志偉，唱歌的高慧君，以前我媽少女時代超紅的明星湯蘭花都鄒族的。」

「鄒族在阿里山對吧？」

「白色恐怖時代他們很慘。那時候的鄉長高一生被抓，國民黨不知怎麼牽，連到北部泰雅族的樂信・瓦旦，兩個原住民菁英領袖一起再見了。」

「印象中吳叡人寫過論文，標題叫『高山殺人事件』還什麼的，乍看以為是推理小說。」

「其實呢，」小蔡停頓了一下，「高總統就是高一生家族的後人。你搞不好還碰過他。他以前讀臺文所的。」

真可能見過。許台生大學時代的女友從歷史轉做臺灣文學，考入開辦不久的臺文所，打算研究白色恐怖時期的小說。回想起來，他才發覺，那應該是女友追尋國族、自我認同的跡象，但他當時深陷在中國近現代史的轉型時代，苦思一個描繪各種思潮流派競逐的磅礡全景，根本無暇理解臺灣。他的研究聚焦在知識菁英社群，大中國心態使得臺灣之於他無足輕重，只是一個亂世下的偏安所在，似乎也沒出現什麼了不起的思想家。女友在臺文所讀書，認識了一些妖嬌的男同志同學，認識了一些同時跑政治集會、社運的寫作咖。她好像在實習做一個異議分子，到處參與活動，她去凱道的紅衫軍反貪腐現場，加入日日春協會關心妓權，到寶藏巖瞭解都市更新，跟著同學走同志大遊行，當然也聲援面臨拆遷的樂生安養院。許台生試著到這些現場探班，總是待不久就自行離開，有時甚至沒讓女友知道。他遠遠看著激情投入、吶喊的女友，頭上綁著各色布條，看起來非常專一，純情獻身給理念。他的猶疑、困惑，讓他在人群中感到格格不入，既無法忘情呼口號，也消除不了自我質疑。後來，每當女友拒絕他的索求，他就生氣憤怒，把他們之間漸行漸遠的隔閡怪罪在她投身的事務上。當他埋頭讀著王汎森關於傅斯年的英文專書，女友在讀聶華苓的《桑青與桃紅》。他隨口抱怨系辦打工的瑣碎，女友對著筆電螢幕跟朋友討論到龍山寺周邊考察遊民和流鶯的計畫，散漫回應。這期間，他時常找小蔡發牢騷，兩人跑到大賣場買酒水，在小蔡租的頂樓加蓋套房胡亂調製飲料，隔天拖著快爆掉的沉重頭殼、拖著打地鋪亂躺的痠痛身軀，騎車回破舊的研究生宿舍躺去一下午。研究所第四年的最後一學期，他們分手，他勉強趕上最後期限畢業。從那之後，除了當兵期間跟同袍去玩過豆干厝、在卡拉ＯＫ小吃店摸過越南妹以外，他似乎無法跟女人建立穩定、持久的情感關係。好幾段短促的曖昧飄過，他無從捕捉。他像一支巨大鐘擺，就這麼蕩到美國，晃去廣州，又蕩到邁阿密。只有時間過去，他過不去。

「最近想起秀秀，想我們六、七年的感情，其實風化得很快。我已經忘了她喜歡吃什麼、喝什麼，也不記得她有些什麼口頭禪或習慣了。有時連她的臉都模模糊糊想不起來。好像她唯一留給我的就是吳叡人翻譯的《想像的共同體》。那本書她留在我這裡，從來沒跟我要回去。沒想到我後來的論文引用很多，還順帶讀起吳叡人的論文。」

「這不是滿浪漫的嘛。吳叡人要是知道，應該甚感欣慰。」

「不曉得她後來過得怎麼樣。」他想到最後攤牌分手時，也許是不甘心，要求分手炮，對方居然答應。研究所最後一個寒假過後某日，他們騎機車到中和的汽車旅館打算做上一整天。他準備了飯糰、麵包、運動飲料、保險套、潤滑液，她帶了幾套性感內衣、高中制服替換。他們興沖沖做了兩次。兩次的過程中，他存著以後很久都做不到的心情，嘗試所有可以嘗試的姿勢，似乎在探索身體彎折的極限。休息時，他遞了飯糰給秀秀，自己啃麵包，想著等等應該打開色情片頻道助興。裸身蓋著薄被的秀秀默默咀嚼飯糰，眼淚滴滴答答落下，她自己也不知道為什麼哭。他輕輕拍著她光滑的背，撫摸她的頭髮，遞面紙給她擦淚，他還想著等等要繼續做。秀秀吃完飯糰，起身到浴室沖洗，從內而外穿好衣服，套上圍巾，她給了許台生一個擁抱，說：「我祝福您幸福健康。」留下穿著內褲的他，和一落飯糰麵包飲料保險套潤滑液。他獨自對著旅館的色情片頻道打手槍，懲罰似的套弄，卻始終半軟不硬。他試得累了放棄。房間安靜得能聽見空調的氣流吹拂，覺得好冷。直到他離開房間，才想到是自己按了電視靜音。

「你還是擔心你自己吧。臺灣在規劃專機接人回來，你怎麼打算？」小蔡的聲音把許台生拉回現實。

「說實在，我還滿享受現在的狀況。以前沒來過邁阿密，正好到處溜達溜達。」

「留在那邊真的ＯＫ？看過《七龍珠》吧？」

「我們這年紀的誰要是沒看《七龍珠》兩遍以上，還滿不容易找的。」

「我在想，現在的情況有點像是基紐特戰隊的隊長跟悟空交換身體。」

「這樣美國就是悟空，戰鬥力比較高。」

「你知道，交換身體後，因為不熟悉，基紐發揮不了悟空身體的幾成戰鬥力，結果被達爾揍得糜糜卯卯。」

「誰是達爾？」

「這只是比喻。總之，注意安全囉。」

許台生覺得小蔡太緊張。以他這些日子在城裡晃遊的感受，這裡天下太平，人被丟進了美國，就自動活得像美國人，開「交換」來的車，住「交換」來的房子，人們自動做著本來從事的行當，開酒吧、做餐館，醫護人員在醫院組織排班，公務員自行往邁阿密的市政廳報到，共同分攤業務。善心駭客到處幫人破解電腦和手機密碼，漢化網路使用介面，方便人民取用。中共和政府領導不停在各個廣播電臺、電視臺、網路頻道勸導人民要文明有禮，不可滋事擾亂社會安寧。這段時間是中共中央尚無法完整掌握各地狀況的空窗期，有如聖經這段話的寫照：「那時以色列中沒有王，各人任意而行。」市區商店、大賣場、購物中心在最初一兩天被瘋狂掃貨，接著出入口就出現維護秩序的武裝公安，許台生排隊時聽到人們討論配給物資的辦法。

「要在活尸电影里啊，可没这种闲情逸致等候进场。」

「傻逼。你老要是给活尸追著跑，逃命都来不及，还逛商场呀。」

「咱们都跟美国人全交换了，别说不可能。」

「你老说说，现在咱们是在灾难片、动作片、喜剧片、恐怖片还是科幻片？」

「说不准。」

「我看哪，肯定是爽片。」兩個在前頭對話的其中一個繼續說：「要不哪有排这么长队伍，人人脸上洋溢笑容，还笑得那么滋润。」

「大夥都在为打倒美帝尽一份心力嘛。」兩人嘿嘿笑著，繼續排著長長的人龍。

許台生從商場出來，有點後悔浪費那麼多時間排隊，只拿到幾個麵包、幾瓶水和一包廁紙。他不懂物資配給機制怎麼運作，有些館子收美金，有些餐廳不收錢。他到老闆家開會，居然有烤火雞吃，這也是個謎。老闆說聯繫到原本住在這房子的太太、孩子，要他們待在廣州的公司宿舍靜觀其變，有機會就回臺灣。根據老闆的說法，廣州那邊跟邁阿密這裡一樣，路上到處是美國人，華人和少數懂中文的，領著其他人認識環境。不過他們很快就組織起來，推舉特殊委員會，處理各種生活需求，與政府單位取得聯繫。美國民眾自動自發，各種民間機構、NGO組織迅速應對，協助各級政府確認人民動態。跨國科技巨頭公司的生產線多是臺商的中國代工廠，他們跟臺灣老闆們商議拿出現有庫存，招募緊急投入生產的工人，加上臺灣政府的大力協助，讓所有美國人民都能人手一機，以便民眾隨時聯繫、政府發布政令指示。

老闆跟其他廣州臺商們聊過，大家都覺得中國、美國的產業鏈大概斷光光。例如新疆職業培訓中心那些便宜到像不用錢的維吾爾勞工，從種棉花、採番茄、紡織、成衣、汽車製造到科技代工都有，現在都跑光了，阿共仔應該很頭痛。何況這裡機臺設備還需要花時間研究摸索，短期內很難上軌道。

老闆對著一邊啃火雞肉一邊灌可樂的他們說，本來嘛中國的經濟規模在今年就超越美國變成世界第一，結果被這種怪事一舞，中國袂輸乎火車撞倒。這兩國的經濟出問題，全世界股市親像跳水，直直落。啥咪原料攏叫無，真正有夠魯。老闆發手機要他們幾個臺幹隨時待命回廣州開工，他特別拍拍許台生的肩膀說你的英文上好，若是真得招美國仔做工，擱要靠你。

許台生想起四年多前武漢肺炎大流行的慘況。當年過年前就有風聲在傳，在他回臺投票與返鄉過年之間，疫情炸開了。中國官方確診病歷數飆破八萬，他留在臺南等待疫情降溫，世界各地紛紛遭到新型冠狀病毒的轟炸，重創全球經濟。這次也算天災，難以估算兩個正在競爭世界最強的經濟體會出現什麼態勢。這幾年中美兩強的貿易戰打得滿天塵埃，事實上彼此互相依賴，哪邊垮了都會立刻牽連另一邊。以他僅存稀微記憶的伯羅奔尼薩戰爭史為例，兩個分別以雅典、斯巴達為主的陣營交戰將近三十年，斯巴達滅掉雅典，但最終給崛起的馬其頓整碗端去。他從前的西洋上古史老師引述修昔底德的洞見：戰爭不可避免的真正原因就是雅典勢力的增長，以及由此引發了斯巴達的恐懼。雅典就像新來的獅子，要挑戰本來的獅王斯巴達。放在今日，就是崛起的中國要挑戰美國的世界霸權。他想，兩頭獅子莫名交換了軀體，難道牠們終究還得一決勝負？他邊走邊想，想到當初費盡心力到芝加哥留學，迎接他的卻是美國的衰退。他得兼教中文或課程助教換取獎助金，身邊所見的博士生不是苦惱著未來的工作機會，就是苦惱著影響日後找工作的博士論文。真正令他訝異的是，金融海嘯過後，美國名牌大學院校都在收中國資金，連在社會學、經濟學領域有著「芝加哥學派」盛名的芝加哥大學都願意開設可疑的孔子學院。許台生在美國的最後一個暑假，聽說過七月在葡萄牙的歐洲漢學學會會議上，孔子學院的長官下令撕掉全部會議手冊上那兩頁印著贊助單位蔣經國基金會的介紹。那時他還在66號公路上鬼混，當自己的公路之王。他出國就是拿到蔣經國基金會給的錢，補補貼貼，才勉強度過芝加哥第一年。雖然那名號是蔣經國，為了現實只能妥協。有錢就是老大，放在國際局勢也差不多。

許台生發覺路上說西班牙語的人明顯多了。小蔡前一天告訴他，網路新聞報說中國與中南半島國家邊界，有大批越南人、緬甸人、寮國人穿越國境，進入中國。這些人到底是想看熱鬧，還是本來就打算越境，目前不太清楚。不過他在廣州，早聽說年年有不少越南人跑進兩廣地區打黑工。即使工作那麼爛，薪水那麼低，越南人還是前仆後繼進中國。同樣道理，他現在會看到邁阿密路上一群群操著西語的各色人種也是很可理解了。網路可查數據寫著，每年超過七十萬墨西哥人試圖非法進入美國。大部分人都被拘捕遣返，少數留下的人變成美國各地的廉價黑工，躲在廚房捲著Burrito（捲餅）。他一度覺得搞不好美國所有的Burrito都是餐廳某個墨西哥黑工Amigo（西班牙文，意為朋友）做的。中美大交換本來就不止是兩國的事情，還牽涉到其他周邊國家。美墨邊境近乎開放的消息大概傳得飛快，幾天內可能就有幾十萬墨西哥人入境了。他有天突發奇想，開車飆到佛羅里達最南端的西礁島看夕陽，摸那塊標示美國最南點的紀念碑。來往車輛不少，沿著1號公路交通還算暢通，說西語的人比想像中多，幾乎跟說普通話、廣東話的人差不多。許台生開過跨海的七哩橋，在過橋不遠的州立公園邊邊停下一次，眺望另一條平行但不開放的鐵道舊橋。總計花了四小時抵達西礁島。沿路被海浪推擠的景觀非常開闊壯麗，也被反射的閃閃波光照得刺眼難受。他終於趕在夕陽前摸到「Southernmost Point」，曝曬陽光一整天的地標表面有些溫熱，上頭寫著「90 miles to CUBA」。他朝海的對面邊瞇眼遠望，一切掩沒在落日調低的亮度，朦朧迷離覆蓋著哈瓦那。他身後似遠若近的喧譁，唱著西語小調歌曲，衣衫溼淋淋的十幾個人聚在一起唱歌，渾身滴著水，看上去歡樂欣喜。他猜想這說不定是方才渡海成功上岸的古巴人。他印象在哪讀過，卡斯楚當政時，某回乾脆開放十萬古巴人離開到美國，附贈一船一船的囚犯、精神病患者航向邁阿密，故意給美國政府製造問題。他找到El Siboney餐廳想吃個古巴菜，進門聽到響亮的廣東話，只得吃了炒飯草草打發。他開到Duval街附近停車逛街，繞圈走了好一會，撞見海明威故居博物館。他查網路資料，說是海明威住過這裡，生前在這屋子養六趾公貓「雪球」(Snowball)，隨牠繁殖，生出了一大群貓。至今還有幾十隻貓生活在這幢宅邸。

他暗自期盼，千萬不要有太多廣東吃貨住在這裡面，不然那些貓可就在劫難逃了。接著他上車，想找旅館，路邊一尊壓著裙襬的瑪麗蓮．夢露人偶攔下他目光，抬頭一看，是家電影院。他下車進場，推開影廳厚重的門，聲光流洩，隨即找了張座位填進去。

隔天早上離開旅館，他先往海明威故居探看一番，確定那些貓沒事。到了才發現，早有熱心書迷組隊守在這裡，幫忙餵貓、維護環境還兼導覽。戴黑色膠框眼鏡的青年領著幾個好奇觀望的路人，一一介紹說明。

「美国大文豪海明威一九三一到一九三九年就住这儿。但这房子历史悠久，一八五一年就盖好了。那年头，咱们还在清朝咸丰皇帝呢。」

他們穿過芥末黃門扇、橄欖綠圓弧形拱廊，參觀泳池、庭園、廁所、工作室，上上下下看完這棟兩層樓的建築。到處都可以看見貓。少數幾隻親人的貓給摸，主動來蹭，其他多半是一副「少來惹我」的慵懶模樣，有幾隻睡得旁若無人。

「三十年代的海明威正值壮年，各位看，这小小的圆桌就是他的书桌，他在这里用打字机写下他最经典的小说像是《乞力马扎罗山的雪》、《弗朗西斯．麦康伯短促的幸福生活》、《有钱人和没钱人》等等。在这个十年，他到非洲打猎，也以战地记者身分前往西班牙内战的前线。如果各位读过他的作品，都可以直接感受到作家本人强烈的粗犷、简洁的气质。虽然他四十年代以后不住这儿了，直到过世前他还是保有这个物件。」

青年指著裱框的電影海報，簡述《老人與海》的小說和電影拍攝狀況，引導遊客視線到一面海明威出航海釣的照片拼貼牆，「各位，这上面的英文字呢就是海明威的爱船的名字『皮拉尔』，挂这儿的是船上拆下的舵。喏，这是那艘船的模型，他是一九三四年在基韦斯特买的船。『皮拉尔』号完全按他要求规格订制，全长十二公尺，后来他到哈瓦那也开去了。各位可以在一九五八年的《老人与海》电影版看到这艘船的细节。最终海明威离开哈瓦那时，把皮拉尔送给了一位老渔夫，也就是《老人与海》里的那位老人。海明威住这儿的十年，影响他最大的是一九三五年八月底的塔彭飓风和隔年的西班牙内战爆发。当年飓风来袭，没有扑向基韦斯特，受影响最大的是东北边的伊斯拉莫拉达的礁岛群。暴风过后几天，海明威开著装满救援物资的『皮拉尔』北上，见到一片狼藉，许多尸体泡在水面上，有些卡在码头附近的木桩上，在炎热天气下烤著，受到一波波海浪拍打，尸身膨胀散发浓郁臭味。参军过的海明威在战场见过死人，但没见过这样恐怖的景象。他知道这些人里面有很多是一次大战的退伍老兵。他们因为一九二九年的经济大恐慌，被罗斯福政府的『新政』安置到各地做建设工程。在海明威看来，这根本是谋杀。」青年繼續說著海明威如何在左派雜誌發表批評政府的文章，後來怎麼因緣際會被ＫＧＢ前身組織招募，晚年在懷疑調查局、中情局監視他的焦慮、抑鬱中自殺。許台生脫隊，走到外面掛著貓咪墓園的牌子，看看貓腳印地板、石碑的貓名錄。許多貓取著愛倫．坡、馬克．吐溫、約翰．韋恩、瑪麗蓮．夢露之類的名字。走在茂密棕櫚樹、灌木叢、竹林之間，他想也該到邋遢喬（Sloppy Joe's）酒吧看看。轉悠老半天，發現邋遢喬換過地方，最初地點現在是另一間酒吧，新地點就在他昨晚到過的Duval街上。

他帶著海明威的片段故事，回返邁阿密市區。傍晚抵達北灘的老闆家，屋子隱沒在漆黑中，但老闆的車子在停車位上。他打手機給老闆，沒通。他掉頭開向汽車旅館，路上車輛稀落，街上沒什麼人。回到住處房間，躺在床上，打開電視，手機充著電。新聞報導中美領袖高峰會議拍板在臺北舉行。畫面打出「台湾地区领导人」表示樂當東道主，讓兩國領導人賓至如歸。

小蔡來電。

「你那邊還好嗎？網路在傳中美即將進入緊急狀態，關閉邊界，飛機、船隻只進不出，可能也要限制路上交通。」

「拜登和習大大不是出發去臺北開會了？」

「就是這樣，才要維穩。現在兩邊的軍隊、民兵都陸續組織起來，分派在各地重要城市駐守，確保安全。」

「難怪剛才邁阿密街上好像空了。」

「臺灣這邊老樣子，天天有民間團體到凱道、立法院外面抗議，各黨各派都在搏版面。全臺灣都很浮躁。」

「誰叫我們那麼衰，夾在兩大惡霸中間。」

「如果把這兩個國家的霸凌史拿來比一比，誰比較雞歪還很難說。這個世界體系基本上就是個『霍布斯叢林』，在食物鏈最頂級的掠食者就是愛怎樣就怎樣。」

「《利維坦》什麼的早忘光啦。」

「最近我在想，中國和美國就像是被上帝（可能上帝有讀霍布斯吧）強制回復原廠設定，回到所謂的『自然狀態』，沒有法律、沒有慣例，一切都是所有人對所有人的生存戰爭。霍布斯最常被引述的話說了：『最糟糕的是人們不斷處於暴力死亡的恐懼和危險中，人的生活孤獨、貧困、卑汙、殘忍而短命。』」

「我在這裡看到的都還好啊。」

「你想，十四億人消耗的物資有多巨大。就算是美國，讓那麼多人口跑來跑去，吃喝拉撒，可能幾個禮拜就會出現生存危機了。反倒是在中國大陸的三億美國人還可以撐久一點。」

「強國人不是叫假的，生存本領很高，我對他們有信心。新中國歷經大躍進、大饑荒、文革、大瘟疫、大地震、大水災，哪個不是驚天地泣鬼神，不都撐下來了。」

「現在不比從前。至少跟我們同年紀的人都見證了中國崛起，變身泱泱大國，驕傲得很。我懷疑他們有這種求生本事。」

「是咩，你太悲觀了。莫懷疑淵遠流長的五千年中國文明，不可能回到霍布斯說的那種原始設定啦。現在要歸零到『自然狀態』，除非大家都變成活屍。不過說不定美國的環境含有民主病毒，會感染他們變得民主呢。就像四百年前來開墾的清教徒那樣。」

「阿婆生子——真拚啦。」

「我還比較期待變活屍。這樣就不用煩惱以後的事了。」

「被打爆腦子噴汁比較好？」

「噴得你滿臉都是。」

睡前無聊，許台生點開 Pornhub，隨意瀏覽正在直播的頻道。有個白人女生僅著黑色胸罩內褲，在鏡頭前張開大腿，招搖伸縮，左手成手刀狀上下搓撫乳溝，抖動乳房。背景音樂放著陳小雲〈愛情恰恰〉。他驚疑著 T-Pop 難道隨著中美兩國大交換悄悄在世界流行起來了嗎？接著黃妃、謝金燕舞曲飆出來，他瞬間回到很小很小的時候，那些到嘉義鄉下親戚家吃辦桌、看脫衣舞的記憶湧現噴薄，最終收尾在陳小雲〈愛情的騙子我問你〉。他盯著那半裸白女和背景十來分鐘，說不出的違和感。

隔天早上，他到旅館附近的墨西哥餐廳吃不倫不類的捲蛋餅，店內播放著國務院發言人宣布為保衛中美兩國人民生命財產的安全起見，即刻關閉兩國國境邊界，暫停全部陸海空交通，請在美的全中國同胞留在交換居所，遵守各地公安、解放軍同志維持秩序的指示。下一個畫面即是習大大飛抵桃園機場，從專機走出艙門揮手，迎賓紅毯的盡頭是副總統等著握手接機。新聞播報講述這是習主席第一次到訪美麗的寶島臺灣，相信中美領袖高峰會議將會給予當前局勢一個圓滿的解決方案云云。許台生在廣州討生活十年，仍然對這種昂揚向上的聲調有著莫名的生理嫌惡。看來今天他無法照原訂計畫到邁阿密動物園走走了。離開餐廳，看隔壁雜貨店門口沒公安也沒人排隊，湊近查看，只有空蕩蕩的貨架，店內陰暗，像是隨時有活屍冒出來咬人一口。幸好他這些天來積存了一些民生用品和口糧，加上旅館儲藏室鑰匙也在他手上，暫時還不用擔心。他穿過殯儀館前空曠的停車空間，經過托兒所的戶外兒童溜滑梯遊樂區，想著其實人的一生不過短短一條街就可以包辦了。

他回房收到訊息：「車子裡的胸罩內褲別拿去自慰，那是維多利亞的祕密，我很喜歡。」

許台生料想得不錯，對方是跟他互換地方的人。他們以英文快速交換種種資訊。古巴裔女子艾達說，廣州那邊起初大家也都一頭霧水。有人還以為自己在日本。有些華裔說是在中國廣州。周邊各個社區很快聚集、組織，找到政府的人，試著弄清楚怎麼回事。許台生彷彿在聽另一個相似版本的平行故事。不過艾達有些別的情節。她轉述那裡有人說，因為美國國防部在進行一個極機密的危險實驗，導致地球磁場大亂，發生了「百慕達效應」，意外造成兩國人民大交換的結果。許台生對這樣的陰謀論說法感到好親切，有種對方不愧是美國人的感覺。

「你知道，百慕達三角就是百慕達、波多黎各、邁阿密構成的，所以我們邁阿密人最倒楣。」

許台生告訴她，沒事別到市中心荔灣廣場，那裡很詭異，每年都有人跳樓。他本來想解釋荔灣廣場的簡體字「荔湾广场」的「广」看起來像屍體的「尸」，轉念一想，廣州的簡體字「广州」也像是「尸州」，反正難以解釋，還是別嚇人好了。

他們熱烈交換兩個城市的都市傳說。艾達說，一九九二年的安德魯颶風曾經是她小時候的夢魘。據說那時候佛羅里達南岸受災慘重，官方宣稱死亡人數只有六十五，但她爸媽親戚都說實際數字是好幾倍，屍體多到得借放在漢堡王的冷凍卡車載走。還有幾十隻感染愛滋病的猴子從醫療研究機構脫逃，大家害怕得要命。現在的狀況跟那陣子滿像的。幸好中國沒那麼容易拿到槍械，不然可能出現當年卡崔娜颶風肆虐紐奧良過後的無政府狀態。艾達把許台生當成浮木，絮絮叨叨傾訴。連自己怎麼經營起個人頻道、廣告分成多少收入都說了，她甚至計劃日後生活回復原狀要到社區大學報中文課。許台生倒是想，該趁機跑一趟古巴，畢竟那麼近。他上網找到《樂士浮生錄》的原聲帶播放，躺進Buena Vista Social Club的樂曲中，躺進寧謐得滲出甜味的黑夜。

《新大陸》的同床異夢

將近兩百年前，有個法國貴族和朋友搭船前往新大陸，名義上是考察那個年輕共和國的監獄制度。他們確實走訪好幾個監獄，但在旅行的九個多月中，實際考察的是美國如何實施民主。這兩個年輕人回國後，寫了獄政考察報告，也分別寫了書。其中，托克維爾的《民主在美國》詳細描繪了美國的民主運作，試著回應「美國的社會如何產生民主」和「民主怎樣影響美國的社會」，有如詳盡的社會學式報告，被稱為「史上第一個社會學者」。這本分成上下兩卷出版的書，此後更影響了美國人看待自身的民主體制。

但托克維爾在法國長期被視為二流作家。借用法國作家貝爾納—亨利．萊維的說法：「一個舊式、悠閒的貴族，一位懶洋洋且思路不走極端的專家，一個善於狡辯又過於謹慎的鑑賞家，一位無病呻吟、多愁善感的悲傷自戀者，一個乏味而反動的公共知識分子，一個愛說教的積極分子，一個自認作家且自鳴得意的機智男子，一個失敗政客，一個孟德斯鳩的蒼白模仿者。」毋須繼續引用，都能感受到他對托克維爾的觀感。然而直到現在，托克維爾仍被閱讀，因為《民主在美國》提出的許多洞見和觀察，對於瞭解美國的過去與現在、理解民主機制依然有所啟發。全書從這句話開始：「我在合眾國逗留期間見到一些新鮮事物，其中最引我注意的，莫過於身分平等。」或許，我們也可以這句話為引，來談談黃崇凱新近的長篇小說《新大陸》。

顛倒的夢

《新大陸》由「中國夢」和「美國夢」兩條敘事線構成全書章節。小說梗概是：在廣州工作的臺幹許台生在一個陌生的旅館房間醒來，發現中國和美國交換了國土上的全部住民。於是十四億人降臨在美利堅合眾國，三億三千萬人則轉移到了中華人民共和國，對兩個國家和全體人民來說，皆彷彿被無端拋進了「新大陸」。對美國人來說，「新大陸」是按下歸零的原初設定，他們再一次踏上四百多年前英格蘭清教徒祖先冒險犯難到美洲的開墾之旅，重新在另一塊古老土地打造新世界。只是這一次，他們攜帶著四百年歷史記憶和聯邦民主共和國體制來到陌生的環境，試著在維持生活秩序的挑戰下，尋求回歸的道路。做為對照組的中國人，這絕對是人類史上最大規模的遷徙，全球總人口的五分之一全部挪移到美國國土，立即造成劇烈的生態變動。小說透過角色嘲諷說，中國人大概都有著到美國去的「美國夢」，但因為沒選擇，只能接受最高領導人炮製的「中国梦」。然而在國際政治的現實中，益發強大的中國早已挑戰了美國的全球霸權。特別在二十一世紀以來，美國陷入軍事泥淖、外交搖擺不定、國內政治極端化、社會對立趨於激烈加上經濟未見起色，她似乎愈來愈不願也不能承擔「離岸平衡者」(offshore balancer) 的國際角色。在亞太地區的權力競逐中，崛起的中國顯然在美國受困於中東地區之時，逐漸取得主導權。儘管歐巴馬執政時期，美國承諾投注更多資源在亞洲，但受限於先天的地理距離，中國成為區域霸權的態勢似乎無可阻擋。因此小說的設想就顯得耐人尋味：美中互換地理位置，必然改變地緣政治的局面。美國不僅「重返」亞洲，更直接在亞洲紮營了。而中國占據過往美國位於兩大洋、加拿大與墨西哥之間的土地，也許對她的全球擴張更為有利。

這是兩個擁有「例外主義」(Exceptionalism) 傳統的大國互換。在中國來說，五千年文明源遠流長，她也一向以天下中心自居，形成中國歷史上的朝貢體系。即使有過動亂，遍嘗近代列強欺壓的百年恥辱，新中國依然是特殊的、例外的存在。美國的例外主義有著清教徒的宗教信仰根源，認定美國人是上帝選民，美國是被祝福的「山巔之城」，也是經過獨立革命首創的民主共和國。在這平等、自由的國度，人們相信人有無限可能，足以成就偉大。托克維爾認為，因為平等思維在美國深入人心，轉瞬即逝的變化不斷發生，產生了人有能力無限完善自我的觀念。簡單說，兩國都覺得自己獨一無二。但在小說中，關於兩國在國際政治角力上的競合，著墨不多，只有部分段落描述到東北亞的韓半島、日本等局勢的轉變。就實務上，美中政府理當會儘速磋商，討論恢復原狀的提案，甚至會讓雙方的先遣軍隊回防重要駐點。雖說兩大國均無受到敵國攻擊的危險，畢竟美中牽動的地緣政治、經濟極為繁複，其他國家應會靜觀其變，再做決策。一個頗值玩味的事實：美國在世界各地皆有駐軍基地，武力可投射到全球範圍，在這樣的軍事部署下，即使本國五角大廈、軍事基地落入解放軍手中，仍有嚇阻制衡的打擊能力。所以，就小說描述發生的零星失序動亂，我認為合理，但應當不至於演變成無政府狀態。

臺灣因素

大凡要敘述一個牽涉群體的劇烈改變，如果僅是不停丟出概括式的、全稱式的描寫，難免使讀者生膩。《新大陸》以一個臺灣人為主角，從這個切入視角，引導讀者漸次深入，展開兩個新大陸的卷軸，時時往返在各個時間點之間，綰合個人際遇與群體變遷，編織出這個既現實又荒誕的情境樣貌。主角許台生是曾赴美國留學的廣州臺幹，從他身上，我們可以看到：美國隱喻著抽象層次的知識、文化追求；中國則隱喻著具體的經濟、結構處境。也就是說，一個不被承認的主體，一方面意識到追尋獨立、建設自我的渴望，一方面卻得捆綁在現實生活、地理位置的結界。當然我們也可大膽解讀「許台生＝臺灣」，將他視為中美臺三角關係的代表。那麼，在這個三角關係裡，美中座標互換，其實不影響整體的三角架構。只是，這個三角形是不斷改動的不等邊三角形，根據每個角的角度不同，邊長不同，呈現差異的三角形。這不免讓我聯想到芝加哥大學的政治學者約翰．米爾斯海默（John Mearsheimer）那篇〈向臺灣說再見？〉（或許許台生留學芝加哥時旁聽過他的課？）。米爾斯海默的主要論點：中國崛起勢不可擋，美國終究要面臨保留或放棄臺灣的難題。在國際政治的現實考量下，確實如史家修昔底德說的「強者為所欲為，弱者任憑宰割」，中華民國臺灣在兩強爭勝的多極世界體系，能施展的空間極其有限。但我想，那篇論文或許低估了「臺灣因素」。臺灣長年在第一線面對中國威脅利誘，長年遭受國際社會、組織的漠視和排擠，在這過程中，臺灣仍能透過非正規管道，維持實質獨立，持續參與、連結國際，並且從中學習、修正自我，完善我們的社會體質，使之成為一個與中國社會截然不同的存在。在我看來，「臺灣因素」代表著多元價值，也意味著這個在不同時代廣納各族群的公民民族國家的啟示。「臺灣因素」訴說著，面對中國以強大經濟壓迫民主自由之時的生存之道。「臺灣因素」演示著，面對中國以連綿不絕的資訊戰限縮理性討論空間的應對辦法。「臺灣因素」呈現著，面對中國以懸殊優勢的武力威脅獨立自決的自救方案。從這個角度來看，小說中的高總統做了邀請美中兩國領袖到臺北開會的決策，可視為臺灣積極主動的舉措。但高總統嘗試「綁架」中國最高領導人，則是超乎常理，執行層面難以想像，不得不說是全書最大的軟肋。儘管在小說內在邏輯而言，此一大膽決策，似乎創造了一個宣示「法理獨立」的破口，但這個舉動從一開始就不可能得到其他國家的認可，遑論美中兩國。當然，就小說的閱讀快感、意外性來說，這個超展開的想法的確有引人繼續看下去的動力。只是小說走到末尾，受到這個事件束縛太多，反而減損前面建構起來的未知、懸疑氛圍。

無力者的啟示

拿小說與我們所處的現實彼此映照，大概是這部作品發人深省的所在。以兩個大陸國家的交換，來對照兩個島嶼國家的互調，可說是一種鏡像的「顛倒」。至今我們無從得知什麼因素導致如此，但我們總得與古巴全體住民一同面對，商討解決之道。或許有朝一日，在我們所處的現實裡，發生了小說假想的情境，那麼我們依然要在加勒比海對視中國的佛羅里達，古巴也得隔著臺灣海峽與美國東南岸為鄰。這些不僅是地理區位的改變，也將牽動全球布局的調整。我認為，小說正是把「座標」視為隱喻——尤其在這個全球一體化的時代，在這個美中兩國皆有遠距投射能力的時代，地理距離非常容易被心理距離縮短，乃至消除。這是有些怪異的「平等」。姑且舉兩個例子。長久以來，我們對於中國、美國、日本的認知遠多於其他國家。中、日因距離、文化、歷史等脈絡，容易理解。與此同時，我們卻未對其他東亞國家有接近程度的熟悉。至於距離臺灣相當遙遠的美國，則透過強大的外交、軍事、文化、經濟等方法，消除了大部分距離，塑造出臺美友好親近的現象。相對的，由於中國不放棄武統臺灣，意圖使用多種手法瓦解臺灣的民主、自由，某程度是在推離臺灣。第二個例子是六年多前席捲全球的新冠病毒。它展示了全球連動、交纏、滲透的情況。遠方不再是遠方，遠方就近在眼前，甚至肉眼不可見。恐懼透過網際網路、社群媒介超高速傳播，在我們真正接觸之前，種種狀況似乎早在眼前發生過了。虛擬與真實正在分庭抗禮。

也因此，邁阿密的許台生與廣州的艾達必須以當代情境產生連結。他們先透過網路視訊平臺的視覺、符號交換，接著才見面、交往。這顯然是具備當代精神的設計。小說的戲劇張力時常來自兩人彼此在價值觀、文化上的矛盾、衝突，在磨合過程中，他們陸續遭遇考驗、難題，最終某程度克服。從這組角色的相處，小說映襯出兩大國的齟齬、角力、欠缺互信，終究要為此付出代價。這裡要回到關於「中國夢」與「美國夢」的差異。中國夢追求的是中華民族的偉大復興，白話翻譯就是「讓中國再次偉大」。這是由上而下定調的、非常民族主義的集體之夢。美國夢卻是關於個體的自我實現、追求更好的生活。這是由下而上，認定在這塊土地上有無限可能激發人的創意、勤奮，獲取財富，達成夢想。小說明顯是悲觀的。它認定兩大國即使交換位置，依舊會照著原初角色設定運作，導致雙方不可避免的對決。與此同時，臺灣的角色是什麼？臺灣又該如何自處？

曾任捷克總統的哈維爾，在他仍是所謂「異議分子」的年代寫下〈無權力者的權力〉。這篇長文在此時尤其值得我們細讀。哈維爾以共產捷克社會為例，描繪權力結構的分工狀態，從上到下都牽涉其中，都是讓這個權力結構運轉的一環。然而它並非堅不可催。假設有個掛著政治標語的蔬果商開始在生活中反叛，說真話，指出國王的新衣如何可笑，不配合虛偽的體制，他就會被處罰、壓制、消音，家人、朋友也會受到牽連。他的作為事實上破壞了遊戲規則，他揭露一切不過是遊戲。如此一來，他等於撕開了體制的表象，初步動搖了權力結構。臺灣就像這個蔬果商。在一個長期漠視臺灣存在事實的國際社會裡，臺灣看似毫無權力，始終夾在大國縫隙中求活。臺灣只要繼續活著，愈是活得獨立自主，就愈顯露出國際社會的權力結構。就這點而言，臺灣和古巴絕對是盟友，因為我們都堅持國家自決的道路，我們想活在真實之中。事實證明，截至目前為止，我們對於大交換以來的處置有共識，也能相互扶持並肩前行。我們步履不快，但是走在正確的方向，終會有抵達目的地的一刻。

這是我所謂的「臺灣因素」：持續成為國際社會、地緣政治下的「異議者」。持續迫使國際社會正視不願面對的跨國界挑戰。儘管我們並非一開始就志願如此。但既然國際形勢排除臺灣，逼我們落在一個相對孤立的位置，我們仍可選擇在獨立、真實中生活。這不是第一次。早在日本殖民臺灣時期的一九二四年，臺灣文化協會的前賢們召開「全島無力者大會」，以對抗權貴分子打壓異己、獻媚的「全島有力者大會」。一百年過去了，我們還在路上。

讀書會

從哈瓦那市區中央公園的荷塞・馬蒂雕像朝海堤大道出發，沿著歐萊里街走，過了古巴街口不久，會在一八九三號遇見一家咖啡館，店名跟街名一樣。咖啡館的墨綠門面有三道醒目的深灰裝飾拱弧，框出幾個透出暖黃燈光的色塊。跨上門口磚紅地板，進門右手邊是櫃檯工作區磨豆機隆隆作響、咖啡機蒸氣管打奶泡的漩渦聲，似乎等等就會端出熱騰騰的義式咖啡。櫃檯外側擺著小黑板，寫上今日特餐和特調咖啡價格。再來是那架顯眼的亮黑鏤花螺旋樓梯，直直通往暫不開放的幽暗二樓。樓梯靠牆邊堆著幾麻袋尚未烘焙的咖啡生豆。四張圓桌併成一排，供讀書會的八、九人使用，提早抵達的成員們各自挑揀座位，準備八點開始的讀書會。帶領讀書會的吳老師提早半小時到店裡，跟店主一起調整桌椅，喝掉一杯冰美式，又續了一杯。他坐在靠牆那邊的中間位置，以便隨時觀察大家的狀態，隨時安排遲來的人入座。待八點一過，成員到得差不多，他簡述幾分鐘開場白，扼要介紹作者和小說。「上個禮拜有提到，可以找這個作者其他書來翻翻，幫助理解作者為什麼會寫出這樣的作品。不過我們先不要管這些，請大家隨意聊聊看書的感想。不用太嚴肅，直覺一點。」他左右掃視一會，「不如就請大立先說？你看這本小說的第一感覺是什麼？」

大立以粗短手指點著平板閱讀器螢幕，整理想法似的略略發出嘟喃。「就覺得……作者很故意。他設計了一個跟現實狀況很像的情境，但整個局面又跟我們現在面對的很不一樣。

可是裡面很多角色看起來，就跟我們知道的那些政治人物是同樣的，卻在做不一樣的事情。有點像是，怎麼說，平行世界那種感覺。就是說，假設我們現在發生的狀態如果是以更大規模，像小說寫的，中國和美國那樣巨大的陸地國家，整個世界就會很不一樣。」

「能想像你在那個世界裡嗎？」吳老師問。

「有點難……不過如果能在臺灣自己家裡，當然比現在舒服多了。」

「跨出舒適圈也沒那麼可怕吧。」

「是啦，是還好。要是待在小說那個世界裡的臺灣，應該會覺得很刺激。雖然現在的狀況也非常刺激。」

吳老師轉頭問其他人。

「我覺得，」老李接著發言：「作者主要的哏就是『顛倒』。他把臺灣跟古巴的大交換，換成中國與美國對調的版本。在這個情境下，中美雖然互換了地理位置，但在國際政治的架構中，這兩個國家還是占據在前兩名。它們還是有能力策動其他國家來配合幫忙。特別美國在世界各地都有駐軍，加上在亞太地區圍堵中國的策略，原先為了限制中國軍事投射能力而布置的第一島鏈、第二島鏈轉變成太平洋西側的外推防線，反而讓換成在北美洲的中國無法逼近。」

「這會有什麼影響？」

「臺灣人應該會超開心的，去美國超近。也不用管中國怎麼想，可以做自己的感覺。」

「你剛才提到國際政治的現實，在小說的世界裡會怎麼運作？」

「這就是我對小說有意見的地方了。我覺得形勢會跟小說的發展不同。像我們現在的狀況，國際社會一開始都是聲援、同情我們的。但馬上中國和美國就跳出來，要臺灣和古巴不可以破壞現狀、要儘快回歸。可是這又不是我們故意的不是嗎？如果事情發生在這兩個國家，我懷疑並不會像小說寫的那樣，什麼兩國領袖要商量如何回復原狀。搞不好這兩國都覺得太困難，乾脆留在原地。」

「事情總是無法如願的嘛。」

「我認為中國不可能留在美洲。」小林接續發言：「最主要原因在統治正當性。中共的憲法基本上就是從清朝、中華民國繼承的領土為範圍，從頭到尾都沒明講中國領土包括哪些。只有臺灣被寫在中共的憲法裡，強調它是中國神聖領土的一部分。但我們都知道，中共建國以來，不要說一天，連一分鐘都沒統治過臺澎金馬。那就好像我在結婚證書上自己寫蔡英文是我太太一樣，根本沒任何效力。可是中共到處結盟，加入各種國際組織，透過外交、經濟威脅利誘，導致所有國家都要念經一般複誦中共規定的『一個中國』，臺灣等於被硬上了。」

小林說得有些離題。

「現在我們知道你很愛小英了。能否請你再詳細談談統治正當性這部分？」

「國家最基本的要素就是人民、領土、政府和主權，這大家都同意吧？以前學校都有教。」小林看看四周，「那麼發生無法解釋的大交換的狀況，國家就失去了實施治理權的範圍所在，理論上就是無法構成國家了。實際上，由於全部住民都在同個地方，所以政府應該還是可以運作，宣稱主權也不成問題，就像我們現在這樣，只是無法像之前那麼方便也無法掌握得很徹底。所以我認為中共一定會強制要求所有人民回到原本的國土上，這樣才能繼續他們好不容易建構起來的數位全控社會體系。而中國也會持續在國際社會裡追求更強大的實力，獲得安全感。就這點來看，我認為小說的假設沒什麼問題。關於中共的統治正當性，只要中國繼續強大，經濟好，它就會繼續保有它宣稱的正當性。所以它必定要回到熟悉的土地上運作那套體制。」

「聽起來好像以前某國民黨總統候選人的口號『臺灣安全，人民有錢』。」吳老師補充，成員們笑出聲音。「還有誰要分享？佳玲請說？」

「一開始會對小說的設定感興趣，想說，哇好像是現在處境的變奏版。讀的過程中，不斷有種奇怪的感覺，覺得，這似乎發生在另一個世界卻又離我們很近。像是主角平常在廣州工作，大交換以後到了邁阿密，然後開始探索那個城市，聯想到很多有的沒的事情。我就想到，來到哈瓦那的最初那幾天，我也是像許台生那樣在街上漫遊，一直散步，就是想到處看一看。雖然完全沒有任何一個古巴人，但還是充滿奇異感受。有天傍晚，我在海堤大道看海發呆，舊舊的堤防上坐滿了人，天空的顏色一開始緩慢抽換，後來愈來愈快，夕陽泡在海面上的時候，世界是金黃色的暈眩，後來又變成橘紅色，大家都很開心，潮水反覆拍打濺起高高的水花，好多人都弄溼全身，卻笑得像小朋友一樣，好像小時候玩水的感覺。小說沒有讓主角去海灘、去玩水，可是我覺得可以體會那種在陌生城市暖暖蛇的散漫，無所事事。」

「佳玲描述得非常好。這就是我希望大家在閱讀文學的時候，可以從書中獲得的重要體驗。很多時候，我們似乎忘記了許多事情、感受，但往往只是欠缺一個開關，幫助我們在開燈後，稍微看清楚那些躲在腦海深處、角落的記憶。」

「不過，我有點好奇，男生為什麼那麼愛看色情網站？真的像小說寫的那樣？」

「這是非常深奧的問題。」阿哲接話：「我晚點回應妳。交換過來以後，大家都發現無線網路就連在首都哈瓦那都非常珍貴。聽以前來過古巴的人說，很多人常常聚集在有國際旅客的飯店或者公園這些地方才有網路可用，而且很慢。我們像是被強制倒退二十年，沒有手機，沒有網路，沒人知道該怎麼找到其他人。當然，後來大家都知道了，在城裡的各大廣場的臨時公布欄貼尋人啟事或者舉牌找人最快。政府好不容易想辦法借調美國科技巨頭的衛星、熱氣球無線基地臺、廂型車無線基地臺這些搞定哈瓦那的無線網路，接著架設其他地方的網路基礎設施，我們才有限速的網路可用。你知道我認識的所有男生，開通網路第一件事是什麼？」在場所有人都知道他要說什麼：「上Pornhub。或者其他色情網站。就算網頁要開個五分鐘、影片一直lag，也毫不畏懼、在所不惜給它等下去。這就是男人。我可以保證小說這部分很寫實。」

笑得有些不好意思的吳老師接著說：「阿哲，你也可以談談小說的其他部分。」

「小說分成中國夢和美國夢兩條線在跑，透過一個臺灣人跟一個古巴裔的直播妹連結在一起，這個設計滿好玩，似乎冥冥之中注定這樣，像老李說的『顛倒』。這樣我就忍不住想拿『臺灣—古巴』的關係套下去看。他們本來不可能認識的，卻因為臺灣人點開了那麼多頻道中的一個，結果意外發現那妹仔身在廣州。我們也是啊，那麼多國家不交換，偏偏換去古巴，就這麼牽起一段孽緣。」

「可是我們沒得選吧？」佳玲質疑。

「最可怕的就是，要是我們有得選呢？當然事實是我們不知被什麼東方神祕力量全員打包丟到加勒比海，但這麼剛好，我們少少的邦交國幾乎都圍繞在附近？我不是在說陰謀論，我只是很疑惑。小說大概就是提示了一種『如果有得選』的情境。」

「你想選哪個？」吳老師問。

「這個嘛，小說那種比較吸引人。我們繼續在熟悉的老家做自己，照常生活，靜觀其變，隔岸觀火。現實這種嘛，我想大家點滴在心頭啦，雖然我們也是活得好好的在這裡開讀書會，但一開始的混亂還是有點讓人怕怕的。況且借用人家的地方太久也是不好意思。」

吳老師點點頭，鼓勵其他人說話：「還有想跟大家分享的嗎？」一時無話。他請歐弟說說看。歐弟翻開手上的筆記本，上面畫著角色關係圖、時間軸、重要事件、章節架構等等的分析評語。「我可能要從剖析小說的整體結構開始。小說分成五個章節，稱為『中國夢』那條是以人在邁阿密的廣州臺幹許台生為重心。而『美國夢』那條則是以人在廣州的邁阿密古巴裔女孩艾達．羅里格茲為主要角色。單數章節和偶數章節大致交錯登場，看似兩條線彼此發展、慢慢交織，但各位應該有注意到，每次他們視訊或通話聯繫以後，總是有事發生。在結構上，小說前兩章在建立一種真實感，透過描繪兩個城市的景象、兩邊的人怎麼行動這些，引領讀者進入那個世界。但隱隱然有種懸疑，讓活在其中的角色追問『為什麼變成這樣？』以及『接下來會怎樣？』，主要角色試著以普通人的身分探索答案。之後兩章，導向政治大陰謀，結合都市傳說、謠言、資訊戰等等裝飾手法，先讓臺灣總統趁著中美兩國首領赴臺開會的時機，『綁架』中國最高領導人，接著倒敘詳述總統如何做出這樣的決定。最後一章就是給這個故事一個暫時的結束或收尾。整本小說看下來，其實配置得頗為經濟，每個三分之一都完成自身的設定任務，傳遞給下一個部分，直到讓小說運轉的動力戛然而止。典型的三幕劇。就小說篇幅來看，作者應該精算過，每章大約一萬五到兩萬字之間，總共接近十萬字。」

「你怎麼看作者對最後一章的處理？」

「嗯……」歐弟尋找合適用語似的停頓：「簡單說就是『超展開』。但我有些遲疑怎麼評判這樣是好或不好。據我瞭解，這個作者會使用不少通俗元素，像是流行歌、電影、兒童百科、A片等等。這也不是他第一次寫活屍。唯一驚悚的點是他讓習大大變成活屍，所以高總統不得不綁架他，以免疫情擴散。最終兩個國家還是決定開啟史上最大規模搬遷移動，回歸祖國，這部分又滿符合國際現實的。但我懷疑，在這過程中，高總統（我當然不是說我們現實的這個）能有效把這個大交換危機當成交易籌碼，換取法理獨立。」

老李即刻接話：「我覺得啦，這就是我剛才說的『顛倒』，因為現實的高總統不宣布獨立，作者就讓小說的高總統獨立給他看。」

吳老師順勢問大家有沒有看到總統的書評。有人點頭，有人沒動靜。他請讀過臺文所的元元發表意見。

元元把兩頰鬢角髮絲塞到耳後，「歐弟分析得很好，我沒有其他特別的想法。我猜小說確實從我們經歷的現實抓取不少材料和細節，所以我們讀了會有共鳴。我跟佳玲一樣，剛來到哈瓦那時，最常在海堤大道一帶散步，所以作者應該有捕捉到一般人面對這件事的感受。至於總統的書評，我有點好奇，這是史上第一次有總統寫書評嗎？」

吳老師說：「要看怎麼定義，像是很久以前蔣介石審定《荒漠甘泉》這種也可以說是總統的書評。有學者考證過，老蔣把這本美國基督徒寫的靈修書改成他想要的樣子，連引用的聖經句子都調整過。至於蔣經國，他手下的情治單位派人到美國刺殺《蔣經國傳》的作者江南，妳也可以視為一種極致形式的書評。所以不要小看評論者喔。」在場都笑開了。

阿哲追加一句：「原來羅蘭．巴特說作者已死是真的！」

歐弟補充：「其實高總統書評引用的前捷克總統哈維爾，年輕時就常常寫劇本、寫評論。」

吳老師接著：「還有一個例子。二十世紀初，美國的老羅斯福總統某天讀美國作家厄普頓．辛克萊的小說《叢林》配早餐，據說他讀著讀著當場把香腸吐出來。並不是小說爛得讓他吐，而是小說寫了芝加哥屠宰場製作黑心肉品的噁心實況。老羅斯福不僅寫了公開書評讚揚這本小說，還派人調查，推動食品管制法案。這應該是比較接近的例子。」

「老師覺得高總統的書評寫得如何？」阿哲發問。

「我想先聽聽大家的想法。」吳老師把球丟回給其他人：「元元，抱歉剛才打斷妳了，再說說？」

「高總統以前讀過臺文所，年輕時寫過一些評論，本來就算專業人士吧。這篇書評，應該算中規中矩，像是解讀『新大陸』的兩種意涵啦，兩個夢的對比啦，角色的隱喻啦，都有到位。」

阿哲插話：「有點像政令宣導吧？一直臺灣因素、臺灣因素的，有點煩。」

「是沒錯啦，這篇是有點藉機向民眾喊話的意味。可是總統說的沒錯啊，我們在國際上的地位就是這樣，他身為總統總不能太超過嘛。如果他盛讚這本書，那就有酸民要說『圖利特定廠商』、『互捧ＬＰ』這種話。如果他批判這本書，就又有人要罵總統小鼻子小眼睛沒肚量打壓異己什麼的。」

大立表示：「不管被總統稱讚還是痛批，書都會大賣的吧。」

「有嗎？我倒覺得現在追著看總統的紀錄片影集的人才叫多。」佳玲說：「我大概花了三、四天努力讀完這本小說。現在出版社都在做電子書，我實在不習慣，那個翻頁只是在螢幕上點一下，無法知道自己看了多少分量。我知道可以查看閱讀進度百分比，可是那種感覺就是不太一樣。我覺得紙本書比較適合我，有時候一本很厚的書讀完，你感受那重量，拿在手裡掂一掂，會覺得好像完成一件了不起的事。好像對哪些段落在哪些頁數也比較有印象。」

「電子書比較環保嘛。畢竟我們只是來借住一段時間，盡量不要破壞人家原本的環境。」

大立說，「說真的，總統那個影集滿好看的，比小說容易看。」

「你們不覺得，那個影集就是比較高明的置入性行銷？這個總統搞不好是臺灣史上最會利用媒體營造形象的政客。我個人是有點懷疑啦。而且想也知道，影集哪可能把真正的細節、衝突呈現出來？都嘛經過剪接、編輯的，不然哪有那麼戲劇，每集都能有個主題還有個清晰的敘事線，讓觀眾看到政府施政過程的作為和考驗，讓你不小心都同情起政府了。你各位，不要太相信表象。」阿哲議論起影集，「我不是說那都騙人的，那裡面一定有一部分真的，但也有一部分是虛構的，只是我們不確定分別是哪部分。」

吳老師嘗試拉回討論：「我們先聊完小說，晚點有時間再來討論影集。老李你請說。」

「剛才歐弟幫大家解析了小說的結構，很有一目瞭然的感覺。不過我有個疑問是，小說常常提到『哥倫布大交換』，Colombian Exchange，這個詞，有什麼特殊含意？」

「這個是美國學者克羅斯比提出的概念，指的是哥倫布在一四九二年『發現』美洲新大陸後，造成生態環境的改變。這個學者不從一般以帝王將相為主的歷史或者所謂地理大發現造成全球社會、經濟、文化變動的觀點來看，而是從生態史的角度來檢視。簡單說，就是從那之後，歐亞大陸和美洲大陸這兩個隔絕區域的生物、農作物，以及肉眼看不見的細菌、病毒等微生物，隨著大航海時代開始大規模頻繁交流，完全改造了我們的世界。」

「還有就是美洲人沒有天花、霍亂、流感的抗體，這些疾病造成他們人口銳減。反過來，美洲也讓這些歐洲人得了梅毒，還讓他們開始學會抽菸。」

「謝謝小林補充。沒錯，這個理論後來在賈德．戴蒙的《槍炮、病菌與鋼鐵》發揚光大。我想作者大概是想拿兩地居民互換的狀況來比擬哥倫布大交換。我們可以稍微推想得遠一點。哥倫布的歷史定位雖然有爭議，但他的航行確實影響後來五百年的世界。不過我們要到克羅斯比，才算注意到，其實所謂的大交換有著好幾層的加密。也許作者在暗示，美國和中國的住民互換——或者你可以直接套用到臺灣與古巴——這背後也有著我們現在無法察覺的加密訊息。我們可能要過一段時間，才能慢慢領悟其中的訊息。」

小林追問：「老師對小說寫到什麼66號公路的『黑耶穌』這種都市傳說，怎麼看？我不太懂這跟其他故事線有什麼關係。這也是作者在『加密』？」

「這可能是作者在加臉書、加Line。」大立插了玩笑話，但其他人沒什麼反應。

「關於黑耶穌，我猜跟美國黑人的長期處境有關。」歐弟試著答覆：「就像有考證說，耶穌應該是出身底層，不識字，從小地方到城市討生活，目睹當時社會的不公不義，掀起一場社會以及信仰革命。這當然跟他們的救世主彌賽亞傳說有關。每隔一段時間就會有人扮演救世主發動改革，耶穌可能只是其中一個，但卻是影響最深遠的一個。從這個原型來看，黑耶穌指的是可以帶領黑人邁向解放的救世主。據說黑耶穌的形貌並不固定，有時綁著麻花辮子頭、蓄口字鬍像個饒舌歌手，也有說看起來像籃球員麥可．喬丹，有人遇上胖胖的爆炸頭黑人女性，還有一個穿得像漫威那個來自瓦干達的黑豹。小說寫到許台生在那趟一個人的公路之旅，遇上理著平頭，眼睛大而突出，門牙縫開開的闊嘴中年黑人男性。許台生問他有沒有讀過黑人作家塔納哈希．科茨（Ta-Nehisi Coates）那篇〈對一位黑人總統的恐懼〉。那黑人笑著回說，有啊他寫得不錯，很有力量。針對歐巴馬總統在種族議題的兩面性展開論述。尤其科茨從『黑人總統的代價』叩問起，透過種族歧視的時事案例，一層一層推展到黑人群體的當代命運，引起廣泛回響。那黑人說，科茨出身混亂巴爾的摩西區街頭，能成為一個作家，滿難得的。許台生又問他，有沒有看過以巴爾的摩為舞臺的美劇《火線重案組》。黑人說當然。它絕對是美國史上最佳影集。因為它真實呈現巴爾的摩的黑人生活，讓畫面沒那麼白。他們笑著隨口聊一些劇情。整段讀下來，他們的對話鬆散，看似隨意漫談，其實都在談論美國黑人處境。我在想，這可能是隱晦地對比後來的美中大交換，以及北美殖民地一開始大量運輸非洲黑奴的歷史。那麼大規模的人口變動，一定會衝擊兩地的生態環境。」

「可是，黑耶穌後來也只是許台生在跟艾達聊天提到而已。活屍大量出現的時候，黑耶穌完全沒現身解救蒼生啊。」小林疑惑。

老李回：「小說本來就不是那麼機械式的因果關係吧。作者也沒必要一一寫出來。」

「有時候，沒有說得那麼明、那麼透，反而會讓人停下來多想一想。我是這麼覺得。」

「同意佳玲說的。我也覺得歐弟的解讀有道理。」元元附議。

「我的話喔，我傾向作者根本沒想那麼多，他就只是想寫而已。沒有特別要說什麼。」阿哲斷言。

「歐弟的觀察很敏銳。我想再提一個點。塔納哈希・科茨是黑人作家中批評總統歐巴馬最銳利的。他倡議美國政府應當賠償黑人長久以來受奴役、壓迫的損失，不僅寫文章也身體力行，糾集多位同志到聯邦眾議院出席關於黑奴後代的聽證會。這有讓大家聯想到什麼？」

「我們的高總統。」吳老師點了點頭，示意元元繼續解釋：「高總統是鄒族人，大家都知道。他的偶像是歐巴馬，大家也都知道。歐巴馬在總統任內，並沒有改變多少美國的種族問題。這會不會讓大家想到，身為史上第一個原住民總統，高總統並沒有對原住民傳統領域問題做出什麼實際行動？」

「不能怪他吧。他一宣示就職，我們就被上帝丟包到一萬五千公里外的地方，這裡連一平方公分的土地都跟臺灣原住民無關。影集有拍，他要處理的事情超多，傳統領域的事，可以等到大家回臺灣再說。」小林顯示他有在追總統的影集。

「我看『百分之二』那集，高總統說過，原住民族是占臺灣總人口百分之二的關鍵少數。因為原住民族的存在，才讓臺灣擁有多元族群價值的面貌。可是你不覺得奇怪，那集拍原住民唱歌跳舞、拍原住民手工藝、拍原住民跟山海的連結，也拍了原住民跟以前古巴原住民的對照，有提到傳統領域爭議，可就是沒拍為了傳統領域抗爭很久很久的馬躍．比吼、巴奈、那布他們？我不是說影集拍得不好，我是覺得有些部分刻意放大，有些部分又過度忽略了。」大立補槍。

吳老師再度拉回討論：「元元說的問題，值得大家多想想。原住民該怎麼看待一位原住民總統？他們會有怎樣的期待或恐懼？也許我們之後找個時間，專門來討論總統的影集。關於黑耶穌、科茨的部分，我想，小說有時刻意留下一些洞給讀者填補，確實不是那麼單純的因果關係，這也如老李、佳玲說的，會讓讀者在某些地方卡住，不那麼輕易看過去。我在猜，許台生遇到的這個中年黑人，在外形描述上，可能暗指黑人作家詹姆斯．鮑德溫（James

Baldwin）。不知大家有沒注意到一個細節？這個神祕黑人在對話中提到科茨之後會寫出一本書，某程度是受了他的影響？就我所知，科茨在二〇一五年出版書信體的話題書《在世界與我之間》，而鮑德溫寫過一本也是書信體的《下一次將是烈火》。科茨說，他想寫一篇讓人幾個小時看完卻幾年無法忘懷的文章，就像鮑德溫那樣。」

「所以我就覺得總統的書評在轉移焦點。愈看愈跟小說沒那麼有關。連活屍那部分都沒提。」

「小說百百款，書評也是萬萬種。總統可能有他的考量嘛，不能隨便爆雷。」

「對啦他有偶包。」

「老師說一下你對總統那篇的看法，很想知道耶。」

「剛剛大家都說得不錯。我只是想岔開來談談評論者。」吳老師喝了一大口冰美式，「一般我會粗略把評論者分成兩種：一種是批判者，對於形式啦內容啦有不同看法，採取比較強勢的辯論，甚至有指導姿態，指出作品應該怎樣、不該怎樣。一種是說情者，不見得同意或者贊同作品，而是比較柔軟地詮釋、解讀，打開更多討論空間。有時可能會給人想太多、扯太遠的感覺。評論不見得要明確給出好或壞的評價，重點在於判斷。從這個角度來看，我們乍讀這篇書評，不太容易知道總統的明確評價是什麼。但他有沒有做出判斷呢？」

「說真的，我覺得總統是借題發揮。他就是拿別人的小說，說自己想講的話。這樣不是有點不尊重作者？」

「照老師說的，這篇看起來比較像是說情者那種評論吧。至於判斷在哪，好像看不太出來。」

歐弟說：「也許我們可以跳出來看？總統近幾年時常在自己的Podcast推薦一些書，不過都是用講的，如果用寫的多半只有兩三句讚美的話，套用在哪本書都可以。我剛查了一下，他上次發表公開書評是當立委之前，超過七年了。我的意思是，總統沒必要寫書評，這不是他的工作。搞不好他發了這篇書評，還有人要罵他不務正業，放著工作不做去看小說，居然還有空寫書評。」

「那個，他的臉書專頁已經被灌爆了，那篇底下超過一萬筆留言。」

「謝謝補充。我想說的是，光是總統決定要寫書評這件事本身就傳達了他的判斷。」

「不好意思，我還是不太明白。他到底判斷了什麼？」

吳老師接過話：「歐弟說得很好。寫這篇書評本身就是一個判斷。他可能認為值得回應，也不排除有藉這個機會向民眾喊話的成分在，但總之他就是寫了。其中談論到美國和中國關係的部分，不免讓人捏把冷汗，畢竟他是臺灣總統，有時把話說得太公開太清楚，反而是給自己設下陷阱，還可能牽連到其他政府單位。他的傳記作者說，總統常常拿歐巴馬總統引以為鑑。他舉的例子是歐巴馬在二〇一二年關於敘利亞動用化學武器問題的『紅線』。歐巴馬當年在回答記者提問時，明確說出敘利亞動用化武是跨越美國畫下的紅線，美國將會盤算以武力回擊。但事實上，美國根本還沒擬定應對策略，不管是嚇阻、外交手段還是出兵，完全沒有定案。但歐巴馬這麼一放話，其實就限縮了處理危機的空間。這不僅影響美國在中東的威信，影響到其他盟友國家的態度，也導致後來歐巴馬自己在國內的信任危機。因為一年後，敘利亞軍隊真的使用化武攻擊大馬士革的反抗軍，造成一千四百多個平民死亡。所有人都以為美國即將出動軍隊。但歐巴馬政府向國會請求授權採取軍事行動，國會和民意卻強烈反對動武，最終沒有出兵干預。這個事件造成歐巴馬失去民眾的信任：他說敘利亞越過紅線就要打，結果根本沒打。媒體、輿論趁機塑造歐巴馬軟弱的形象，好像他說話不算話，不夠強硬，丟了美國的面子。扯得有點遠了，不過，從這個例子可以佐證，總統寫書評可能是一個徵兆、一種加密訊號。」

「老師指的是總統在文章裡說『法理獨立』不可行嗎？」

「我們無法確定總統全部的真實想法，只能推敲。他寫法理獨立不可行的部分，可能會激怒一些極端臺派，也可以說是就小說論小說，看你從哪個角度講。不過既然他明確提到米爾斯海默，他應該對這個學者提出的『攻勢現實主義』（Offensive Realism）理論有基本瞭解。攻勢現實主義認為，國際體系有三個特點：第一，國家之上沒有更高權威，所以國與國之間就是一種無政府狀態。第二，所有的大國都有攻擊性的軍事實力，也可能會彼此打擊。第三，沒有國家可以確切知道其他國家的真實意圖，更不可能知道國家未來的意圖是什麼。綜合起來看，米爾斯海默又說，任何一個大國一定都會追求更大權力、更高位階，成為區域霸主，而且不容許其他挑戰者。按照這個理論來檢視我們當下，大概可以推論出：臺灣身為美國盟友，換到長期與美國為敵的古巴這邊來，對美國來說，是更加鞏固美國在美洲大陸的霸權地位。換到臺灣海峽與中國相對的古巴，本來就與中國關係好，卻威脅到美國在亞太地區的布局，增加中國邁向區域霸主的籌碼。美中形勢因此產生消長，可能落入所謂的『修昔底德陷阱』，就是說，美國恐懼中國崛起的挑戰，兩者終須一戰。美國的惡夢是中國稱霸，而中國夢的實踐必先克服美國。這麼一來，兩強對峙壓力也會落在臺灣和古巴身上。當許多民眾歡欣鼓舞慶祝大交換時，我們總統大概是有苦難言。因為臺灣無法像逃脫大師胡迪尼一樣，變魔術似的掙脫所有國際束縛，愛怎麼做就怎麼做。更何況，我們還跟古巴綁在一起，難度加倍提高了。」

「這大概就是為什麼高總統從大交換以來，不斷宣示我們和古巴人民要一起努力回復本來的生活吧。」

「我們就是當人家小弟的命。」

「目前我們知道兩國在推動回歸的時間表上，至少要耗去一任總統任期。兩國人民、物資在回流的過程中，也沒有關閉邊界，很多其他地方的人都想到大交換後的臺灣和古巴看看，這些都會增加治理難度。許多人似乎都忘了，我們直到現在，超過兩年了，還是處於軟性的緊急狀態之中。」

「這是沒辦法的辦法吧？而且，臺灣和古巴沒有正式邦交，也需要建立互信機制的時間。」

「沒錯。這也許就是那篇書評提到哈維爾的文章，以及全島無力者大會的緣故。」吳老師說到嘴角冒泡，「儘管臺灣和古巴受限於地緣政治，看似受到強鄰的壓制，我們還是可以聯合起來面對『有力者』。如果臺灣掀開國際社會西瓜偎大邊的假面，古巴同樣凸顯了美國的蠻橫霸道。大交換之後，美國完全解除對古巴島的封鎖，甚至大舉援助島上的臺灣人。中國也在號稱基於社會主義的深厚友誼下，撤除大部分面對臺灣島的飛彈。我們有機會跟古巴一起做一些改變。理想上是這樣。不過誰都無法預料，等我們全部回臺灣，局勢還會怎麼變化。面對一個長期問題，我們最好有長期面對、長期解決的心理準備。佳玲妳請說。」

「老師，我有點疑惑也有點好奇，為什麼作者一定要寫活屍不可？」

「為什麼呢？我也沒有確定的答案。一般我們會假設作者這樣寫是有道理的。當然不排除作者就只是想寫出來。不過既然他寫了一整本，他就必須要讓小說的各個環節可以連接起來。小說沒解釋活屍怎麼來的，而是以各種謠言掩蓋，一次拋出像是巫術、寄生蟲、病毒、生化武器、外星人或是人工智慧等等可能，等於是用問號去解釋另一個問號。這就像是我們無法知道大交換怎麼發生，重點在於發生之後我們怎麼應對。小說也是這樣。作者讓習大大感染，使得臺灣總統必須綁架他，以免讓疫情擴散。不論中國、美國是否知道內情，總之臺灣綁架了中國最高領導人，接下來就是大家怎麼來協商、解決。同時兩個大陸上都有活屍在快速蔓延，各國的防疫工作就變成重點。小說明確寫出一些活屍電影的致敬橋段和出處，也提到香港電影裡的殭屍形象，不過根據作者自己說，這是對於二〇二〇年COVID-19全球大流行的一個追憶。這應該就是他寫到臺灣疾管署天天開記者會的理由吧。從國際政治的現實來推想，要是臺灣爆發活屍疫情，中國十之八九會舉著救災名號大舉侵臺。但在小說中，正因為美中互換，總統綁架習大大，無意間把臺灣推向全球焦點，天天在世界大曝光。」

「我們高總統一定很愛。」

「這樣不會被當事人告嗎？裡面除了總統還有很多人都可以對號入座欸。」

「活屍都滿街跑了，小說寫到那麼誇張，大家都知道那是假的。」

「我們從另一個角度看。當年 COVID-19 大流行，一開始歐美國家不當一回事，覺得那是發生在亞洲的事，只要不去亞洲就好。他們對此完全沒警覺。當各地爆發疫情，恐懼是透過更即時、更廣闊的社群媒體炸開，而這種集體恐慌最早以搶購口罩、酒精、衛生紙這類民生物資呈現出來。那時的集體瘋狂，某程度來說也像是活屍。所以活屍也可以看作隱喻，他們渴求人肉、感染力強、成群結隊，群體內的一致性很高。他們像是快速擴張的部落，不斷吞噬或說轉化人類變成另一個物種。在這裡，我們又回到了哈維爾和無力者大會，還有高總統說的『臺灣因素』。小說並沒有讓僅存的人類像是許台生或艾達變成打怪英雄，臺灣也沒有因此變成世界強國。小說只是在一個誇張、戲劇情境下，嘗試維持一種普通感。想要好好活著的是普通人。就像異議人士不是生來就要當異議人士，他們本來的職業是工人、記者、作家、律師、醫師、老師之類的普通人。而臺灣也不是刻意要當個異議者，而是被推擠到那個位置上，被迫扮演那樣的角色。」

「老師，這樣問可能有點白目，你喜歡這本小說嗎？」元元發問。

「我可以跟你們說，能夠拿來討論，有很多發揮空間的，不見得就是好小說。我們常常對真正喜歡的東西陷入解釋癱瘓，只想沉浸在那東西給予的特殊氛圍裡，什麼話都不想說。

這種時候無以名狀，無法形容，那就該保持沉默。」

室內一時靜默。

差不多相隔一秒鐘，內外所有照明中斷，所有眼瞳殘存著餘光，導致眼前的黑暗更濃密。無預警間歇停電。專屬於哈瓦那的日常。畢竟臺北借居哈瓦那的人口多出原先將近一百萬。讀書會現場沒有人發出驚呼，幾道開啟手機的手電筒光芒射出，窸窸窣窣，店主點起幾杯蠟燭，陸續端到桌上。大家的輪廓在微弱燭光中浮現，瞳孔或近視鏡片反射著晶亮。

吳老師反問：「我們討論了那麼多，那你們是喜歡還是不喜歡呢？」

遠處有狗在吠，弱弱叫了幾聲。

拉蒙、阿道弗、埃內斯托
還有切

一九五三至一九九七年

拉蒙．貝尼特茲．費南德茲（Ramón Benítez Fernández）第一次清楚意識到自己的存在，是在一九六五年四月十九日。那時他偕同友人到訪坦尚尼亞，尋求生意上的機會。拉蒙拿的是烏拉圭護照，長年在首都蒙特維多經營瑪黛茶和雜貨進出口生意。不過他是在拉普拉塔河對岸的布宜諾斯艾利斯長大、受教育，直到婚後幾年，才在蒙特維多定居下來。

拉蒙有過兩次婚姻。第一次就發生在他八個月的南美壯遊途中。他出門時跟好友阿爾貝托騎著諾頓摩托車，從布宜諾斯艾利斯往南邊的巴塔哥尼亞地區繞一圈，再往上越過智利、祕魯、哥倫比亞、委內瑞拉，回到家門時渾身髒兮兮像個流浪漢的拉蒙卻牽著伊爾達的手。拉蒙的父母多少有些不能接受，覺得拉蒙根本還是個大孩子，沒仔細思考過家庭，就跟個印第安人和中國人混血的祕魯女子結婚。這與他們貝尼特茲家、費南德茲家的傳統都不符合。這兩支家族分別來自巴塞隆納和紐奧良，信奉天主教，十八世紀中就先後在分隔阿根廷和烏拉圭的拉普拉塔河周邊定居，在彭巴地區擁有大莊園，蓄有數百名印第安人和黑人奴工。

拉蒙出生的一九二〇年六月二十五日前後那段時期，他的父母靠著家產，出入上流階層的夜總會，有時到海岸邊的帆船俱樂部。彷彿他們唯一稱得上的工作就是跟許多人喝酒玩樂，買車、買船、玩相機、看拳擊比賽，偶爾聽信哪個朋友的話，投資誰的貿易公司，以各種方式消耗金錢。拉蒙成長於阿根廷景氣的高峰期。那個年頭，阿根廷的經濟成長率跟加拿大、澳洲相提並論，生產出口的冷凍肉品、玉米、燕麥、小麥等都高居世界前三。小拉蒙在優渥的家境中，跟著四個弟弟妹妹，一起和只知道花錢的父母，度過彼此人生最穩定的十年。一九二九年的經濟大恐慌，衝擊了阿根廷的政局，隨即進入軍人專政的年代。接著是一九三九年德國入侵波蘭，第二次世界大戰爆發，導致阿根廷主要出口的歐洲市場需求萎縮到瀕臨經濟崩潰。拉蒙整個大學四年時光都籠罩在世界大戰遠遠投射出來的陰影，儘管他是在布宜諾斯艾利斯而不是布拉格。做為一個不怎麼用功的經濟系學生，他也曉得市場彼此連動，而像阿根廷這樣以出口為主的農業國家，只能自求多福，尋求發展多樣化的輕重工業路線，盡量避免受制於外國。一九四二年夏天畢業後，他跟同學阿爾貝托規劃了一趟南美洲的摩托車之旅，打算沿路好好看看這塊被詛咒的大陸。

拉蒙那時不寫日記也不拍照，導致他整趟旅程下來，許多感受、印象糊成一團，僅僅有些畫面、各種口音的西班牙語通過記憶的篩子留下。他記得最清楚的一段是在祕魯的庫斯科（Cuzco）。他在那裡認識了從聖馬可仕大學放假返鄉的伊爾達。那個下午，拉蒙頭昏腦脹的高原反應，令他在海拔三千三百公尺的城市舉步維艱，身旁的阿爾貝托卻像沒事人一樣悠哉閒晃。他們穿行在多明哥教會，扶著印加帝國遺留的太陽神殿石牆，想像當年洗劫這座黃金宮殿的皮薩羅軍隊。拉蒙說，我耳邊嗡鳴的聲音，搞不好是當年陷入火海和屠殺的克丘亞人陰魂不散。阿爾貝托說，如果是的話，我想那就是高山症弄壞你的腦子。拉蒙從口袋拿出氣喘吸入劑，試圖平緩，卻沒有什麼作用。阿爾貝托自顧自逛遠了，他靠牆坐在地上喘息。忽然一隻手伸到眼前，掌心是一撮葉子，她要拉蒙張嘴咀嚼這些葉子，不要吞掉，嚼爛葉片磨出汁液，等到全乾再吐出。逆光裡，拉蒙瞇著眼看看這個矮壯的濃眉黑髮女子，照著指示咀嚼，竟然慢慢從體內升起一股說不清的能量，逐漸消除他的不適感。阿爾貝托回來找他時，他們已經有說有笑，準備一起到她家裡吃飯了。盤桓幾天後，他們陪伊爾達一同到利馬，順便讓她帶著在城裡四處走走，認識她的朋友。就在那段期間，拉蒙和伊爾達許諾了彼此。日後他們提起這段往事，阿爾貝托總說伊爾達是在世界的肚臍眼撿走拉蒙。

他們回到布宜諾斯艾利斯不到三個月，六四政變發生，隨後幾年，阿根廷的政局充滿戲劇起伏的詭譎，直到一九四六年裴隆當選總統，確定了不走資本主義也不走社會主義的第三條道路，也就是所謂的裴隆主義路線。拉蒙的父親非常厭惡裴隆，他認為裴隆就是個法西斯，靠著中產階級的支持，鼓吹工人不斷侵蝕他們的資產根基。拉蒙非常清楚這種厭惡的根源，來自於裴隆推動工業化的政策，不斷擴大社會福利的趨向。像他們家族這種依賴農業、畜牧產品出口的體質，如果沒有妥善投資分散風險，只能慢慢被專注在工業的政府拋在一邊了。他父親不止一次冷笑著說，看著吧，好戲還沒來呢。拉蒙與伊爾達婚後生了女兒，之後就藉口在市區另找房子。伊爾達從來跟他父母不合，她總覺得他們看待她的眼神就像在看一個印第安女僕，不配踏入他們家族大宅。拉蒙一直覺得沒她說的那麼嚴重，卻也只能從旁安撫。有次晚餐，拉蒙的父親再次提起批評裴隆政府的話題，順帶嘲諷了總統夫人艾娃說話像個妓女，認為給婦女參政權根本是個錯誤。伊爾達忍不住反擊說，沒有女人你可能連點火煮湯都有問題呢。看來艾薇塔沒說錯嘛，很多人還沒意識到自己從窮人那裡偷走了多少東西。伊爾達說完離席，留下一臉尷尬的拉蒙。那幾年，拉蒙到處找機會投資，其中一次跟朋友找了兩百公頃的地種瑪黛茶，成立加工廠，打算仿效立頓茶包分裝成小茶包出售，不做傳統茶葉包裝。拉蒙做著立頓茶包行銷世界的夢，結果合夥朋友捲款，逃得不見人影，只剩下蓋了一半的廠房，訂購的風磨、烘製器材還在送來的半路。

一九五二年，總統夫人艾娃過世後，伊爾達狼狽擠在幾萬群眾行列，前往瞻仰遺容。她告訴拉蒙，準備離開布宜諾斯艾利斯，她不認為裴隆沒了艾娃以後有辦法繼續掌權。伊爾達帶著三個孩子跨過拉普拉塔河的對岸，在蒙特維多的舊城區獨立廣場附近找了房子住下。在伊爾達和許多人的眼中，烏拉圭政經穩定，擔得上「南美小瑞士」之名。拉蒙就這樣度過好幾年往來兩座城市的日子。

拉蒙沒放棄瑪黛茶。他認為小茶包可以免去使用傳統沖泡的吸管喝法，不用處理滿壺的茶葉渣，看起來賣相更好。他努力走訪中南美各地城市推銷，尋找在地經銷商和通路。一九五三年八月二日，拉蒙的「航海日記」寫著：

據說史蒂文生的《金銀島》就是在寫古巴的松林島。我相信「綠黃金」在這裡也會找到顧客的。晚上在哈瓦那的上海夜總會，有個自稱跟巴蒂斯塔總統很熟的人說，他可以幫我引薦相關人士。那人嘴裡都是蘭姆酒的臭味。我聽到他們在聊二十六號清晨有一群暴徒試圖攻打東邊聖地牙哥的蒙卡達軍營。聽說是學生、流浪漢、農民組成的烏合之眾。他們很快遭到政府軍擊潰。

拉蒙待了幾天，見到一些人，離開哈瓦那往海地的太子港、多明尼加的聖多明哥探路。他認為瑪黛茶應當人人喝得起，不管是窮人或富人，瑪黛茶都一樣會在熱開水中慢慢滲出獨有的甘苦風味，每個人嚐到的茶都一樣平等。這是真正的無產階級飲料。這趟業務拓展之旅收穫不多。他飛回到布宜諾斯艾利斯的父母家待上一星期，再到蒙特維多看伊爾達和孩子們。那一年年底左右，拉蒙讀到一本名為《歷史將宣判我無罪》的小冊子。那個率領一幫匪徒攻擊蒙卡達軍營的首腦原來是個律師，整本小冊子的內容就是他的自我辯護演說。在這份滔滔噴湧的辯護辭中，這個年輕律師先是以被告所受不人道待遇為例，質疑了政府審判的合法性與正當性，接著質疑政府和起義者的倒錯角色，質疑當局不公開審判的理由。這個年輕人甚至說了攻打蒙卡達軍營的全部始末，包括他們怎麼計劃、人員配置、武器數量，以及怎麼落入失敗。他不斷引述古巴歷史的抗爭先例，他說到奮力追求自由的人民就算手上只有石頭，也會毫不畏懼扔向飛機和坦克。他反覆陳述巴蒂斯塔在三月十日的政變，非法竊取了統治古巴的權力。他逐一指陳、分析古巴當前諸如土地、住房、工業化、教育、醫療、失業等重大問題，批評美國大財團的作為，並且提出解決方案。他細數巴蒂斯塔的罪行，拿來與西班牙殖民時期互相對照。他描述聖地牙哥的平民如何受到無辜牽連的悲劇，述說戰友們和眷屬受到怎樣的欺凌虐待而死。他的腦子記得所有精確的數字，法條、事件年分、失業人數、財團收入、死傷戰友人數。他一個一個拿出來探討論辯。那些都像激情四射的子彈，一發一發打向巴蒂斯塔的政權。拉蒙讀著讀著，不免想，這豈止是古巴的故事，這也是墨西哥、尼加拉瓜、瓜地馬拉、哥倫比亞、祕魯、智利、玻利維亞的故事，這是整個拉丁美洲的故事。這本宛如革命宣言的小冊子結束於這句呼告：「判刑吧。沒關係。歷史將宣判我無罪。」拉蒙此後只要碰到古巴的消息，總會多看幾眼。

裴隆政權在一九五五年垮臺後，保險起見，拉蒙逐漸把事業重心遷移到蒙特維多。拉蒙跟伊爾達漸行漸遠。他更加投入位於市區七月十八日大道的瑪黛茶經銷點，就這麼跟祕書亞萊伊達在一起，過起雙重生活。

一九五六年一月二日：

老爹厭惡裴隆。伊爾達厭惡老爹。永無休止的鬧劇。就像阿根廷的現狀一樣無解。我現在才注意到，古巴那個雄辯的年輕人去年已經獲得特赦出獄，聽說去了墨西哥市。或許下個月到墨西哥可以見見他。

A是個體貼的姑娘。可惜她有時要得太多了。

一九五六年二月十六日：

到訪F的訓練營。我們像是認識二十年的老友。從他的小冊子一路聊到不遠的未來。他說去年到美國募集行動資金，宣布今年一定行動，不自由便成仁。我允諾援助五千美金。他非常高興，還說下次要介紹他們隊裡的阿根廷人給我認識，以前在布宜諾斯艾利斯讀過醫學院。阿根廷人的太太昨天生了女兒，雖然說不想缺席訓練課程，還是決定留在家陪他們一天。

一九五六年六月三十日：

一下飛機，就得知F十天前因「交通違規」被捕。訓練營地幾天內被一網打盡。卡洛斯說正在找聲援團體，在報紙、廣播電臺、雜誌尋求民眾支持。古巴人也會在獄中絕食抗議。但願有效。

一九五六年七月二十五日：

好不容易見到F。他昨天出來，還在營救困在裡面的兩個阿根廷人。我跟他說，我也會找阿根廷大使館那邊的朋友想辦法。再度資助他五千美金。他說這筆錢有三個用途：買武器、買船、買通墨西哥警察。

一九五六年十一月二十三日：

F在古巴的報紙公開說，若是巴蒂斯塔兩週內不下臺，他將「保留掀起一場革命鬥爭的權利」。這什麼律師用語。

聽說F買的二手遊艇狀況不佳。這麼大張旗鼓宣戰是否正確？或許F有他的用意。

A說下午我外出時，伊爾達帶著三個孩子來辦公室。她們之前就見過幾次，但她覺得伊爾達看她的眼神有點奇怪，像是知道了什麼。我安撫她別想太多。她焦慮時就猛抽菸。今天她抽掉三包菸。我親吻她的時候，整張臉和頭髮都沾滿煙味。她說我的三個孩子都很乖。五歲的小兒子跟我很像，頭髮還比我多一點。

一九五七年一月二十日：

古巴方面似乎有所進展。

未知F等人的生死。

一九五七年三月一日：

美國記者赫伯特．馬修斯在《紐約時報》發表關於古巴起義的報導。連續在二月二十四至二十六日刊出。

F還活著。

一九五七年三月三日：

接到F在一月十八日寫來的信。他們出發後的歷程相當不順利。塞著八十二人部隊的格拉瑪號在海上漂流七天，飲用水、物資全部消耗殆盡。遲到兩天後的深夜登陸，隨即被政府軍機襲擊，躲進一片沼澤區。陷在泥淖中幾小時後，短暫在甘蔗田裡稍作歇息。中午，政府軍的輕航機出沒偵察，在那一帶到處盤旋，大概五點響起第一波掃射。散開的隊伍各自想辦法保命。F匍匐在甘蔗田內，頂上是飛機低空劃過的轟隆聲和氣流，他趴伏著，緊握著槍，等待夜幕降臨。那個當下，他能指揮的全部兵力包括他自己只有三人，全部武器就只有兩把步槍和一百二十發子彈。大批政府軍在逼近，躲在不到一公尺高的甘蔗田裡，F彷彿看見兩年多來的努力全部化為烏有。他們躲過飛機掃射，不斷在甘蔗田、荊棘叢裡轉移位置。

F說，當他趴在甘蔗葉底下，保持扣著步槍板機的姿勢，半空中始終有著蒼蠅般揮之不去的偵察機。長時間不動，十天累積的疲倦突然洶湧襲來，他睏極了。非常想就此睡去。他說一打瞌睡，他就側過身子，雙腿夾緊槍托，槍口頂著下巴。他想著，要是有把手槍就好了，可以輕鬆拔槍，看是要射向敵人還是自己。他大概睡了三小時。直到兩星期後，他才跟勞爾的小隊會合。總共只有七支步槍。

他們在一月十七日凌晨打下第一場勝利。這場戰役是進攻馬埃斯特拉山的拉普拉塔河口的軍營。他們獲得比全部人員還多的武器。F希望位在南方另一條拉普拉塔河畔的我，一同舉杯慶祝。

一九五七年五月四日：

F率領的游擊隊在馬埃斯特拉山區一帶移動。整個「七二六運動」，分成山區派和平原派，也就是游擊隊與城市兩邊的行動。他們彼此之間似乎有些溝通問題，也無法理解各自的戰略概念。沒人知道會如何演變。拉丁美洲對失敗的起義相當熟悉。很多失敗的烈士留下名字，更多是沒有名字的犧牲者。難道我們不配成功一次？

F說，我的瑪黛茶在游擊隊裡頗受好評。他們游擊隊裡的那位阿根廷醫生從小嗜喝瑪黛茶。據說他在隊裡的綽號就跟我的品牌名稱一樣。F開玩笑說革命成功後，游擊隊就會是我最好的品牌廣告。

一九五七年五月十八日：

在墨西哥市見卡洛斯。他說有幾個同情革命的美國大兵脫離關塔那摩海軍基地，主動加入游擊隊的行列。

美國播放了一支關於古巴游擊隊在馬埃斯特拉山的採訪影片。據說迴響熱烈。應該可以振奮游擊隊的士氣。

一九五七年七月十三日：

昨日古巴許多報紙刊出「馬埃斯特拉山宣言」。看來F聯合各黨派、團體，以建立統一陣線的想法得到實踐。宣言提到不少關於未來的政治藍圖，基本上跟F當年的自我辯護所說的方向一致。宣言明確指出：「讓所有的人都明白政府宣傳馬埃斯特拉山的情形（與實情不同）。馬埃斯特拉山已經是一個象徵自由的牢不可破的堡壘，已蔓延至全國同胞的內心深處，而且從這裡我們知道如何實踐人民的信仰和信心。」在布宜諾斯艾利斯，爸媽仍在抱怨。經濟狀況不好，通貨膨脹上升。

拉蒙看到一九五七年十一月，報刊出現名為「邁阿密協定」的聯合宣言，卡斯楚等人的「七二六運動」不在其中，卻有參與「馬埃斯特拉山宣言」的人與軍方代表簽字。內容也跟前一份宣言完全相反。拉蒙身為一個外國人，多少有點被古巴國內的派系、陣營迷惑了。他重新想過一遍，回到初衷，其實就只是支持一個敬佩的朋友而已。他既不用從事任何危險行動，也毋須遠赴馬埃斯特拉山區打游擊戰。他只不過是以迂迴的管道捐助一些自家茶包、藥品補給。他應該要慶幸朋友活過了一九五六年的考驗，並且即將跨過一九五七年。

整個一九五八年，拉蒙沒有接獲任何來自菲德爾的信。他的默默贊助仍在持續，他也陸續從各種消息管道推測游擊隊的革命行動有所進展。這到底是古巴人民的事。一九五八年四月九日古巴大罷工遭到政府軍隊血腥鎮壓，拉蒙本以為革命士氣可能受到嚴重打擊，甚至瓦解。沒想到游擊隊愈挫愈勇，連九月的猛烈颶風都無法阻撓他們。游擊隊一路向西，攻克中部大城聖塔克拉拉，哈瓦那市區的七二六運動成員群起響應，東部的聖地牙哥也順利拿下，巴蒂斯塔在新年元旦凌晨搭機出逃，菲德爾則在一月八日乘坦克進入哈瓦那。拉蒙聽聞古巴革命成功的消息，是在蒙特維多的辦公室聽到廣播新聞。他覺得有些不真實，本以為至少要抗爭三、五年，竟然兩年多就完成了。他有點暈眩，覺得窗外的陽光過於刺眼，海邊吹來的風似乎有些清涼。

他立即聯繫所有拉丁美洲經銷點，品牌全系列瑪黛茶都舉行為時一個月的折扣活動。

六年後，拉蒙在飛往坦尚尼亞的旅程中，與埃內斯托談起革命與折扣。他們點起雪茄，請空姐幫忙泡來兩杯瑪黛茶，隨意聊著。

革命後的古巴非常戲劇。內部派系紛擾、大規模土地改革、美國企業全部收歸國有、大規模掃除文盲運動、豬玀灣入侵事件、導彈危機、美國持續經濟封鎖等等。根據統計，一九六一年十一月到一九六三年一月，全國發生五千七百八十次恐怖攻擊，其中七百一十七次是針對工業設備。這些攻擊造成三千五百多人受傷，兩百三十四人死亡。

埃內斯托說，這些都是革命的代價。當然，我們一開始並不知道需要付出這些。

拉蒙說，這麼說好了，我在各個城市賣瑪黛茶，得認識幾個當地關鍵的經銷商，這樣我的茶就可以出現在各地商店的架上。我開店賣瑪黛茶，是面對顧客一盒一盒銷售出去的，同時還得跟外面十個牌子競爭，我的事業叫做「零售」。你們的事業呢，叫做「批發」。但這兩件事並不衝突。我的種植園在彭巴草原，採下的茶葉運到我們的工廠製作、包裝，我們在各地建立了一些銷售據點，但更多跟各地的經銷商合作，讓他們鋪貨到商店。你現在到非洲做的事，其實就跟我差不多。你也必須找到可以合作的在地伙伴幫忙你。只不過你們販售的是無形的觀念，存在腦子、在心裡面的想法。這可不像茶葉、珠寶之類的東西，大家看了馬上在心裡有個估價。你賣的概念，大家還不知道怎麼估算。

他們抵達三蘭港，入住旅館，埃內斯托隨即投入他的準備工作。拉蒙陪他在城裡四處探索，在等待其他隊員會合前，他得蒐羅可能需要的設備和物資。他們一同買妥船、卡車、吉普車。埃內斯托準備在二十三日組織一支十四人的隊伍，開車橫越坦尚尼亞之後搭船渡過坦干依喀湖，預計隔日與剛果東部的反抗游擊隊碰頭。拉蒙自己在三蘭港隨意溜達。在這座靠著印度洋的城市，他低聲念著斯瓦希里語的城市名字 Dar es Salaam，在這所謂的和平之地，他感受到潛藏在殖民建築、天主堂、清真寺和魚市場底下的隱隱騷動。這是他第一次到非洲。他本以為拉丁美洲夠駁雜混亂了，這裡則是另一種混沌不明，似乎所有氣味、顏色全攪拌在一起緩慢烘烤。他不免擔心起埃內斯托的正直、理想和國際主義，終究會被吞噬殆盡。這裡恐怕無法批發革命，也沒有瑪黛茶的零售空間。

拉蒙再回到三蘭港，已經是八個月後了。他在古巴駐坦尚尼亞大使館內見到埃內斯托，幾乎認不出他。

拉蒙說，你瘦了很多。頭髮、鬍子長了。

埃內斯托說，我失敗了。現在居然還有五十公斤。

埃內斯托的眼角笑紋刻得更深，略顯疲態。他簡述這些日子的行動，彷彿連回想都覺得痛苦。他說好不容易能以斯瓦希里語數到一百了，還是無法跟剛果的隊員們溝通。他不知道斯瓦希里語的革命該怎麼說。他們待在駐紮營地，看著散漫、慵懶的剛果人晃來晃去，打帶跑越過大湖到坦尚尼亞嫖妓、喝酒。他似乎是專門到那裡治療那些剛果人外出得來的性病。沒人聽得懂西班牙語。只有幾個聽得懂一點點法語。而Revolución（西班牙文，意為革命）這個詞不管是用法語還是英語，就跟那些矗立在三蘭港的殖民建築一樣：他們只能從旁走過，完全進不去。

埃內斯托笑說，結果我們哪都沒去。在剛果的生活倒是滿足了我的兩大需求：我總是隨身攜帶菸草，不斷大量閱讀。當我在茅坑狂瀉不止的時候，我竟然想起吉力馬扎羅山那隻凍僵風乾的獵豹屍體。

拉蒙說，海明威？

埃內斯托說，對，我手上沒他的書。對那篇小說的印象也只有開頭關於獵豹的描寫。後來我就一直想，那隻豹到底要到那麼高的山上找什麼。

拉蒙說，找什麼？

埃內斯托說，不知道。也許就跟我跑來剛果一樣。海明威的小說我沒讀過幾篇。我知道菲德爾讀《戰地鐘聲》不止三次。他甚至拿小說關於游擊隊的描寫當作後來打游擊戰的預習。革命後他們見過幾次。我們忙著處理豬玀灣入侵的後續，那老傢伙就在美國開槍斃了自己。

拉蒙說，菲德爾希望你回去。他的原話是「在這裡不可能做這件事。你必須回來。」他說這不是命令，只是勸你。

埃內斯托說，我知道。但我得先想想。何況我還在修訂我那本革命戰爭回憶錄呢。

拉蒙說，你知道，菲德爾認為這裡沒有開展的條件。我們努力過了。他希望你撤回去。

埃內斯托說，在我那本討論游擊戰的小書，我說了，不需要等到啟動革命的條件齊全。起義就能創造那些條件。我也說了，游擊戰士的最佳年齡在二十五到三十五歲之間。我已經三十七歲了，得好好思考身為游擊戰士的未來。

拉蒙說，但你不是也說游擊戰士最好是當地居民？

埃內斯托說，你知道的，我的最終目標就是回到阿根廷發動革命。只是在這之前，我必須到任何可能的地方點火，創造兩個、三個或更多個越南。得先讓美國忙不過來。

拉蒙說，怎麼打算？

埃內斯托沉默，深深吸了一口雪茄，接著一陣劇烈咳嗽。拉蒙遞上自己隨身攜帶的氣喘吸入劑。埃內斯托又吸了口雪茄，看看拉蒙手上的吸入劑，再看看拉蒙。

埃內斯托邊接過吸入劑放進口袋邊說，今年三月中我結束三個多月的出訪行程回到哈瓦那，下飛機後我直接去見菲德爾，在他的別墅待了兩天。我們談了很多很多。關於過去，現在，以及未來。他試圖要說服我，我也嘗試要說服他。你可以說我們之間打了一場思想戰爭。最終他還是願意支持我按照我的想法去做。這才會有那場飯局。記得吧？那晚，菲德爾邀來勞爾、我的太太和女兒，結果他們沒發現我跟你中途調換。他們從頭到尾都以為在跟同一個布宜諾斯艾利斯來的商人吃飯。菲德爾像個惡作劇的男孩，忍不住笑。

從哈瓦那出發到剛果那段路程，所有人都以為我是你。那是我最輕鬆的時光。我大概只需要煩惱瑪黛茶的收成狀況，蒙特維多的妻兒，布宜諾斯艾利斯的父母。想像我是一個烏拉圭小商人，可能過著怎樣的生活。也許常常在七月十八日大道某家酒吧喝一杯。想到後來，覺得這樣的生活自然有它平凡瑣碎的可愛之處，只是不太適合我。

拉蒙說，或許吧。

他們一起從三蘭港移動到布拉格，寄居在古巴駐捷克大使館安排的隱蔽住所。將近五個月時間，埃內斯托關在房內埋首寫作，整理剛果日記、總結行動的自我批評，撰寫關於哲學、經濟的草稿。這段期間，埃內斯托有時變裝成拉蒙外出，有時刮掉鬍子、換上便服到查理大橋散步，呼吸伏爾塔瓦河邊的空氣。有天晚上他敲了拉蒙的房門。

拉蒙說，看到你，真的就像在照鏡子。你這幾天在房間滿安靜的。看來書寫得挺順利吧。

埃內斯托說，猜猜我昨天跟誰碰面。

拉蒙說，我想想，唔，大概是波特萊爾、但丁還是歌德之類的詩人吧？

埃內斯托說，還活著的。

拉蒙說，聶魯達？奇彥？

埃內斯托說，在馬德里。

拉蒙訝異他居然偷偷去了一趟西班牙。祕密會面對象更是出乎意料。他不敢相信埃內斯托去見了裴隆。這是他們第二次私下碰面。雖然埃內斯托說他們其實沒聊什麼。他說自己不是裴隆主義的敵人，不過他想瞭解流亡十年的裴隆為什麼到現在還有那麼大影響力。也許，日後他回到阿根廷活動，能夠藉裴隆找到一個施力點。他也提到，裴隆警告他，想以玻利維亞為起點，在拉丁美洲發動共產革命是個不切實際的自殺計畫。裴隆勸說，小老弟，你是聰明人，只是有點不成熟。不過我很高興你讓美國佬非常頭痛。

拉蒙到埃內斯托轉述密訪裴隆的此刻，才曉得他的下一步計畫是到玻利維亞。他打算成立一支跨國游擊隊，以玻利維亞為中心輻射到周邊的祕魯、阿根廷、智利、巴拉圭、巴西等等，串聯各國反抗者掀起拉丁美洲大革命。

拉蒙說，這聽起來就像是玻利瓦爾的計畫。你知道玻利瓦爾生前最後的話是什麼？

埃內斯托說，是不是這句：「主耶穌基督、堂吉訶德和我是歷史上最蠢的三個人。」我非常渴望加入他們的行列。

拉蒙對著自己的倒影笑了。他看著埃內斯托的笑臉，像是第一次看到自己正在笑的臉部線條。

他們經過複雜的鐵道路線穿行在歐洲陸地，到莫斯科轉搭飛機回古巴。時間是一九六六年七月二十一日。他們從哈瓦那下機後，直奔比那德里奧的訓練營地。八月時，埃內斯托情商拉蒙訪視他們的營地。禿頂髮蒼的拉蒙，戴著一付玳瑁眼鏡，穿著一身深色西裝，叼著菸斗，踩著油亮的皮鞋，彷若巡視莊園奴僕的主人。隨行的軍官恭敬詢問拉蒙對這支隊伍的想法，拉蒙偏過頭吐了一口煙圈，說：看著就像一群吃屎的。壓抑著不滿的隊員們逐一跟拉蒙握手。拉蒙隨便握過一輪，又說了一次：果然沒錯。你們就是一群軟趴趴的屎。

突然有人驚呼。從另一頭走出了另一個跟眼前的拉蒙一模一樣的拉蒙。大家看看拉蒙，再看看漸漸靠近的拉蒙。有個隊員大笑：我們真是一群吃屎的笨蛋！這位是指揮官，那位才是拉蒙。

埃內斯托在這塊小小的營地，見了菲德爾、勞爾等革命同志，也見了妻子和孩子們。拉蒙遠遠看著這一切，埃內斯托以神似他的模樣，度過在古巴的最後時光。

出發到玻利維亞的最後一晚，菲德爾前來送別。他左手夾著雪茄，翻看埃內斯托的烏拉圭護照念出聲音：阿道弗·梅納·岡薩雷茲（Adolfo Mena González），護照號碼130748。菲德爾看看拉蒙，看看埃內斯托，對這張臉的化妝技術嘖嘖稱奇。他們彼此擁抱後互道再見。

一九六六年十一月三日，有兩個烏拉圭人一前一後來到玻利維亞的拉巴斯。阿道弗入住科巴卡巴納旅館（Hostal Copacabana）三〇四房，拉蒙則在附近的艾爾多拉多旅館（Hostal El Dorado）三〇四房。拉蒙知道他只能陪埃內斯托走到這裡，接下來他們就要分開行動。先遣人員已在大峽谷區的良加瓦蘇河附近選定一處位置隱密的莊園做為游擊隊基地。等待其他成員會合的兩天，拉蒙幫忙在市區採購物資，之後埃內斯托等人驅車往科恰班巴方向南下，預計三天抵達基地。分開前的最後一晚，埃內斯托跟拉蒙一同在八月六日大道的酒吧喝酒。他們兩個都因為高海拔的稀薄空氣，顯得有點乏力。開了瓶阿根廷門多薩產區的紅酒，喝沒幾杯，兩人都有點暈，分不清是高山症還是真的累了，似乎醉得特別快。

埃內斯托說，喝吧朋友。明天開始，我就要頂著你的臉深入世界的角落了。大概要過一個星期我才能拿掉假牙，穿上橄欖綠軍服，要兩個月我的頭髮才會變長。那時候我才會完全變回我。

拉蒙說，下次帶著這張臉到蒙特維多來吧。我想從這個我休息一陣子。換我到別的地方遊蕩。

埃內斯托問，想到哪？

拉蒙回，臺灣似乎是不錯的選擇。很適合把它變成第二個越南。據說從亞松森的地底下直直穿過地心到地球的另一端，就是臺灣的臺北。整座臺灣島從地底下穿過來，大概落在阿根廷的福爾摩沙省和巴拉圭邊界一帶。不久以前，臺灣還被稱為福爾摩沙。這是個有趣的巧合不是嗎？如果到那裡幫毛主席搞垮蔣介石，美國佬應該會氣死。

埃內斯托笑，那我得先活著離開這裡才行。

拉蒙送走埃內斯托後，獨自在拉巴斯市區漫步。他故意到諸如聖法蘭西斯大教堂、穆里約廣場等顯眼景點餵食鴿子。他搭船遊的的喀喀湖，跑了趟聖塔克魯斯，也去了歷史古城蘇克雷，甚至去了波托西礦區。拉蒙遊走在這些高海拔城市始終有些微不適感，有時咀嚼古柯葉也沒用，氣喘處在隨時可能發作的狀態。他站在褪去繁華的礦城，滿是被掏空的寂寥。據說波托西最興盛的時期，連馬蹄鐵都是銀製的。現在放眼望去大小不一的廢棄礦坑，像是一張潰爛的巨嘴，布滿深深淺淺的傷口和疤痕。街上每幢頹圮的殖民建築、教堂都是時間殘留的刻度，生活在此的人可能跟五十年前或五十年後沒有差別。時間許久以前就不經過這裡了。十天後，拉蒙回到蒙特維多，繼續過日子。

一九六七年十月九日星期一下午一點十分前後，準備離開辦公室外出用餐的拉蒙，突然氣喘發作。一向隨身帶著吸入劑的他，這天卻沒有任何一個在手邊。祕書亞萊伊達急忙翻找拉蒙的抽屜，找不到應急藥物，只得送拉蒙到醫院急診。經過治療，拉蒙昏沉躺在急診室的簡易病床上。晚上拉蒙回到家裡，一扭開廣播的新聞節目，就聽到電臺播報埃內斯托的死亡。

那一刻，拉蒙彷彿失去了重量，成了一條在拉丁美洲遊蕩的鬼魂。

拉蒙仍然可以笑、可以哭也會憤怒，他只是常常有點類似靈魂出竅那樣從外面的眼光回看自己。他望著報紙上刊登的埃內斯托死後照片，聯想到林布蘭的油畫，也聯想到那些描繪耶穌之死的畫作。埃內斯托的眼睛和嘴微微張開，像是拍完照後就會立刻站起來離開畫面。拉蒙看著曾跟自己神似的男子，像在面對一道困難的方程式，不知從何解起。

拉蒙當然買了埃內斯托死後出版的玻利維亞日記來看。他想知道他們分開後的狀況。日記從一九六六年十一月七日開始，結束在一九六七年十月七日。六月十日的日記寫著：「我已滿三十九歲，這個應該思索游擊隊員未來的年紀終於殘酷來臨，至少目前我仍『完整』。」像在看一本已經知道結局的小說，儘管在最後一頁，敘事者寫著：「自游擊隊成軍以來，至今已滿十一個月了，情況不複雜，還頗有田園味道。」拉蒙從中得知，埃內斯托與玻利維亞共產黨無法達成共識。游擊隊欠缺後勤支援，沒有農民加入，期間分成兩支隊伍後，長達五個月無法互通聯繫，直到先後被殲滅。拉蒙聽聞玻利維亞政府軍有美國在背後幫忙，不只中情局介入，還有綠扁帽特種部隊前來。拉丁美洲是美國後院。只要有人闖進美國人的後院，他們就會拿槍出來。埃內斯托和菲德爾就是他們最想要的祭品。他們解決了一個，持續施壓讓另一個屈服。

此後幾年，拉蒙像是有誰在幫他過生活。他跟伊爾達離婚，跟亞萊伊達結婚又有了另外三個孩子。他沒有再跟菲德爾聯繫。他回到本來被設定好的商人身分。他的瑪黛茶事業穩定，繼續嘗試投資其他事業，其中最成功的是成衣業。在商會友人引介下，拉蒙參與紡織、成衣的買賣，來自臺灣的紡織品供貨穩定，物美價廉。拉蒙興起一訪臺灣的念頭。藉著推動中華民國與烏拉圭商務協定的考察之名，拉蒙跟著十多位政府官員及商界人士在一九六九年十一月訪問臺灣一星期。他們主要走訪臺北、臺中和高雄三座城市，參觀紡織廠、化學纖維廠和加工出口區。拉蒙在汽車移動間，看窗外的敦化南路街景，沒想到臺北如此整齊乾淨。高樓、車子比想像中多，路面寬闊，兩旁穿行著潮水般的自行車、摩托車。他們一行人入住華國大飯店。幾年前來過臺灣參加拉丁美洲商展的朋友說，晚上要領著大家到附近的酒吧開開眼界，這裡的「奇妮塔」（chinita）[1]非常溫柔喔。拉蒙到西門町的中華商場，放眼望去八座大樓彼此連接，無數店家拼圖似的拼出複雜的圖案。他跟幾個朋友漫步在樓層肚腹，感覺要被各色店招字體和琳琅商品吞沒。布料店、西服店、皮鞋店、餐館、電器行、唱片行，這些店家似乎都在有限的空間內塞進了最大量的產品。總有不同年齡的小孩奔跑、穿繞在天橋、樓梯和走道。拉蒙訝異這個地方的充沛活力，以及雜亂、豐富的城市氣味。晚餐時段，他被周圍燒煤炊飯、大火快炒的油煙熏出眼淚和鼻水，想起之前與埃內斯托隨口聊的玩笑。他站在天橋上，環視周圍的樓面景色，電影看板、漢字霓虹燈、商家招牌，來來往往的人群，難以想像這裡有任何一絲革命的可能。

他們走訪工廠，讚嘆工人們的速度和效率，像一群不知疲倦的螞蟻，不停產出物資。工廠與工廠之間的大片田野，也總能看到農人操作機械收割黃澄澄的稻米。城市與鄉間的距離如此靠近，卻互不衝突。拉蒙第一次在臺灣吃了被稱為「文旦」的柚子，酸甜汁液在嘴中擴散，感覺有點像是葡萄柚卻更為甘美。他大概吃了十個文旦才結束臺灣之旅。回程途中，拉蒙不斷回想臺灣所見，陷入惘惘的困惑。如果蔣介石統治下的人民生活得比我們還要好，他們還想革命嗎？就說紡織業好了。臺灣政府願意大力補貼廠商出口，增加在國際市場的競爭力，不僅拿到大批北美訂單，如今也吃下不少中南美市場。光是這點，放眼拉丁美洲就不見得有政府能長期且持續做到。雖然埃內斯托說的沒錯，我們不能忽視一個那麼大的中國，而將聯合國的中國代表權繼續給予蔣介石政權。他知道埃內斯托一定會站在中共那邊，大力抨擊美國和蔣介石同流合汙，鼓吹著中共勢必要解放臺灣。直到拉蒙降落在蒙特維多卡拉斯科機場，他仍然沒有答案。

一九七〇年三月二十三日飄著毛毛雨的秋日下午，拉蒙偶然在白蘭奎亞達區的大道酒吧（Bar La Vía）喝渣釀葡萄酒。他只有看足球賽的時候會到這區喝一杯。吧檯不遠處有三個男子在低聲交談。他們的談話後來被一名巡警打斷。警察要求他們出示身分證。拉蒙想，大概去年的潘多占領事件讓政府有點緊張。在政府軍警眼中，只要有幾個男人聚在一起，搞不好就是在謀反。雖然大部分時候，不過是一些足球迷在爭論某場比賽的細節而已。警察高聲請男子拿出證件。其中的矮個子掏出一把柯爾特點四五手槍說：「這就是我的身分證。」氣氛立刻凝結。兩人處在定格不動的狀態，似乎下一秒就要欺身撲向對方。矮個子拿不定要開槍還是要逃跑，兩個同伴愣愣看著，結果巡警猛然壓制矮個子伸手奪槍，手槍亂射一發。巡警同伴從門外衝進來，舉槍要所有人高舉雙手、放下武器。遭到制伏在地的矮個子對警察說，「小心點，槍沒上保險。我不抵抗。」接著是六聲槍響。坐在吧檯的拉蒙目睹一切：矮個子吃了六顆子彈。他想這人肯定完了。警車押走兩個男子，救護車接走矮個子。酒吧的人隨即開始整理，地板的血跡似乎還冒著黏稠熱氣。

拉蒙隔日看報得知，那三個男子是圖帕馬羅斯國家解放運動（Movimiento de Liberación Nacional-Tupamaros）的武裝游擊隊員。矮個子名叫荷西．阿爾貝托．穆希卡．柯達諾（José Alberto Mujica Cordano）。正是這批人突襲了潘多。拉蒙透過關係，找到幫矮個子動手術的醫生。經過幾次試探確認，他發現矮個子不僅沒死，居然還幫組織吸收了這個醫生。拉蒙腦中閃過埃內斯托那本古巴革命回憶錄的一個章節。他找出那書，翻到「矮個兒」（El Patojo）這篇，有個段落寫著：「矮個兒沒有接受過任何軍事訓練，純粹只是被自己的責任感所感召，便打算拿起武器在祖國的土地上奮戰，以某種方式重複我們在古巴的游擊戰。」翻頁，「年輕的新血豐盈了美洲大地，創造出自由的無限可能。又一次挫敗的戰役，使我們應該騰出時間哀悼那些殞落的同志們，同時磨利我們的開山刀，汲取那些至愛的殉難者寶貴及不幸的經驗教訓。」拉蒙當然知道埃內斯托寫的矮個兒死於瓜地馬拉，但他忍不住將這段描述套用在這個烏拉圭矮個子。

據說這位大難不死的矮個子，曾在古巴革命勝利後前往哈瓦那，會見菲德爾和埃內斯托。這時拉蒙才突然想起，去年潘多占領事件的時間點，正是埃內斯托逝世兩週年的日子。古巴革命傳播出來的種子正在烏拉圭發芽。他覺得應該做點什麼。拉蒙開始祕密與圖帕馬羅斯的人接觸，儘管他自己看起來就像會被游擊隊搶劫的商人。他慢慢搞清楚這群人的理念，以及走向武裝革命路線的緣由。當年的烏拉圭相對其他拉美國家都要穩定得多，即使逐漸偏向軍事獨裁，也不像其他國家那麼明目張膽。他們不是沒有其他的管道，而是認為體制內的辦法太慢、效率太低，他們不想等上五十年。他們要即刻掀起一場改變。只是隨著圖帕馬羅斯的幾個領導者被捕入獄後，這個武裝組織似乎只剩下不斷暴衝的年輕人做著搶劫、綁架和暗殺的恐怖行動，給人的觀感比黑幫還糟糕。

拉蒙想幫忙讓裡面的人出來。他先是安排幾間公寓，方便組織成員轉移。大部分組織被捕的成員都關押在市區的彭塔卡瑞斯塔監獄，他們似乎找到了離開的辦法。隨著時間推移，計畫愈來愈明朗：他們要從監獄挖一條地道通往外面。拉蒙協助找到掩護的最佳處所，讓他們可以從地道出來就在屋內。拉蒙事後得知，一九七一年九月六日深夜，總共有一百一十一人越獄成功。拉蒙問其中一個成員到底怎麼脫逃的，那人說，很簡單啊，只要拿著某個天才搓成的鐵絲辮繩，想辦法穿過潮溼、脆弱的磚牆水泥黏合處，跟你的隔壁同學合力一直戳一直戳、一直磨一直磨，你就可以切割一大塊牆，像打開冰箱那樣，跟隔壁同學見面。拉蒙依然覺得不可思議。上下兩層二十五間牢房被打通，眾人挖出一條四十五公尺長、僅容一人勉強通過的狹窄地道，號稱烏拉圭最嚴密的監獄就這樣被突破了。

日後拉蒙才能明白，這場越獄勝利，預告著更大的反挫即將來臨。烏拉圭政府決心剷除游擊組織。不到一年，游擊隊的主要領袖全都被抓進監獄，包括矮個子穆希卡等九人，被稱為「人質」。烏拉圭的恐怖年代開啟了序幕。

拉蒙在布宜諾斯艾利斯有個商界朋友，打算辦一本獨立、批判的新聞刊物。那兩三年，他又慢慢跨回拉普拉塔河對岸。拉蒙在布宜諾斯艾利斯的蒙特維多大街見到一些具有批判意識的記者、作家、編輯和藝術家。他們探討智利總統阿言德的興起與滅亡，談論烏拉圭軍政府的壓迫，美國援助拉美各國右翼軍政府的「禿鷹行動」，也不斷有人提起那本《拉丁美洲被切開的血管》。並不很久，阿根廷也在一九七六年進入了後來被稱為「骯髒戰爭」的殘暴時期。那時候，想辦法發聲的人總要靠著各路朋友的鑰匙，在一間間屋子躲藏或遁逃。總有人莫名消失、蒸發。這些失蹤者的親友，在愈來愈長的時光中接受或不接受可疑的現實，仍舊在心底懷著一絲絲期盼。一九七七年四月三十日下午，布宜諾斯艾利斯的五月廣場出現了十四個戴著白頭巾的婦女。她們在廣場上沉默繞圈走著，想念著失蹤的孩子。逐漸有些人加入她們每週四下午的廣場散步。有些散步的母親就像她們的孩子一樣在某天消失了。不斷有人補充散步行列。拉蒙這幾年分散事業風險，在埃內斯托過世滿十年的那天，決心帶著布宜諾斯艾利斯、蒙特維多的家人一同移居西班牙的巴塞隆納。

許多年後的某天傍晚，拉蒙獨自在巴黎塞納河邊的莎士比亞書店閒逛，遇見小自己一歲的阿道弗。他跟阿道弗像是久別重逢的老友，坐在書店外的木椅，交換彼此這些年來的經歷。阿道弗說到，埃內斯托過世後，當年謀殺他的人，一個一個都遭到死神的制裁，死於非命。喏，像是當時那個玻利維亞總統後來是搭直升機神祕爆炸，下令砍掉埃內斯托雙手的軍官在德國漢堡被暗殺。幾年前，就在巴黎，還有另一個軍官一走出玻利維亞駐法國大使館就被開槍打死……拉蒙聽著同樣戴著玳瑁粗框厚鏡片的禿頭阿道弗說話口音，想著此前一定在哪見過他或聽誰提過他。阿道弗突然指著路上一個年輕人說，你不是在臺灣有門路嗎？要不要試試賣那個？還可以搭配你的瑪黛茶。拉蒙隨著手指看過去，年輕人穿著紅底黑字印有埃內斯托肖像的T恤。他們一起到附近找了家越南河粉，用叉子吃完整碗牛肉河粉。兩人到店外馬路邊，輪流抽著拉蒙帶在身上的雪茄。阿道弗問，這雪茄味道不錯，什麼牌子？拉蒙回，Cohiba。據說是卡斯楚拿來送禮的。阿道弗喃喃，難怪有點熟悉。兩人默默抽了大概五分鐘，阿道弗說他要進餐館借個廁所。拉蒙在人行道抽了十分鐘雪茄，進餐館找阿道弗。店主說，廁所沒人。

拉蒙一路上反覆念著阿道弗的全名。赫然想起，那是當年埃內斯托在拉巴斯使用的名字。拉蒙在巴塞隆納住了將近八年後，湧起返鄉的念頭。那時烏拉圭已經恢復民主政治，當年的武裝游擊隊員們獲特赦出獄後，改走體制內的民主改革路線。坐黑牢十二年的矮個子穆希卡，出獄十年後選上眾議員，成為獨樹一格的平民政治家。拉蒙回到蒙特維多，住在舊城區。他六十九歲的時候，柏林圍牆倒塌。他七十一歲的時候，蘇聯瓦解。他聽說接著幾年，古巴陷入了革命以來最大的困難時期。他佩服菲德爾的地方在於，即使古巴遭到美國封鎖幾十年，他依然不屈服。但是人不可能永遠活著。

將近三十年，埃內斯托的遺骨下落成謎。當年玻利維亞政府、美國中情局都不想讓埃內斯托的埋葬地變成朝聖地點，總是宣稱燒掉了，骨灰撒在附近山谷。但又有許多傳言說，其實埋在某個地方。拉蒙一九九六年去了趟玻利維亞，拄著拐杖實際走訪埃內斯托被殺害的無花果村。他發現那間囚禁埃內斯托的教室似乎就跟三十年前一樣簡陋陳舊。當地人將埃內斯托當成聖人那樣膜拜。他再到埃內斯托死後示眾的巴耶格蘭德，曾經躺著遺體的醫院洗衣房平臺，周圍擺著新舊不一的花束，像是長年受到供奉的聖地。拉蒙遇到幾個當年親眼見過埃內斯托躺在那裡的居民。他們說，那時大家都跑到機場，又跟著跑到醫院，就是為了看他一眼。有個女人在洗衣房看到他，流淚說看起來好像耶穌。另一個修女說，不是像，他就是耶穌基督。因為他也是為了窮人和百姓而死的。據說當時瞻仰的人群非常安靜，埃內斯托的眼睛是打開的，彷彿注視著所有人。拉蒙邊聽邊想像那個場景，想像圍繞在埃內斯托身邊的肅穆氣氛。他聽說，古巴、阿根廷、義大利和玻利維亞組成了聯合工作小組，正在巴耶格蘭德幾個可能地點挖掘埃內斯托的骨骸。

一九九七年七月某日，拉蒙在蒙特維多家中看到電視新聞報導，得知埃內斯托等人的遺骸，終於在巴耶格蘭德機場跑道附近的亂葬崗尋獲。這些游擊隊員的遺骨都將移送到古巴的聖塔克拉拉。

一九九七年十月十七日，拉蒙來到久違的古巴。他獨自從荷塞·馬蒂國際機場出來，搭車進哈瓦那市區。隔天上路前往中部的聖塔克拉拉。拉蒙先到裝甲火車紀念公園。這是埃內斯托在古巴革命時期最重要的勝利。他觸摸斑駁的鐵皮車廂，想像埃內斯托在這裡，替他的革命伴侶也是未來的第二任妻子拍照留念。他也看到當年發動奇襲推倒裝甲火車的推土機。最後來到陵墓廣場。拉蒙抬頭仰望那座埃內斯托的雕像，樣子是一九五八年十二月底攻下聖塔克拉拉的時候：頭戴貝雷帽，右手拿步槍，左手打著石膏。雕像基座銘刻著埃內斯托的名言「迎向勝利，直到永遠」。他在墓地間往返穿梭，想看清楚每一個墓碑的名字。在這座小城的兩邊，從裝甲火車到紀念墓地不到三公里的距離，記錄著一個人生命最戲劇的兩端。拉蒙沒注意到，當他低頭沉思埃內斯托的命運，陸續有幾個人靠過來。等他發現時，身邊是在巴黎見過的阿道弗，看起來似曾相識的蒙哥、費南度，還有埃內斯托。所有人都老了。

這是拉蒙最後一次意識到自己的存在。他想起一段詩句：

我未完的名字，
由數個未完的名字所構成；
我的名字，他人的名字，
自由的名字與我的名字，他人的名字與你們的名字，
他人的名字，以及那空氣般自由的名字。[2]

他是拉蒙，是蒙哥，是費南度，是埃內斯托，也是切。他是埃內斯托・切・格瓦拉多年來遊蕩在世界的一個念頭，一個想法，一個信念。如今他回家了。

一根細長的拐杖滾落在陵墓的走道旁。

風還在輕輕擾動墓地的草葉。

注釋

1 指中國來的女孩，也泛指亞洲女性。

2 尼可拉斯・奇彥，〈姓氏〉，收錄在巴可・伊格納西歐・泰伊波二世編著、陳小雀譯，《切的綠色筆記本》（臺北：南方家園，二〇一八），頁一七八。

在臺北的最後幾天

二〇二七年十月，臺北—嘉義

一個狗爬式趴跪女子的形象闖進杜維耶的腦中。女子背上的鱷魚狀島嶼邊緣散發著螢光綠。他馬上知道那是二〇一六年在哈瓦那七一八藝廊的個展「誰的歷史」主視覺。陰性的歷史。陰性的島嶼。陰性的記憶。杜維耶自然把歷史和島嶼想像成一個女人。這個女人承受著各方拉扯的力道，背上的複雜絲線層疊抵銷或緊繃，她被迫維持在同一個姿勢不動，牢牢釘死在原地。也或許，她正準備改變姿勢，取消絲線之間的平衡。這個形象凝結在畫面中。

不久前，最後一個古巴革命的發動者、偉大的建國游擊隊員終於全數離開，開啟了新紀元。杜維耶的朋友奧斯卡說，好比耶穌生前死後切分兩個紀元的意義那樣，古巴要重開機了。他覺得奧斯卡說得誇張，但身邊的親友確實在這段時間都感到異樣的微微不安。他妻子珊卓拉甚至覺得，現在可能比起三年多前的大交換更為詭譎凶險。傳聞多年的軍事政變可能會在此時爆發，就像其他拉美國家，也會有哪個軍事強人橫空冒出，推翻現任政權。這拉丁美洲無法免疫的惡疾，總是一再循環爆發。杜維耶隱隱覺得有可能，但反正什麼也做不了，還是過平常日子。他繼續搭很長的捷運到關渡的北藝大教書，珊卓拉照常到東區的藝廊上班，女兒在麥當勞打工。他對大交換後的生活還算滿意。臺北半舊不新，市區有類似新光大樓、一〇一這樣的高樓，還有大小兩顆巨蛋，算是城市的進步象徵。雖然他更喜歡到北美館、故宮瀏覽藏品和展覽，也喜歡到北藝大的校園或陽明山上呆看無所事事的牛，嗅著草腥味混牛屎味，感受光影變化。他們以前在哈瓦那的時候，可沒那麼容易上到一座山。有時想念哈瓦那的街道，他就打全息影像電話給那邊的臺灣朋友。他發覺自己沒有想像中想念那座蒼涼破敗的華麗之城。他知道有些古巴人陸續回去了，有些臺灣人慢慢回流了，他只希望還不要輪到他，至少別那麼快。他們古巴人擅長等待。這是每個人從小透過環境一次次訓練出來的。如果你無法好好在人群中安分排隊，等著輪到你領取那些油、米或麵粉，那就表示你排得不夠久。他有一次帶著筆記本排隊，排著排著，從頭到尾畫完一篇三十幾頁的連環漫畫。故事是一個古巴女神擊敗入侵地球的外星人。他就是在一次次的排隊中，發現自己可能有點藝術天分，可以參加比賽，也可以考進附近城市的美術學校。他那時當然沒想過有一天自己會到首都最好的藝術學院，遇見啟迪他的老師，再到世界的其他地方去。

杜維耶的臺灣朋友前陣子回到臺北，約他和一位臺灣攝影師一起做展覽。他們彼此的華語和西語依然只夠打招呼，無法深入談太多抽象的概念。不過他倒是對朋友的提案滿感興趣。杜維耶最近讀了朋友那本小說的西文版，裡面許多情況是從他們實際大交換的兩座島嶼上取材，只是變成更巨大的尺度。他從書中描述邁阿密的段落裡，想起自己曾在古巴裔、拉美裔群聚的小哈瓦那街區閒蕩。多米諾公園的骨牌聲。陽光曝曬下的豬玀灣事件碑。紀念館裡布滿牆面的二五〇六旅士官兵照片的靜謐。他還想起，那時突然想去邁阿密南灘重新開幕的第五街健身房，看看拳王阿里當年訓練的場地。穆罕默德・阿里就是在邁阿密拿下生涯第一次重量級拳王寶座。他終究沒去成。同樣活躍於六〇年代的阿里與菲德爾在同一年過世。阿里拒絕美國徵召打越戰，理由是他跟那些越共沒仇，而且從來沒有一個越南人會叫他黑鬼。阿里在一九六〇年拿下羅馬奧運的拳擊金牌時，古巴已經在菲德爾手中邁入新時代了。杜維耶記得，阿里與菲德爾在哈瓦那見過一次面。那是一九九六年，他才進哈瓦那高等藝術學院一年，還在適應那座日後他要安居的城市。那時報紙、電視報導，都特寫了阿里致贈給菲德爾的簽名裱框巨幅照片。照片裡是一九六三年，尚未拿下拳王頭銜的年輕阿里與黑人伊斯蘭國度的麥爾坎・X，並肩走在紐約哈林區街上。報導當然也提及了他們古巴的重量級王者，三屆奧運拳擊金牌得主蒂奧菲羅・史蒂文森（Teófilo Stevenson），陪伴在阿里左右。史蒂文森從沒跟阿里交手過，他們無法說彼此的語言，但他們似乎可以透過拳擊手的肢體語言互相瞭解。儘管那時阿里的帕金森氏症已經剝奪了他風趣的說話能力。杜維耶記得當時在電視新聞上看到雙手不斷顫抖的阿里，居然在菲德爾面前變了手帕魔術，逗樂了這位大鬍子領導，阿里連那隻變戲法的塑膠手指套也送給他了。杜維耶一直好奇那隻塑膠手指套後來到哪去了？菲德爾曾用它變魔術娛樂什麼人？這些都無從得知。就像他們從來不知道菲德爾實際上住在哪，枕邊人又是誰。他們只能從公開露臉的那些「爸爸的孩子」猜測。當然最刺激的是菲德爾的女兒阿林娜・費南德斯（Alina Fernández）逃亡出境，公開了不少菲德爾的私人生活。他曾在邁阿密的藝廊酒會見過阿林娜，但僅止於點頭示意。

寄居臺灣的古巴人擔憂的軍事政變遲遲沒有發生。他們都曉得，古巴政權的穩定就是倚賴軍事的穩定，儘管現在的國家主席是政府門面，實際上整個國家的運作狀況都跟軍隊脫不了關係。也或許，目前駐守在臺灣的，幾乎本來就是臺灣的軍隊。這麼一來，即使有政變可能，那些軍隊都遠在古巴，根本無法跨越中間的太平洋。小說家跟杜維耶藉著翻譯軟體、勉強的破英語交流，彼此都猜想不到兩國政府的高層在打什麼算盤。小說家說，算了，別管他們，直接照我們的想法來推演看看。小說家的提案構想是，假想臺灣和古巴共同成立跨洲聯邦，開放虛擬國民登記，可能出現怎樣的生活場景。實體展覽除了杜維耶的裝置創作，也有攝影師以此發想的影像創作，以及小說家寫的虛構文本。小說家說，愈想愈覺得，臺灣與古巴彼此之間有種難以解釋的親近感。你看，這兩個地方從地圖上被標記繪製以後，就有一波一波的移民加入。殖民政府都要這兩個地方種甘蔗，榨取大量蔗糖輸出。兩個地方皆長年受到鄰近大國威脅的陰影。當年如果國共內戰是中共被打來臺灣，那局勢可能就會演變成美國長期封鎖古巴那樣。杜維耶點點頭，想到在臺灣各個城市和觀光景點的遊客人潮。畢竟中國和古巴有正式邦交關係，政府也想從大交換後的兩地觀光熱潮撈錢（雖然得跟臺灣政府分享），加上距離因素，中國、日本、韓國和東南亞遊客尤其洶湧。而古巴那邊，因為美國與臺灣的特別關係，基本上解除了所有過去封鎖古巴的牢籠，大批美國遊客蜂湧而至。看起來兩邊都有好處，也很高興享受這樣的狀態。小說家抱怨，不過呢，我們政府去年送給美國建國兩百五十週年的禮物，實在讓我傻眼。杜維耶疑惑，那不是你們臺灣人最重要的信仰象徵？看起來滿可愛的。杜維耶以日語發音念出「可愛」這個詞。小說家更窘，可是那麼巨大的媽祖像，拿來跟法國送給美國建國一百週年的自由女神像相比，好像意義上就差了不止一百光年。擺在西礁島附近，天氣好的時候，在哈瓦那的海灘就看得到。我每次看到那一尊媽祖巨神像站在那邊的海上，我忍不住想，那到底是擺給誰看的？杜維耶笑，要是二、三十年前想越過海洋到美國的古巴人有媽祖保佑，成功機率可能會高很多。

他們在臺大周邊的溫州街咖啡店碰面聊完分開。小說家說有段時間沒到這一帶了，打算到處走走。杜維耶不急著回家，拿起手機掃視附近可租用的電動機車，慢慢移動。大交換以後，他跟妻子、女兒一同在臺北住處，學著摸索環境，逐漸建立新的日常。直到原先排定到雲林駐村的單位聯繫上他，已經大半年過去。對方說，希望照原計畫執行這次的駐村活動。杜維耶搭上高鐵，在嘉義站下車，接送處有輛白色豐田廂型車在等他。途中，承辦的李小姐說，他們基金會好不容易才爭取到提前返臺的申請資格，這才能早點回到家鄉，繼續原本的業務。杜維耶有點訝異李小姐的業務範圍除了社區營造，承辦駐村藝術家活動，也包括經營兩座養殖蛤蜊的魚塭。大約四、五十分鐘車程，車子行駛在漸漸稀疏的聚落，穿行在溝圳大排間，空氣腥鹹的濃度爬升，抵達坐落在成龍溼地旁的高腳式三層樓房。他們在辦公室附設餐廳吃過簡單午餐，李小姐說明駐村生活須知、機具用法和工作區域，這就開始杜維耶為期一個月的駐村生活。他在三樓的套房大面窗戶正對著溼地，一到落日時分，整片溼地閃爍著刺眼金光，然後紅色素緩緩調整亮度，轉成黯沉色調，再來是藍色進場，一點一點吞沒亮光。拉開窗簾的房間暴露在光線調色過程，風起的時候，夜幕已經降下。這個小漁村讓杜維耶懷念起兒時成長的聖塔克拉拉沿海小村落。陽光猛烈，萬物的陰影更顯濃密，有些景象的輪廓卻像被擦拭掉的鉛筆線條。基金會交給他一輛腳踏車、一輛電動機車，方便他到附近轉轉。他在那時候學會騎電動機車，到十多公里外的北港鎮，參觀朝天宮的建築細節，觀察牆壁浮雕、神像服飾，感受香煙繚繞的肅穆氣氛。那跟他偶爾會去的天主教堂，或者聖得利亞的祭壇相當不同。現場除了幾個華人臉孔的廟方人員，其餘皆是古巴人。他聽到某個穆拉托談論媽祖在長年香火中薰黑的臉，胡亂比附聖得利亞的某個歐利恰（oricha），說媽祖本來是一千年前的人類，但死後成為海洋守護神。那個穆拉托指著正殿門板上的門神畫像，說這應該就是「埃列瓜」（Eleguá），一樣是門檻上的守護神，介於人的世界和神的世界之間。杜維耶從來搞不清楚聖得利亞信仰，只覺得那真是號稱實行社會主義、信奉無神論的古巴島上的最大反諷。他在這座建於十七、十八世紀之交的宮廟出入參拜，跟隨廟方指示燒香一一敬拜，隨後燒金紙。他想到哈瓦那那座建於十八世紀晚期的大教堂。眼前朝天宮屋簷上下那些繁複的色彩、奇幻動物和神仙，對照著他腦中色調一致的巴洛克大教堂不對稱高塔，兩種關於信仰的載具形式是多麼不同啊。臺灣的宮廟外觀就像千層派，最外層的招牌、燈泡或ＬＥＤ炫目逼人，遮蔽原有的建築細節。跨入殿堂，迎面是新舊香煙的燃燒或沉積，外界的聲音不時穿過廟宇孔洞，在良好通風之中，彷彿神明在聽取人間話語。教堂空間就不是如此。在非彌撒日，厚重木門關閉的門廳內，是一個暫時與世間隔離的心靈場域，大面積的質樸、挑高、平靜，莊嚴到只適合沉思或懺悔。在這之前，他去過臺北的行天宮、龍山寺，也到過大龍峒保安宮，他愈是走踏這些廟宇，愈是感受到人類信仰的分歧路徑。在那些場所，他尤其覺得自己來自地球的另一端，如今卻在這座本來遙不可及的島嶼，過著臺灣式生活。

一個月駐村時間過得挺快，杜維耶在最後兩週決定這次的創作圖像，繪製立體模型後，逐一確認落釘座標。基金會幫他收集許多廢棄魚網，讓他回想起最初摸索這套創作流程的時光。粗細不一的網線，結成或大或小的網眼，在視覺上看來就像不斷變換筆頭的描線，黑夜燈照下的反射顏色也不一致。他在成龍溼地邊上的賞鳥觀察臺屋頂架設了一具３Ｄ繪圖風格的黑面琵鷺裝置，似乎在夜空中，這隻存在於虛構線條的大鳥，準備振翅起飛。溼地周圍有先前藝術家留下的地景裝置，溼地低潮時露出的沙洲地長滿菅芒草，架設著支支竹竿，懸掛竹枝鯉魚旗，旁邊捆綁彎曲木料的紡錘型管道一端散開瓦解。擱淺在溼地口的竹枝編織鯨，風蝕到剩下內部粗壯的骨架。而那座覆蓋大量彩繪蚵殼的黑瓦紅磚老房，在多年陽光烘烤下，早已褪色腐朽。杜維耶在這座老平房的四周架起簡易的鐵皮立體結構，像是為了保護古蹟建築搭建的棚子，他拉起絲線，編織出一座房子大小的巨型3D宮廟。黑夜中，這座邊緣發亮的老屋，穿上一身龍頭飛簷勁裝，熱力四射的螢光，疊映在房屋外框，像以霓虹一一沿描圖紙上色。基金會線上直播了杜維耶的裝置作品實況，獲得不少海那一端的鄉親讚賞。

駐村最後幾天，他的妻子和女兒一同南下。他們借了基金會的廂型車，在61線上下來回跑，一起去箔子寮漁港旁的餐廳大吃鮮甜的蝦、牡蠣和蛤蜊。回到臺北，他們接續先前的生活，照樣教書、工作，有時出門看電影，有時到百貨公司逛街。哈瓦那的日子愈來愈遠，臺北的生活愈來愈近。杜維耶不知不覺習慣了在城市以捷運、YouBike、共享電動機車代步，他發現愈來愈多同胞也是這樣。最大的改變大概是，他們一家三口每個月都會去一趟木柵動物園。古巴島上的自然景觀相當豐富，例如洪堡國家公園，青年島也有海洋公園，但哈瓦那的兩座動物園似乎沒什麼看頭。他們第一次踏進木柵動物園，迎面而來的是不知什麼動物體味和排泄物混在潮溼高溫中的微微發酵。他知道動物園是殖民產物，是人類自以為是將捕獲的動物關押在一個個被迫脫離原生地的牢籠，一座無期徒刑的動物監獄。怪異的是，動物園在臺灣被宣傳成家長帶著各種年齡的孩子，闔家出遊的好去處。動物的說明牌上常有Q版動物，列出學名、俗名，解釋原生地、習性等等內容。杜維耶看到幾種明星動物如無尾熊、大貓熊、企鵝有獨立的館舍，來自南美的水豚自成一圈，其他則是擺在所謂的沙漠動物、溫帶動物、非洲動物、澳洲動物這類寬泛的區塊，養在柵欄或籠子裡。

他們邊走，珊卓拉邊跟女兒聊起特殊時期，很多人跑進哈瓦那動物園。女兒遲疑，吃那些動物？珊卓拉說，我也是聽來的。那時我還小，每天都很餓。聽說有人吃了美洲獅、吃了猴子還有斑馬。從那以後好幾年，哈瓦那動物園空蕩蕩的，就連裡面的販賣部都沒有東西可買。杜維耶插口，妳不是說過，你們家那時會吃鄰居的貓狗？而且你們是交換著吃，以免傷感情。珊卓拉笑笑，其實我也不確定我爸媽說的是真的還假的。有可能他們都處理得讓我們看不出來，燉成一鍋肉湯，分成很多次喝，大部分時候其實沒什麼肉。那種饑餓最讓人絕望的，就是不知道這輩子還有沒有吃飽的一天，但你已經習慣吃非常少的東西迷迷糊糊活下來了。杜維耶說，我以前聽說，在菲德爾家鄉那邊的塞蒂亞島（Cayo Saetía）有一座野生動物園，裡面裝滿各種從非洲運來的動物。我們的軍隊到安哥拉幫忙打仗那麼多年，就換回那些動物。軍方的人在那裡弄了一間飯店，專門接待外國遊客，據說還可以吃到烤羚羊排、鴕鳥肉呢。珊卓拉附和說她也聽過這個傳聞，但從來沒認識哪個人去過那裡。他們在園區走走停停，看那些被移置到不屬於牠們原生環境的動物，迷惘且重複地在狹窄的圈地裡生活。他常常出神看著這些動物或坐或站，陪牠們讓時間過去。

再次開會。杜維耶對小說家、攝影師拋出問題，我們現在想像的方向是不遠的未來，但如果反過來，我們可以想像另類的歷史發展路徑嗎？攝影師說，我知道了，我隨便舉例，假設當年切跑到臺灣搞革命，最後死在，例如阿里山之類的？小說家回，可是這不太合理啊，切沒事幹麼跑來臺灣，語言又不通，文化也有巨大隔閡。杜維耶說，別忘了他當年曾經到剛果發起革命，一樣是語言不通、文化隔閡，他無法組織像樣的游擊隊伍，最後失敗了。他那時不是說要創造兩個、三個、更多個越南嗎？如果切當年選擇的下一個目標是在亞洲，就當臺灣好了，或許真的能打開另一種局面也說不定。攝影師對小說家說，這樣想想滿有趣的。假想那個情境又不打緊。小說家還是疑慮，可是那時候打越戰，臺灣有大批美軍駐紮，常常有士官兵從越南來度假，切跑來這裡不是太冒險了？杜維耶說，你們不是有個說法，最危險的地方就是最安全的地方？如果切在這裡點燃戰火，臺灣搞不好真有可能變成第二個越南。

他們修改原先的架構，改從一九六七的切．格瓦拉之死為起點，假想一條六十年來的另類歷史路徑，並且延伸到二〇三七年。杜維耶的工作包含展場設計、主要視覺呈現、圖像創作、裝置作品等。小說家負責生產虛構文本。攝影師則從虛構文本、歷史照片、杜維耶的設計圖等素材，再造出另一套影像敘事。

烏拉圭商人拉蒙．貝尼特茲．費南德茲（Ramón Benítez Fernández）在一九六九年十一月隨著十多位政府官員、商界人士訪問臺灣一星期。他在松山機場排隊等候過海關的時候，一手吊掛著西裝外套，一手捲著護照翻頁，捲起，再翻頁，護照發出劈啪聲，露出不耐的躁動。旁人或許以為他是尿急，想趕緊通過海關上廁所，但事實上他的心裡有一絲擔憂。兩年前他的朋友埃內斯托化妝成他的模樣，剃成禿頭染上耳鬢灰髮，戴著玳瑁膠框大眼鏡，微微齙牙，揚著下巴，扠腰挺出發福肚腩，一副奸商的算計嘴臉。他見過埃內斯托那個神似自己的扮相，非常確定待會要是被攔查，只能一路裝傻。海關卻意外順利通過，拉蒙心想，兩年前埃內斯托大概是拿著另一本護照入境的。他腦海中反覆浮現埃內斯托死後被展示的那一幕，有人說看著就像耶穌基督，也有人說像是林布蘭的畫。拉蒙是在蒙特維多的家裡聽廣播得知埃內斯托的死訊。

報導說，著名的古巴游擊戰士切・格瓦拉死於遠東的福爾摩沙山區。這個島嶼是由在中國內戰中敗給毛澤東的蔣介石將軍所統治。拉蒙邊聽邊感慨，埃內斯托實踐了自己的許諾，真跑到福爾摩沙試圖開闢新戰場，創造第二個越南。拉蒙事後閱讀埃內斯托留下的《福爾摩沙日記》，才曉得他如何跟祕魯華裔的帕布羅・張合作，假扮成西班牙神父，以傳教為由入境，成功申請進入山地管制區，展開游擊工作的準備。他們透過古巴情報單位安插美國在臺駐軍的線人協助，陸續取得武器、物資，在掩護下進入阿里山遠離特富野、達邦等鄒族部落的隱蔽地帶紮營。埃內斯托的游擊隊在大半年期間都處於補給困難、通訊斷絕的狀態，遊走在阿里山、塔山、玉山的高山區域，一度在荖濃溪、八通關出沒。埃內斯托並非孤立無援。直到他生命最後，有個鄒族的年輕人始終陪伴在他左右。據說這位年輕人的父輩，在戰後初期組織過對抗國民黨政權的游擊隊，也曾在樂野部落外圍以醬油工廠掩護共黨游擊隊員，最終被一網打盡。在埃內斯托、帕布羅教導下學會西班牙語的鄒族年輕人說，自從他的父輩遭到蔣介石逮捕、處決後，十幾年來無人敢談論這些過去，整個阿里山地受到保安司令部的嚴密監控，甚至有負責監視的警員跟受難者遺族結婚，族人之間也封閉這些記憶。但他不想忘記。他想要記得這些傷痛、屈辱，他也想要記得可以反抗的感覺。埃內斯托記錄了他們交談的片段和反省，寫在每月底的情況總結。埃內斯托始終沒跟另一支走散的隊伍會合，也沒有得到來自外界的奧援（傳聞中共方面曾允諾支援），最終在國民黨軍警和美軍的圍捕下，槍枝損壞無法擊發，與那位鄒族青年一同負傷被捕，翌日於阿里山香林國小校舍祕密槍決。但國民黨對外宣稱，切．格瓦拉死於對陣的戰鬥中。

當地人完全不明白近日為什麼出現大陣仗的軍警和美國軍人，也不曉得直升機吊走的那具屍體是何許人。世界聞名的古巴游擊戰士切．格瓦拉最終把自己奉獻給一個對他幾乎無所認識的亞洲島嶼。切的屍身被送到嘉義基督教醫院檢驗，美國中情局特務、駐臺美軍專員以及國民黨調查局、保安司令部等人員團團圍住屍身，像在預防屍體會突然起身逃跑。他們聯合驗屍確認身分，對聞風而來的國際記者公開。結果他們拍下的照片在國際媒體發布後，不斷有人拿來比附為二十世紀的耶穌受難圖。切的名聲更響亮了。

蔣介石指示，祕密處置切．格瓦拉的遺體，因為他絕不希望讓臺灣變成共產主義的聖地。切．格瓦拉的家人、阿根廷政府官方特派小組遠渡重洋到臺灣，完全沒見到切的屍身，國民黨當局推託遺體已經火化灑在阿里山的森林裡了。傳聞切．格瓦拉只有一雙被切下的雙手和被捕時的隨身物品被保存下來。這就是拉蒙到訪臺灣時候，腦中時時思索的事。

拉蒙跟著團體行動，出席歡迎酒會，結識臺北政商人士，前往中華商場參觀。他們北、中、南依序參訪了不少工廠和加工出口區，沿途看到操作機械的農人在田地裡勤奮工作。他跟其他人提議，聽說阿里山的神木非常壯觀，有三千年樹齡，這在他們烏拉圭可不容易見到。從高雄離開的北上回程，有幾個人在政府安排下，搭乘中興號火車上阿里山。隨行的官方翻譯人員介紹這條鐵路隨著爬升高度，可以看到熱帶、亞熱帶、溫帶三種林相的變化，阿里山神木是扁柏，俗稱紅檜。這類高價值樹木，過去在日本殖民時代曾被大量砍伐送到日本做為神社結構用途。接著說起中日八年抗戰的血淚歷史。拉蒙等人對樹木不感興趣，也對那段歷史沒什麼認識，只是在搖晃的之字形緩慢爬坡中昏沉欲睡。拉蒙的目標是在神木站下車後，乘著參觀神木空檔，溜到香林國小一下。他們一行人隨著翻譯漫步在高聳的林木間，呼吸著清冷空氣，地上是鋪滿落葉的溼軟泥土。十一月間的阿里山氣溫大約在攝氏十度上下，他們發抖，走在姊妹潭邊，碧綠水面彷彿千百年無人擾動的兩面鏡子。途中他們的目光被一座大廟的氣派飛簷、繁複剪黏吸引。翻譯說，這是當地漢人信仰的宮廟，相傳從前開墾時期為了消災解厄，請了神明坐鎮。翻譯其實也不大懂，就放任他們自行參看梁柱、天花板、牆壁上的傳說故事浮雕。之後，他們到前幾年才整修一新的阿里山賓館入住。拉蒙用過晚飯，照著印象中的相對位置，走到香林國小。門口一片漆黑，拉蒙狼狽翻牆，在幽靜的校舍間尋找埃內斯托被處決的所在。他的皮鞋在安靜廊道走起來顯得特別清脆，也讓他更增煩躁。他悄然被一股淡淡香氣指引，慢慢走到一堵黯淡牆邊。那裡放著一束鮮花，溼溼地躺在夜露裡。拉蒙在這裡單膝跪下，默默在心中祈禱並祝福亡者。

拉蒙翻出牆外，氣喘吁吁，在小學周圍走了一圈，平復吐納節奏。他的褲腳吃水變色，皮鞋沾黏殘枝敗葉、腳跟吸付著腐土，就這麼回到亮麗耀眼的賓館。在回程的長途飛行中，拉蒙半夢半醒之際，恍如聽見了誰在呼喊。他起身到廁所，扣上門鎖，燈亮，他對著鏡子中的自己說，再見，埃內斯托（Adiós, Ernesto.）。

切的神話隨著時間，愈來愈形巨大。一代代的抗爭者不斷從他身上汲取信心和熱情，革命之火持續傳遞。不知從何時開始，香林國小的校舍角落，總有人放上一束鮮花。起初是一束，後來逐漸增加，還出現了切的素描畫像，有些甚至畫他穿著鄒人傳統服飾。再後來，校舍牆壁出現一行拼音小字：「kuba no mahihitsu」（神靈的居所）。附近的天主教徒也漸漸將切視為聖徒，稱他為聖埃內斯托。十年、二十年過去，各國前往香林國小憑弔切的遊客漸多，切的形象傳播到世界各地，出現在馬克杯、示威旗幟、T恤，也出現在各種紀念品。

已是老人的拉蒙，多年來默默關注切的相關訊息和調查報導。一九九七年時，他看到新聞報導一隊小組遠赴臺灣考察，尋找切的遺骨。他們最終在嘉義水上機場跑道附近找到一處土壙，裡面有五、六具屍骸，其中一具雙手遭到齊腕截斷。這些骨骸被迎回古巴，正式安葬在聖塔克拉拉的切．格瓦拉紀念墓園。

拄著拐杖，行動遲緩的拉蒙終於在遲暮之年到訪切的墓園。他的耳邊似乎響起一長串的詩句朗讀聲，他試著要聽清楚，卻怎樣也聽不明白。他的意識有如收訊不佳的收音機，沙沙作響，白噪音，高頻嘰嘰聲。他似乎失去感受身軀的重量，失重飄浮在模糊的意識中。感官剝落有如誰捏著板擦抹消所有線條。

雜訊持續了不知多久。他的意識彷彿連續墜落了幾十年，終於有一塊軟墊撐住他落地。意識的邊角銳利起來。他發現身處在一座陌生城市街道，不遠處是寫著漢字和英文的地下鐵出口。他懸浮在半空中，像是幽靈無聲淡漠存在著。他見到周邊來來去去的行人，有些人的身邊也飄蕩著鬼魂般的形體。拉蒙嘗試跟那些鬼魂說話，無有反應。拉蒙試著跟那些形體具在的行人喊話，無有回覆。他茫然站在西門站六號出口旁的中華路十字路口，大樓牆面電子看板輪播各式廣告，車輛如流，城市內部的瑣碎聲響如潮淹沒他。過了好一會，他才看出街上有很多華人面孔，也有很多拉美裔面孔。他努力回想在意識清明之前的事情，卻像有道牆阻絕，想不起來。他想起更久遠之前的臺灣之旅，也許眼下他就在臺北。拉蒙不知道他曾親眼見過的八連棟商場建築早已拆除，他也不知道自己身在二〇二七年，只是一縷城市的遊魂，一道全息影像的幽靈編碼。

「等等，為什麼這個拉蒙突然跑到二〇二七年？跑錯場子嗎？」攝影師疑惑。

「這樣寫比較詩意嘛。」小說家答。

「不是啊，我們的計畫不是說要假設到二〇三七，這樣還差十年，你打算怎麼補？」

「好啦好啦，我再來想怎麼改。」

「還有這個拉蒙是誰，真的有這個人？」

「這個是我從切．格瓦拉那邊看來的。他以前有好幾個化名，方便私下四處活動。你可以說拉蒙．貝尼特茲．費南德茲是他創造出來的虛構角色，阿道弗．梅納．岡薩雷茲也是。埃內斯托．格瓦拉．德．拉．塞納（Ernesto Guevara de la Serna）一開始由他的父母創造，但後來他決定改用切．格瓦拉重新打造自己。這不也是一種虛構嘛。」

「那個幽靈編碼是？」

「你不覺得，現在兩邊的人彼此打這種影像電話，其實有點恐怖？我剛開始在路上看到有人在『遛』另一邊的人的全息影像，常常有看到鬼的錯覺。這大概是人類的本能反應機制，這種東西就是很不自然，很不符合常理。我到現在還是不太習慣。」

「喔超弱欸，這有什麼好奇怪的。網路上都查得到運作原理。你這樣很像一開始看到西方攝影術的中國人，以為魂魄會被相機吸走。」

「總之我就是不喜歡那種視訊通話，我就是要詆毀它。」

「那展覽的照片就隨我發揮囉。」

拉蒙就這麼不生不死存在著，持續被眾人視而不見，也沒人可以對話。時間一年一年流逝。拉蒙在島上到處漫遊，他依照記憶讀過的埃內斯托游擊路徑，在阿里山周邊上下起伏，也到睽違許久的香林國小、姊妹潭、受鎮宮，以及倒下的神木。那間賓館屢經修葺，仍然是旅客投宿熱門選擇。他飄啊飄，知曉了二〇二四年那宛如時空海嘯的大交換，知曉了那之後的歲月，兩地人們搬遷歸返的漫長過程。不想回歸故土的人們聯合成立虛擬國度，開放註冊公民。起初，那只是個笑話。就像很久以前，有個英國喜劇演員宣稱只要給他一百八十分鐘就可以建立國家的提案。科技的狂飆進展，讓這個笑話轉變成真。自從第一個用戶把自身記憶上傳到雲端，棄絕肉身，從此活在虛擬時空後，這個訂閱制的虛擬國度，就像跨國企業那樣高速擴張。這些雲端公民透過各種方式投資，同時在世界各地收購產業，提供線下基本生活所需。所有會員，都可以經過系統評估交換國籍、身分、住房。就像一個有龐大支援的後勤，身分可以像資本一樣跨界流動，系統會即時修訂所有生物識別資訊，以符合各地規章。拉蒙發現，路上類似他的全息影像日益增多，但他們彼此之間依然說著不同的語言，無法溝通。那些影像是雲端公民的逆向全息投影，他們可以忽然出現在臺北，又忽然出現在東京，也可能同時出現在哈瓦那。像是一個沒有上帝的世界，一切想得到的事情都在想像中成真。拉蒙仍是一道舊時殘存的幽靈編碼，一些雜訊的組成，他繼續飄蕩在風中，不生不死，不知為何要繼續思索這些，像是一個被隨意拋擲的虛構存在。

杜維耶、小說家和攝影師共同創作的展覽，刻意選在阿里山鄉達邦部落的鄒族自然與文化中心展出。走入名為「錯誤的歷史」的展場，首先是杜維耶繪製的巨幅女子趴跪姿勢鉛筆畫。兩名女子背部的兩塊紋身圖案，一是鱷魚狀古巴島，一是番薯狀臺灣島，延伸到畫框外的絲線放射狀鎖住女子。觀者拉拉其中一條絲線，畫面轉換成杜維耶製作的大型裝置作品，在繁複線條構圖中，立體線框稿勾勒的兩個女子皆已揹著島嶼站立。杜維耶和攝影師的作品交錯出現，編織出切．格瓦拉在阿里山打游擊的幻象。一幅頭戴鄒族傳統熊皮帽，插著藍腹鷴、熊鷹、長尾雉羽毛的切．格瓦拉肖像。一張游擊隊合照，其中可以看到與切一同赴難的鄒族青年，就站在帕布羅．張的左手邊。一張切叼著雪茄，坐在樹幹上翻讀歌德傳記的照片。香林國小校舍角落的紀念花圃，有一小塊鑄有切頭像的銅片，散落的致敬花束，一些小石子壓著幾種語言的紙片。牆壁那一行鄒語拼音文字。切放在隨身背包裡的綠色筆記本仿真品。

切的《福爾摩沙日記》影印本。切那幅受難照片中穿著鄒族傳統服飾。攝影師以繪圖軟體仿造切的假證件照，描摹拉蒙的身形長相，全息投影在展場，重複著迷惑的表情和動作。攝影師將拉蒙全息影像投射到中華商場、香林國小、受鎮宮、阿里山賓館等地平面影像，疊合造像，虛擬拉蒙的幻影遊走在這些歷史場景中。在一個漆黑展間，無數個拉蒙投影交相疊映，背景播放大交換以來的新聞報導和旁白剪輯，裡面也從臺灣總統的Podcast、實境節目擷取部分段落。現場設置一處虛擬國度公民註冊，經過全身掃描後，自動生成專屬帳號。接著透過手機收發不同腳本情節開展，走入隧道般的時光走廊，獲取差異版本的未來十年經歷。展場出口前的裝置作品，是杜維耶製作的大型立體視覺：鄒人男子會所「庫巴」（kuba），圓木為柱，茅草為頂，干欄式高腳建築矗立在鱷魚狀島嶼之上，幽暗中散發絲絲螢光。像是庫巴被簡化成幾何線條的構成，也像是可以依照線條構造拼組成的實體庫巴。

在鄒族自然與文化中心外，在虛構文本描述到的場景例如神木站、姊妹潭、香林國小等地，亦有設置擬真展品，展場手冊甚至畫出了虛構的切．格瓦拉游擊活動路線，在一些地點也會有切的全息投影，有如鬼魂重現，他還在組織游擊隊的過程。順著時序、地點走，就好像看到這個游擊戰士的最後篇章。拜科技所賜，這些裝置相當便宜，策劃整個展覽的成本不高，重點在於整體的敘事架構、展品彼此間的配合延伸是否緊密，才能提供優質感官體驗。

小說家對攝影師、杜維耶說，有個展覽以他朋友的小說為基礎，跨海談到日本電影公司授權，獨家打造一個集結驚悚、恐怖、青春和綜藝的體驗展，觀覽人次上看十萬人呢。以前寫東西，有一陣大家都在談ＩＰ、談影視改編，現在則是流行做跨界展覽，把小說文本打造成可以轉化體驗的內容。誰都想做，卻不是誰都能賺錢。杜維耶心想，其實這個展覽計畫他沒那麼看好，不過就當幫朋友忙，反正也不花多少心力。雖然說展覽辦在達邦部落這邊有致敬的意思，但哪會有那麼多人特地上山看展覽？何況他們布置完展場，只在開幕後逗留達邦幾天，無法一直待在阿里山。

他們三個在展場一一確認細節，已經到了頭昏眼花的狀態。攝影師的太太前來探班，在一旁陪著大家工作。傍晚收工前，她說政府宣布了大消息，即日起臺灣與古巴公民皆可同時持有兩國國籍。攝影師問，所以會怎樣？他太太說，就是你從今天開始既是臺灣人也是古巴人。啊？意思是，你遇到美國人就說自己是臺灣人，你遇到中國人就說自己是古巴人。那會怎樣？誰知道。

杜維耶此時收到簡訊通知，他們一家回哈瓦那的直飛班機將在五天後出發。他看著手機上的通知，像盯著自己不懂的文字那樣充滿困惑。

憂鬱的亞熱帶

一九八七年—二〇二八年—二〇二八年—一九八六年

還在當漢人的一雅士・景若（iyas zingrur）最初知道那本大書的時候，是大學一年級。他從屏東到臺北讀考古人類系，認識了兩個很談得來的同學，兩個都比他年長。他喜歡稱他們一個是有耳朵的邱，另一個是沒有耳朵的丘。他曾經和有耳朵的邱一起到宜蘭四結村做田野調查，在當地一間破落的寺廟訪談老尼姑。對方以為他們是政府派來的人，言談中不斷提及修繕改建期望，害他們有點欺騙人家的羞赧。大一下學期，沒有耳朵的丘在外參加讀書會被抓，校方以全部曠考為由開除他，等到放出來的時候，一雅士已經畢業。

沒有耳朵的丘，人稱「阿肥」，有個姊姊嫁入蔣家，稱得上是皇親國戚。阿肥讀初中的時候常常槓上師長，弄得他媽媽三天兩頭跑學校。阿肥的媽媽在他十五歲時過世，他上了高中覺得沒意思，不想繼續上學，轉到新店山裡的基督教書院。阿肥跟一雅士說，就是那時候，他跟同學踏進屏東的山地鄉採集歌謠，第一次見識了山地人的真實生活。阿肥說，他明明是個漢人，跟那些山地人完全不相干，可是看到他們拆下祖先的精細雕梁當柴燒，拿著石板刻繪當地板，被迫模仿著漢人的文明生活，內心有股說不出的鬱悶，或許還有一點憤怒跟羞愧，他半個月後簡直逃亡一樣逃下山。那是打到讓人醒過來的文化衝擊。又像是魯迅說的那種在鐵屋子醒來的人，叫不醒其他人，無能為力，只有無聲吶喊。從那以後，阿肥頂著高中肄業學歷，遊走在臺北各個大專院校課堂，哲學、人類學、心理學、藝術史等等無不旁聽，結交各方朋友。等到阿肥服完兩年兵役，以同等學歷考入大學跟一雅士當同學，他像個見多識廣的大學長，指點小大一選哪些課來聽、哪些書店可以找到課程讀物。一雅士常跟著阿肥到處見世面，在他家或哪個作家、記者家裡，揀個角落默默聽他們談文論藝，品評音樂或電影，有時聽一些刺激的時政批評言論。最初也是阿肥帶一雅士到大學附近逛銷售外文翻印書的書店，後來一雅士抱著肉痛的決心買了好些英文書發憤苦讀，其中也包括那本大書的英文節譯本。他們沒想到彼此的緣分這麼短，影響卻那麼深。

一雅士從人類系畢業，準備申請出國讀書期間，時不時拿那本大書出來翻翻，好像定海神針，隨意翻開哪一頁，他都可以心無旁騖讀下去。也是那段期間，他有幾次機會回老家看父母，進到隔壁受管制的來義鄉。那裡鄰近阿肥年少時候到訪過的瑪家、三地門，同樣是排灣族所在地。他在那裡認識了幾個放暑假的山地小朋友，學了一點排灣語，速寫木雕、石雕的圖騰紋飾，目睹山地生活的變化。村子的年輕人大多出外工作了，幽暗的家屋剩下老人家和小孩。回想阿肥描述的複雜感觸，回想從小在屏東所見的山胞處境，一如那本大書寫的：「那或許是我第一次明白一些後來在世界其他地方再度發生的、同樣令人沮喪的經驗所蘊含的意義。旅行——塞滿各種夢幻似許諾的魔法箱子——再也無法提供什麼尚未被玷汙的珍寶了，興奮過度而四處蔓延的文明，已經永遠而徹底地摧毀了大海的沉默。熱帶的香料、人類原始的活力，都已經被意義不明的文明事業敗壞掉了，它斲傷了我們的熱切期待，使我們注定只能獲得一些千瘡百孔的回憶。」

在那裡認識一個少年朋友的母親是巫師，一雅士偶然遇上「唱經」儀式場面，看著那位「衣娜」(kina)阿德姆絲（qadjeves）手拿桑葉，在一地的生豬肉、豬骨前吟唱經文，時不時以小刀沾水獻祭。一個多小時的時間裡，一雅士雖然聽不懂，卻充分感受到一種奇異的玄奧廣闊，好像透過那音調，可以螺旋狀地銜接更古老的什麼。一雅士好奇探問到底在唱些什麼，朋友翻譯母親的話說，不是她在唱，是神靈在唱。朋友補充，母親另外交代對一雅士說：「a-i-anga tua tsutsau ki namakuta anga kinatsavatsavan, saka izua anan tja patsutuuna a tja rangetan a kai, mapaura itjen.」朋友遲疑地斷續翻譯，「咦啊，這是我們感嘆的發語詞，剛才那句話大概意思是：不知道他的身體形貌怎樣了，但是我們還能看到他的人、聽到他的聲音。真令人哀傷思念啊！」朋友說很奇怪，他母親無法說得更多，只反覆從「mapaura」這個詞連到另一個詞「samiring」。[1]「mapaura」是哀傷思念的意思，但「samiring」這個詞該怎麼說呢，大概有點像你遠遠看著一座山，內心有種孤寂的感覺。又或者類似，大雨過後，陽光再度露臉，或比如有彩虹浮現，你看著會有種悠遠、淒美的心情。一雅士當時不太明白，不過這些詞彙倒是很適合拿來形容他時時翻讀的那本大書，例如日落時分的大段描述，他每次讀，老覺得作者的語調有點憂傷、疲倦，好像他寫下的那些都只是對於不可復得的景象的追憶。

一雅士遠赴加拿大的溫哥華攻讀碩、博士近十年，期間心臟瓣膜出問題，動過手術，最終沒能拿到博士學位回臺灣。反倒阿肥出獄後在臺灣做了七年成衣生意，決心到芝加哥讀人類學博士班。他們就這麼擦身而過。他想，等阿肥下次回到臺灣相聚，他們一定有很多話要說。一雅士在大理街的報社找了份編輯工作，每天下午上班前，他會揹著黃書包到公館逛書店，業餘時間抱著英文小說或人類學著作埋首翻譯。報社同事都知道他不愛應酬，半夜下了班不是到北海岸夜遊，就是回到住處的書桌前，就著原文書、參考書和字典，在稿紙上逐行筆耕到天光甦醒。那幾年一雅士因著報社老闆喜好養士，社內聚集一眾青年才俊，人際網路不知不覺中延展，他認識了好些人，親身參與一向關注的山地議題。他的山地朋友Kimbo籌組少數民族委員會，有如地下組織，藉著唱歌表演賺取經費，南來北往招募山地青年加入。一雅士看了大學母校的山地青年自辦刊物《高山青》，感到年輕人煥發的新活力，以及新希望。一九八四年連續發生三次慘重礦災，死傷者多為山地人，Kimbo籌辦募款演唱會，周遭朋友認為需要成立一個專門組織，以便救濟、協助山胞爭取權益。他們一票人跟當時就讀大學的山地青年結合起來，在一雅士的建議討論下，定名為「原住民權利促進會」。協會草創期，靠會長Kimbo個人魅力號召，找到愛國西路天橋下的菜市場二樓公寓當辦公室，一雅士出錢出力，常常跟幾個一起做事的大學生聊天。這幾個青年都覺得這位大哥很怪又很有學問。怪的是，他們很多同樣來自山地的朋友都不想當他口中的原住民，害怕被認出來，反而是這位大哥以漢人為恥，居然想當原住民。然後他們會聽他講述時事、各種國內外關於原住民族的研究和報導，夾敘夾議，時常有受到啟發的感覺。那都是大學課堂聽不到的內容。那時大家都覺得有很多原住民議題準備開展，還有很多能量在醞釀行動，人人有著改變現狀的豪氣。

也是那兩年，一雅士大學時代常在人類系遇到來聽課的歷史系學妹，從紐約拿了人類學博士返臺工作。這個學妹除了寫文章，還自學拍攝紀錄片，扛著手轉發條式的沉重老攝影機到臺東的排灣部落跟拍祭典儀式，讓他深感佩服。這也促使他動念購買照相機、鑽研攝影技術，以便日後外出可以時時記錄所見所聞。相機是託請那位愛賞鳥的編輯同事「鳥人」幫他挑選的機型，據說這款ＦＭ型號全機械全手動，耐操幾乎不會壞，可以用很久。但因為當編輯、做翻譯、參與原權會事務、在刊物寫文章，他沒什麼機會外出拍照。

瘦長、斯文、寡言的一雅士有時會跟相熟的朋友提及，遺憾自己是個漢人，所以種種爭取原民權益的活動，他希望能站在伴隨、陪同的角色，從旁支持這些朋友。因為他早已知道身為漢人的自己，終究不可能像馬凌諾斯基以為的那樣「從土著的觀點」來看待原民文化的變遷。他當然曉得，樹立民族誌典範之作《西太平洋的航海者》的馬凌諾斯基與寫下田野日記的馬凌諾斯基，幾乎是分裂的兩個人格。初讀日記，他難免覺得馬凌諾斯基是偽君子，通讀過後，他反而開始覺得，如果一個學者能坦然記下自我的偏見、牢騷、情慾，也不失為一種精神層面的自我民族誌。正是這兩個馬凌諾斯基結合在一起才完整，才像個有血有肉活過的人。

留學期間，一雅士不知翻讀過幾次那本大書，有時興起，隨手翻譯一些段落，抄錄在筆記本，彷彿那樣做才能把這些感受留在身邊。他時常記掛在心的，是那本大書關於日落的反思：「如果我能找到一種語言來重現那些現象，如此千變萬化又如此難以描述的現象的話，如果我有能力向別人說明一個永遠不會以同樣的階段與順序再度出現的獨特現象，那麼——當時我是這麼想的——我就能夠一口氣發現我這一行裡最深處的祕密：不論我從事人類學研究的時候會遇到如何奇怪特異的經驗，我還是可以向每一個人說明白它們的意義和重要性。」一雅士無法確定自己能否這麼實踐。他總覺得透過語言、文字轉述，多少會減損什麼，而往往是那些無意間漏失的，藏存著不易捕捉的意義。觀察描述所重現的東西，終究不是那東西本身。就像他跟人描述再多次歐涅·柯曼（Ornette Coleman）的〈肥皂泡沫〉（Soap Suds）薩克斯風樂音如何滑溜吹出連綿不絕的寂寥泡泡，也不能取代實際聽一回曲子本身。

隨著閱讀材料漸多，他慢慢知道那本大書的作者為什麼總懷著憂悒眼光看待書中經歷的一切。那本大書其實是好幾本回憶錄、民族誌、遊記和哲思札記的疊加。作者那時處在喪父、離婚、學術工作前景黯淡的狀態，簽約寫那本大書是為了急需用錢，也是一種毫不避諱的抒發，他甚至抱著寫完以後就得告別學界的想法。結果書出以後意外暢銷，扭轉了作者後半生命運，連帶吸引了許多讀者投身人類學。一雅士正是遙遠東方小島上的其中一個讀者。他懷抱著心願，希望有朝一日轉譯那本大書到中文世界，陪伴更多讀者感受裡面各種形狀的samiring。

原住民朋友為他取了個排灣族名字，出借自己的家名，他非常高興，彷彿被祖靈認領的孩子，不時跟同事說起自己的新名字。他跟那個拍攝紀錄片的學妹說，就像妳以影片回報排灣族人一樣，如今我也要以行動來回報他們。當朋友們以為一雅士會繼續陪伴著大家走下去的時候，再次動了心臟瓣膜手術的他，留下兩部尚待整理出版的人類學大書譯稿和一些始終未能出版的小說譯稿，悄悄先離開隊伍了。

一雅士的大體被送到老家靠近大武山一帶的部落，以排灣族的身分和儀式，在好友Kimbo唱著大武山美麗的媽媽的歌聲中，燃燒成灰。兩年後，那本大書以《憂鬱的熱帶》為名正式出版。

※

親愛的阿德姆絲：

這封信我想了很久，很多話，不知該從哪裡說起。不如就先從名字開始吧。

妳是你們這一輩的阿德姆絲，我是我們這一輩的阿德姆絲。我們家上一個叫這個名字的，是我的vuvu。[2]這個阿德姆絲是我們族裡的巫師，她手上有美麗的百步蛇刺青。我記得，小時候看到她在maljeveq[3]舉行祭典儀式的時候，她手搖桑葉，對著一地豬肉祭品，唸唸唱唱，在那難以聽懂的族語旋律中，好像手上的百步蛇會活起來，盤旋起舞，隨著聲音起伏。這個阿德姆絲存在於排灣的文化世界，她的心靈依然跟那個古老、廣大的祖靈連結在一起。這是我每次回想那些她唱經的片段時，每次都能確定的事。

妳的vuvu，也就是我的kina[4]，年輕時跟著同樣年輕的丈夫，一起離開家鄉，到平地，到北部，成為建築工地許許多多原住民工人的一員。他們穿梭在板模、鋼筋、鷹架中，一層層泥灰、粉塵和陽光像油畫疊加在他們身上。很多工地裡的漢人叫他們「番仔」、「山地同胞」，嘲笑他們的國語說得不標準，但這些漢人同樣說著不標準的臺灣國語。他們努力工作，不想被當成只知道喝酒、懶惰、拿到工資就花掉的山地人。他們早就捨棄了身為貴族的尊嚴，只想在這都市叢林裡好好養育兩個女兒，栽培她們長大。我跟妳kina小時候在臺北上小學，比較深的膚色，總會把妳跟其他同學區隔出來。妳kina以前常被叫「黑面蔡」，一開始聽了會生氣，因為那是當時常常看到的飲料品牌。不過被叫久了，漸漸習慣，可以不當一回事。比較困難的，不在於身為原住民，而是那種明確感受到的經濟差距。那時我的同學們不知怎麼回事，似乎人人家裡有別墅，我完全不敢找同學到又小又窄的家裡玩。那大概是我第一次知道貧窮是什麼。

我的kama的kama[5]在我小學五年級過世，我的kama非常後悔沒有在家陪老人家走完最後一段，我們就這樣搬回來義鄉老家。沒想到轉學回那裡的小學，反而會遇到歧視我們的老師，以為我們皮膚黑就表示運動神經好，跑得快跳得高。那時我的vuvu應該沒有很老，但看起來比她實際歲數要老得多。我vuvu嘴巴紅紅的，愛吃檳榔，平常時候就跟一般婦女一樣，只有在祭典的時候，才會覺得vuvu跟其他人不同，她手上的百步蛇紋路也會跟著活躍起來。在那個沒有書店、沒有便利商店的年代，部落的家裡通常除了電話簿、鄉公所發的農民曆，不會有什麼書。可是我卻發現家裡有本五百多頁的大書，封面是一個禿頭外國男性的照片。那是我kama的kaka[6]從高雄的書店買來的，據說翻譯這本書的那個人，很久以前曾經來過我們部落。有一天，我發現vuvu在看那本書，我問她好看嗎，她點點頭說ui。我過了好一會，才醒悟原來vuvu可以讀中文。

她指著當時讀的段落給我看，她不太懂。我記得那時我看了，我也不太懂。後來我年紀大了，漸漸可以讀懂比較多。那個段落是作者說自己如何成為一個人類學者的結尾：「某個加州的原始部落，整族被屠殺，只剩下一個印第安人奇蹟般地活了下來。他在幾個稍大的城鎮附近活了好多年，沒有引起任何人的注意。他仍然敲打石片製造狩獵用的箭鏃，可是動物逐漸全消失了。有一天，有人在某個城郊邊緣發現這個印第安人，全身赤裸，即將餓死。後來他到加州大學當打雜工人，安詳地度其餘生。」他在感嘆二十世紀初期的美國學者有那種機會去探索一個「保存得相當完好、一切破壞才剛剛開始的社會」。但我們不是這樣。在我第一次意識到我是原住民、我是排灣族的一分子的時候，我們的社會和文化已經被破壞很多很久了（所以我只能以中文寫這封信）。當然我成長在原住民權益日益受到重視和保障的年代，但在那過程，傷害早已發生，像是詩人莫那能寫的：

我們的姓名
在身分證的表格裡沉沒了

無私的人生觀
在工地的鷹架上擺盪
在拆船廠、礦坑、漁船徘徊
莊嚴的神話
成了電視劇庸俗的情節
傳統的道德
也在煙花巷內被蹂躪
英勇的氣概和純樸的柔情
隨著教堂的鐘聲沉靜了下來

我的kama和kina，以及他們的maresiruvetjek[7]，似乎就在這短短幾行詩遭遇了全部人生。就連莫那能自己的妹妹，也被迫當過性工作者。妳可能會說，kina，可是我們現在的總統是原住民啊，我們不會再像過去那樣了。我說，我真的不知道。以前也沒人想過我們整個國家的人會被突然拋到地球另一邊的亞熱帶島嶼。也許我們族人的某個後裔，終有一天會像那個僅存的印第安人那樣，說著沒人能懂的話語，有如活標本存放在某個博物館。

我讀國中的時候，跟那時臺灣的一般國中生一樣有升學壓力，我考試考得好，老師卻不相信。那些老師並沒有說出什麼傷人的話，但他們就是不相信我。這使我想起更早之前在臺北的同學身上體會到的生活落差。這些經驗，在在使我感受到一種「我們」和「他們」的區隔。成長就是看到愈來愈多的分類方式和區隔。後來我讀大學，參加原住民社團，才漸漸接觸到其他原住民族群。我們習慣把自己隱藏起來，藏到最後似乎也忘了自己是誰。跟其他原民朋友聚在一起，有點像是團體治療，在交換一些彼此的傷口以後，我們像是正在復健的失憶症患者，變得更緊密。那時也跟其他學校的原民社團交流，大家就是你幫我社團成果發表，我幫你社團活動大會，換上各自的部落服飾，跳起別人家的舞，演唱這個或那個族的傳統樂曲。我們的族群意識大概就是在那些過程中慢慢穩固下來。我們開始在回部落的時候訪談家族長輩，學習從紡織到蓋石板屋的種種習俗細節，練習母語，學會更多母語歌謠或樂器。像是交換禮物一樣，帶回社團跟其他人分享。我們開讀書會，研讀原住民歷史、文化相關著作。但我每一次從哪個原住民族的神話傳說讀起，最終總要走向衰落。彷彿一切的原住民歷史就是一些關於瓦解、失落和破敗的故事。我們的故事就是被漢人、被現代文明破壞殆盡的故事。

差不多是在那時候，我認識了現在的總統。

當時的他似乎有很多困惑，帶著憂鬱氣質，又是讀中文系的，激發很多女生的憐愛。但他不常出現，好像都窩在洞穴之類的地方讀一些很難的書，思考一些很難的問題。幾次碰到他，我都覺得他的眼睛還不適應過強的亮光，還不知道該把目光擺在哪個位置。我們沒想過他後來會成為立法委員，還當上總統。我們知道他參與過三一八，我們在爭取傳統領域的初期，他也曾經以鄒族的個人身分到場支持，一起在凱道紮營過夜。那時候來來去去的人很多，我們都可以理解人有時就是會有一些更重要的事情得去做。他出來競選總統時，我們曾公開要求他對於傳統領域議題表態。他當時說這件事情非常複雜，不止原民，更需要全民一起來討論。他知道，我們只占總人口的百分之二，這個議題甚至在原住民族的部落內部都沒有共識，因為他就是我們其中之一。參與過八〇、九〇年代原運的前輩說，我們在重蹈他們的覆轍，他們以前在都市、在政治核心發聲，雖然獲得不少關注，還有年輕朋友的行動支持，但沒有回歸到部落本身，讓那些有決定權、有話語權的人認知這個議題的重要性，就算關係到部落文化根植的土地，一樣無法凝聚共識，推動改變。

匆匆十年。從臺北的二二八公園轉移到哈瓦那的中央公園，我們還在這裡抗爭。我想到在vuvu家裡看到的那本厚厚的書。我請朋友找了電子書，在許多個低落黯淡的時刻，我一點一點慢慢讀。我在那書裡讀到「對蹠點」，意思是「位於地球直徑兩端的點」。朋友告訴我，臺灣的對蹠點是在巴拉圭與阿根廷交界，一個也叫做福爾摩沙的地方。我在網站查詢，古巴的對蹠點落在澳洲與馬達加斯加中間的印度洋。但我覺得位於憂鬱亞熱帶兩端的臺灣跟古巴，才是彼此的對蹠點。就像我vuvu與我，我與妳，我們是彼此的阿德姆絲對蹠點。穿過時間的直徑，我vuvu看到同名的我如何在一個新時代成長，一如我看到與我同名的妳，如何在另一個新世界成長。也許有一天，妳也會遇見下一個阿德姆絲。我希望妳可以告訴她，我們曾經在這裡努力過的故事。

在抗爭時候認識的朋友說，那很大本的書裡寫到的最後一個印第安人的故事還有別的版本。那個印第安人被稱為「伊許」（Ishi），這是撿到他的人類學者為他取的名字。伊許被視為已滅絕的加州原住民雅希人（Yahi）的最後一人。從伊許被發現到因肺結核過世，只有五年時間，並不是那個法國人類學家說的「安詳度其餘生」。在這段期間，人類學者不用外出做田野調查，伊許自身就是一個充滿謎團的田野。伊許在大學博物館打工，學會在穿西裝之餘，脫下衣服裝扮成印第安人製作弓箭。據說小孩子很喜歡他。人類學者也喜歡他。因為他總是樂意擔當報導人，提供口頭傳說、工藝和語言紀錄。他說的難以解讀的故事和歌謠刻錄在很多個圓柱型蠟筒上，至今仍然無法翻譯出來。人類學者曾經邀他一起重返他當時被發現的區域。事實上，沒人知道伊許當年為何會出現在那裡，他也從未說明原因。就連他真正的名字是什麼，他從頭到尾都沒說過，只是任憑別人叫他伊許。他到底是誰？有什麼經歷？到底內心在想些什麼？他對生命最後五年的感想是什麼？全部封印在他的語言和心裡。

伊許讓我想到小時候我kina說給我們聽的紅眼睛故事。據說有個叫巴里（palji）的少年有一雙紅眼睛，會發光射死人或動物，就連石頭也會燒焦。很多其他部落的人想要殺他，來了一百人，一百人都被他眼睛的紅光射死。部落幫他在外圍蓋了獨立屋子，定時送飯給他。為了避免他的紅眼睛傷到人，他總是聽到暗號才從屋子出來取餐。後來他被敵對部落的人假冒送餐暗算殺死。所有關於紅眼睛的故事都沒提到巴里在想什麼，也沒說到他怎麼看待自己的超能力。他似乎因為這雙紅眼睛變成一種要被排除的危險，一種怪異的存在。在我kina的版本，巴里還會吃小孩，害我們小時候都非常害怕。我第一次看到同學長砂眼，眼睛紅紅的，就非常不安。後來慢慢知道很多時候你的眼睛就是會紅紅的，生病、熬夜、精神渙散，而那些時候，最好不要做任何會讓自己後悔的決定。

在我的想像裡，伊許跟巴里逐漸重疊起來，變成同一個人。也許，巴里是某個滅絕部落的倖存者，那個時代沒有好心的人類學者需要做研究，也沒有博物館需要他做管理員，他只好自生自滅。他可能是被驅逐的巫師。他可能是觸犯禁忌的異族。他可能是屠殺全族的怪物。那個時代甚至沒有「排灣族」這種族群分類標籤，只有一個一個部落散布在各地。有些部落的人可以彼此溝通，有些只能溝通一點點，有些沒辦法。大家各自過著各自的生活，有時吵架、打打殺殺，有時合作彼此幫忙。然後有一群完全不同文化的人來了，他們自己發明一套稱呼這些部落人的名字。後來又有另一群人來了，他們又發明另一套名字指稱這些部落人。就像古老的石頭切面，一層一層的地質疊加，他們跟我們在時空中共同壓縮成各種紋理。

好像說得太多太遠了。我最後還想說，不管別人怎麼看待妳，妳要時時思考自己是誰。也許不見得能夠馬上得到答案，但只要持續思考，雖然有時會有點煩，妳一定會知道的。明天是妳第一次投票選總統，請照妳的想法投票。不論結果如何，承擔妳自己的想法才是最重要的。

妳的 kina aubi[8]，阿德姆絲

※

她收到一封電子郵件。想起很久很久沒有重讀學長翻譯的那本大書。莫名轉移到地球另一端的亞熱帶島嶼，倏忽近四年了。這座建城五百年的古老城市，有些新新舊舊的建築在冒

出或塌毀。大雨過後，覆蓋一層瑩亮水氣的城市，到處是歲月的汙漬爬滿廊柱與牆面。她回想，察覺事情發生的那一刻，第一個念頭是全體臺灣人都被送到這座島上做田野調查了。想想不對，這裡沒有任何當地人，原住民更是早在城市興築的最初一百年就被疾病、奴役壓迫到幾近消失。他們來到了一個只剩田野而沒有在地人的環境，連一個報導人都找不到。像上帝一時興起的實驗。

她的返臺歸期就在幾天後。她從新聞得知，剛連任的總統，準備從這幾年所謂的「國家Airbnb」經驗，接著推行「國家訂閱」到其他地方。她好奇，人的公民身分，真有可能像一個數位ＩＤ，串聯世界各國政府，依照不同類別比例訂閱不同國家的公共服務？好比去年開始的古巴暨臺灣雙重國籍辦法，按她的理解，等於是臺灣國民可以合法租用古巴護照，也可加購古巴超值的醫療照護服務，但你依然是臺灣國民。像是一個雙層交疊的公寓或邊界飛地住戶，同時有兩種身分，也同時要向兩個單位繳稅。這好像是在科幻小說才會出現的情節。但只要看看臺灣原住民的遭遇，總是有一個更巨大的身分壓抑著另一個。她無法樂觀以對。

大她一歲的學長要是還在，也年近八十了。不過學長永遠停格在三十八歲，比她兒子如今的年紀還小得多。學長出殯那天，她人在高雄的田野現場，忙到終於有了空檔休息，眼淚就掉下來。從學長回臺灣到過世，竟然只有不到五年。她記得學長眼鏡後的眼神，每每讓人聯想到梵谷筆下的漩渦星光和隨時像要燃燒起來的絲柏樹。回想起來有如上輩子一般的那一年夏天，學長突然從加拿大的滿地可來紐約找她。他們一起在城市裡「參與觀察」，到舞廳跳舞，到鳥園和前衛村聽爵士樂，走訪那條逐漸變得整潔，不再有流鶯、皮條客、藥頭出沒的四十二街。學長說，他準備回臺灣了。他說從博士班輟學的五年來，在餐館幹體力活賺取生活娛樂花費，到底不能忘情從前鑽研的那些學問興趣。既然鼓起勇氣回去了，打算為學術文化事業做點貢獻。他開玩笑說，在加拿大最後落腳的Montreal粵語譯做滿地可，給人對於未來的進取衝勁。臺灣叫蒙特婁，好像被蒙起來捅婁子，意思差了不止一截。

學長順利回到臺灣，隨即進了報社工作，確實如他所說，陸續在報刊發表了一些學術譯作。她則是在之後一年返臺中途繞往馬凌諾斯基做過田野的超布連島、瑪格麗特．米德待過的巴布亞新幾內亞，重訪人類學宗師的足跡。那些報導文字就發表在學長工作的報紙上。他們在各自的道路上努力，她時時收到學長的鼓勵，有時回應她的文章，有時回饋她的紀錄片。她記得學長說：「臺灣人性格內似乎有某種喜歡大幹『知其不可而為之』的衝動，埋頭去做些事實上不可能有結果的事，在這路途上苦撐硬碰，似乎非常的滿足了。」這麼多年過去，他曾致力的原住民事務大有進展，她在學界的專業領域也在原住民文化，卻不確定他若看到這些結果，會有何感想。他們曾經跟一百多位文化界人士連署登報，請願槍下留人，讓那個犯下殺人案的鄒族青年能有一線生機。沒想到相隔一個月，鄒族青年和學長先後離開了。誰想得到，日後的第一個原住民總統竟也出身鄒族。

學長的同學阿肥長年在國民黨的海外黑名單，直到年屆六十才回到臺灣跟她成為學術機構同事。學長燃盡生命最後心力協助的原權會，在會員的理念差異、立場分歧、族群身分認同成為共識、官方原民部會成立等等因素，緩緩走向解散。而他翻譯的那本大書出版時，不知為何把他一向慣用的作者名「李維史陀」改成了「李維─史特勞斯」，直到三十年後的修訂新版才改回李維史陀。

時光壓彎了她的身軀，脆化了她的膝蓋腿腳，在這幢僅有一部不大可靠的柵欄老電梯的公寓裡，她選擇一階一階慢慢走。她緩慢爬著樓梯的時候，想到學長最後一部譯作《階序人》，想到幫忙校訂那書的朋友說，學長可能是因為翻譯那本書過於操勞，身體才出了問題。她同樣記得學長其實想寫小說。但他又會接著說，或許他就是靠這幻想來合理化生命不得不經歷的許多荒唐和浪費。這點非常李維史陀。就像李維史陀想穿透層層表象迷霧，考掘出幾種人類心靈基本結構，試圖讓人類學呈現普世一同的科學法則。但他緊接著又會質疑起這樣的想法，認為這是不可能做到的。李維史陀只在一九三〇年代後期的四、五年間在巴西做過田野調查，此後餘生他等於是在研究室裡構想出一系列長篇巨帙的著作。她也記得學長的玩笑：李維史陀究竟是真的參破了那八百多則神話邏輯的奧祕，抑或只是想像力特別豐富，實在是個謎。

她打開平板電腦，重新瀏覽那封電子郵件。那位曾在中央公園傳統領域抗爭帳棚區見過的排灣女生寄來疑惑。她多年奔波在部落之間，透過影像和文字搶救記錄那些凋零中的原民傳統習俗、儀式、祭典和音樂。她遇過許多充滿困惑的原民青年，不管他們有沒有找到辦法與那些困惑相處，最終他們必須靠自己面對那些從語言、從文化長出來的纍纍詰問。她想了很久，浮現許多人的臉孔，不知道該怎麼回覆。最終她在信裡從學長翻譯的那本大書結尾，裁剪出一段話：「就像個人並非單獨存在於群體裡面一樣，就像一個社會並非單獨存在於其他社會之中一樣，人類並不是單獨存在於宇宙之中。當有一天人類所有文化所形成的色帶或彩虹終於被我們的熱狂推入一片空無之中；只要我們仍然存在，只要世界仍然存在，那條纖細的弧形，使我們與無法達致之點聯繫起來的弧形就會存在，就會展示給我們一條遠離奴役的道路；人類或許無法追隨那條道路前行，但光是思考那條道路，就會使人類獲得特權，使自己的存在有了價值。」

她還想說，聽聽排灣的笛聲吧，在百步蛇、陶壺、太陽和熊鷹那裡可能會有指引。

※

鄒族青年優路拿納（yulunana）回想自己短短的十八年人生，看到許多樹枝狀岔路。每一條岔路的可能走向，就像眼下他待的單人牢房，被四周牆壁和鐵窗阻絕了。優路拿納功課好，會彈吉他、唱歌，也擅長跑步、游泳、撐竿跳，十項全能得令人眼紅。他本來只要再讀兩年師專，就能回到山上家鄉的國小任教。他會在那裡教一輩子書，然後每次趁著教吳鳳那一課，好好提振學生的信心，不要再像他小時候一樣，受到課本的誤導，以為自己出身一個野蠻的落後民族。天主堂的高神父跟他說過，已經有好幾篇文章指出，吳鳳的故事是造假的，根本就是日本人、漢人聯手欺壓我們。優路拿納也聽過村人轉述，根據當年殺吳鳳的杜家後人說，吳鳳跟他祖先做買賣時常耍詐，埋伏殺害他們家好多壯丁，他祖先才會拿弓箭射死吳鳳。但他每次搭火車上下山，進出嘉義車站，總會看到那尊吳鳳雕像，真想哪天把它變不見。但這個可能性在他被教官記了幾次大小過、幾支警告後，幾乎消失了。優路拿納懊惱不已，恨自己的愚蠢，怎麼會沒繡學號、單車雙載、打麻將被抓到？如果小心一點，什麼事也沒有，他繼續讀專四、專五升上去，然後實習、畢業、教書。

早知道國中畢業就不要去讀師專，讀一般高中，考大學，變成村裡人人羨慕的大學生不也很好嗎？但又無法下定決心跟家裡要錢去補習，也擔心萬一考不上大學該怎麼辦？聽同學說，他哥哥重考好幾年，最後還是只能讀夜間部。或者就跟大哥一樣，改報考警專，以後當警察？警專有給錢，家裡也比較沒負擔。

就連優路拿納自己都沒想到，休學後反覆想了那麼久，最後就看著報紙徵人廣告上臺北，走向命運最黑暗的一段路。他知道在鄉公所做事的爸爸一定會跟他說，怎麼這麼想不開？身分證被扣就當作丟掉了，登報作廢另外申請就好，有事可以找你大哥、你表哥、你姑姑商量，再怎麼樣，還是可以回家啊，頂多讓我們罵一罵而已。

獨自待在小小的牢房裡，腦海自動播放起一些充滿恨意、憤怒的畫面，他疲累，他委屈，他被罵番仔，他一輩子唯一一次失控，造成無可挽回的悲劇。他忍不住想別人會怎麼看待他。受不了了就打破眼鏡，割腕自殺，沒成。結果他還是獨囚，還是不斷在血腥記憶掙扎，而且連眼鏡也沒了。他的視線模糊，洗衣店老闆、老闆娘、小女孩的容貌卻異常清晰，他甚至聽得見他們的聲音。就算在籠子裡繼續活著，依然看不見哈雷彗星。

優路拿納還記得離開師專前，在圖書館讀到雜誌報導可以在什麼時段、什麼地點觀測哈雷彗星，他那時跟同學說好，一起見證哈雷彗星在夜空畫出的長尾巴。雖然有人說，那是掃把星，不吉利的。山上的老人家也說，這種 fijufiju no tsogeoha（星煙）是戰爭的預兆。他才不管那麼多，這可是七十六年才有一次的機會，哈雷彗星再來的二〇六一年，他們早就作古了。有同學買到臺北天文臺製作的「雙面旋轉星座盤」方便到時追蹤哈雷彗星的路徑，也有同學準備存錢買雙筒望遠鏡，規劃放春假到墾丁露營的行程。這些都只能存在於想像中了。可以這樣想像，一方面讓他安慰，一方面也讓他遺憾。

優路拿納看著手腕、腳踝長出一圈厚厚的繭，現在已經不太感覺到痛了，彷彿他生來就該跟這付枷鎖連在一起。他想起爸爸說過的傳說故事。女神 nivenu（尼弗奴）造人的時候給了五條命，所以人死後，nivenu 可以幫忙復活。但有次，某個人死了，nivenu 不在，另一個神 soesoha（梭也梭哈）想出手仿效，結果失敗，只好埋葬了那人。nivenu 知道後，想再次讓死者復活，沒有成功，從此人就只有一條命了。他真希望能多一條命，可以重新來過。

媽媽也說過，人有兩個靈魂，一個在身體裡，胸口的位置，叫做 hijo。另一個是在身體周圍的 piepija，會指導人生路途。媽媽說，人睡著的時候，就是 piepija 出去遊蕩的時候，那些就是夢裡看到的情景。他猜，身邊的 piepija 大概就留在那家洗衣店裡了，不然為什麼每次他睡著，總是看到老闆、老闆娘和小女孩？他待在這個小格子，已經沒有路了。

優路拿納有時懷疑，是否因為他們改信天主，爸媽說的那些傳說、那些神，都漸行漸遠了？這也是他生命中的一條岔路嗎？能夠來幫忙他的，就連 soesoha 也沒有了？於是他要了稿紙寫起小說。在虛構中，彗星再來的時候，他跟爸媽在一起，那個世界沒有人叫他們番仔，火車站沒有吳鳳銅像，到臺北找工作也不會被職業介紹所騙，他們跟很多其他人一樣過著普通的生活，有著普通的悲喜，望著普通的天空。少年持續寫過一張張稿紙，擘劃一幅未來臺灣的圖像。

他接到同學來信說，大老遠跑到墾丁，就算拿著星座盤比對彗星路徑，還是連影都沒看到。那同學抱怨，星座盤寫那麼多漂亮的星座名字，什麼獅子、獵戶的一個都認不出來，人類的想像力太豐富了吧。

差不多時間，一雅士跟妻子、鳥人、Kimbo等人結伴南下到墾丁觀星，眾人輪流拿單筒望遠鏡對著夜空老半天，依然沒看到彗星。鳥人悠悠說起，上次彗星來的時候，日本還在殖民臺灣，謠言傳說彗星會吸乾地球的空氣，聽家裡長輩說，當時很多人都買了腳踏車內胎儲存空氣備用，結果根本沒事。他們在暗夜中閒聊，一雅士談起最近想翻譯西德作家的一本小書，書名很怪，叫「頭生，或，德國人會絕種？」他解釋，「頭生」是指作者腦中的想法變成寫作題材，又變成一本書或一部電影，就好像頭部懷孕一樣。希臘神話裡不是有雅典娜從宙斯的頭生出來的嗎？一雅士接著說，作者在那書的開頭，描寫置身在一千一百萬人口的上海市街頭，突發奇想：如果反過來，德國有九億五千萬人，中國則是東、西德加起來的八千萬人，那會怎樣？Kimbo接過話，那，要是反過來，臺灣的原住民是一千八百萬人，漢人三十幾萬人，那會怎樣？

一雅士說，這不難做到，只要政府對調這兩種身分的戶籍資料就可以。我們應該要提倡漢人跟原住民每隔十年互換一次身分，體驗對方的處境，這樣彼此才能有深刻的理解。

一雅士的妻子黜臭：我看吶，我們大概還是會在這裡，抱怨看不到彗星。

注釋

1 此處排灣語引文及解釋，參見胡台麗，《排灣文化的詮釋》（臺北：聯經出版，二〇一一），頁二三一至二五八。
2 vuvu，排灣族語，指祖父母一輩的長者。亦可指祖父母輩與孫子女輩的互稱。
3 maljeveq，又稱五年祭、人神盟約祭，排灣族重要祭典之一。相傳祖靈逐一巡訪各部落後世子孫，以五年為一週期。
4 kina，也可寫成ina，排灣族語，指母親或母親一輩的女性。
5 kama，也可寫成ama，排灣族語，指父親或父親一輩的男性。
6 kaka，排灣族語，指平輩的兄弟姊妹或年紀相仿的同輩人。
7 maresiruvetjek，排灣族語，指兄弟姊妹。
8 kina aubi，排灣族語，指阿姨之意。

Literati

春山文藝 020

新寶島

The Formosa Exchange

作者　黃崇凱
總編輯　莊瑞琳
行銷企畫　甘彩蓉
裝幀設計　Âng Tsiorg Liân
內頁排版　張瑜卿

出版　春山出版有限公司
地址　116臺北市文山區羅斯福路六段297號10樓
電話　(02) 2931-8171
傳真　(02) 8663-8233

總經銷　時報文化出版企業股份有限公司
地址　桃園市龜山區萬壽路二段351號
電話　(02) 29066842

製版　瑞豐電腦製版印刷股份有限公司
初版　2021年5月
定價　420元

本書獲文化部青年創作獎勵

國家圖書館出版品預行編目(CIP)資料

新寶島 The Formosa Exchange／黃崇凱著
一初版．一臺北市：春山出版有限公司，2021.05
一面；公分．一（春山文藝；20）
ISBN 978-986-06389-6-7（平裝）

863.57　　110005765

春山出版

填寫本書線上回函

EMAIL　SpringHillPublishing@gmail.com
FACEBOOK　www.facebook.com/springhillpublishing/

From Interest to Taste

以文藝入魂